निबन्ध

# आदि, अन्त और आरम्भ

## लेखक की कृतियाँ

### कहानी-संग्रह

परिन्दे (1959), जलती झाड़ी (1965), पिछली गर्मियों में (1968), बीच बहस में (1973), कव्वे और काला पानी (1983), प्रतिनिधि कहानियाँ (1988), सूखा तथा अन्य कहानियाँ (1995), थिगलियाँ (2024)

### उपन्यास

वे दिन (1964), लाल टीन की छत (1974), एक चिथड़ा सुख (1979), रात का रिपोर्टर (1989), अन्तिम अरण्य (2000)

### यात्रा-संस्मरण/डायरी

चीड़ों पर चाँदनी (1963), हर बारिश में (1970), धुंध से उठती धुन (1997)

### निबन्ध/व्याख्यान

शब्द और स्मृति (1976), कला का जोखिम (1981), ढलान से उतरते हुए (1985), भारत और यूरोप : प्रतिश्रुति के क्षेत्र (1991), इतिहास स्मृति आकांक्षा (1991), शताब्दी के ढलते वर्षों में (संचयन, 1995), दूसरे शब्दों में (1997), आदि, अन्त और आरम्भ (2001), साहित्य का आत्म-सत्य (2006), सर्जना पथ के सहयात्री (2006)

### नाटक

तीन एकान्त (1976)

### अनुवाद

पराजय : अलेक्सांद्र फेदेयेव (1954), बचपन : टॉल्स्टॉय (1954), कुप्रिन की कहानियाँ : अलेक्सांद्र कुप्रिन (1955), रोमियो जूलियट और अँधेरा : यान ओत्वानाशेक (1964), खेल-खेल में : चेक कहानियाँ (1966), इतने बड़े धब्बे : चेक कहानियाँ (1966), झोंपड़ीवाले और अन्य कहानियाँ : मिहाइल सदौवेन्यु (1966), कारेल चापेक की कहानियाँ (1966), बाहर और परे : इर्षी फ्रीड (1967), आर.यू.आर. : कारेल चापेक (1972), एमेके : एक गाथा : जोसेफ़ श्कवोरेस्की (1973)

### पत्र

प्रिय राम, प्रिय निर्मल (2006), देहरी पर पत्र (2009), चिट्ठियों के दिन (2009)

### साक्षात्कार

संसार में निर्मल वर्मा (2006)

### संचयन

दूसरी दुनिया (1978)

# आदि, अन्त और आरम्भ

निर्मल वर्मा

राजकमल पेपरबैक्स

पहला **राजकमल** संस्करण 2001 में प्रकाशित

राजकमल पेपरबैक्स में
**पहला संस्करण :** मई, 2024



**राजकमल पेपरबैक्स :** उत्कृष्ट साहित्य के जनसुलभ संस्करण

राजकमल प्रकाशन प्रा. लि.
1-बी, नेताजी सुभाष मार्ग, दरियागंज
नई दिल्ली-110 002
द्वारा प्रकाशित

**शाखाएँ :** अशोक राजपथ, साइंस कॉलेज के सामने, पटना-800 006
पहली मंजिल, दरबारी बिल्डिंग, महात्मा गांधी मार्ग, प्रयागराज-211 001
1, अनमोल सोराबजी सन्तुक लेन, मरीन लाइंस, मुम्बई-400002

वेबसाइट : www.rajkamalprakashan.com
ई-मेल : info@rajkamalprakashan.com

विकास कंप्यूटर एंड प्रिंटर्स
ट्रॉनिका सिटी-201 102
द्वारा मुद्रित

**मूल्य :** ₹350

AADI, ANT AUR AARAMBH
*Essays by* Nirmal Verma

ISBN : 978-93-6086-460-6

# आदि, अन्त और आरम्भ

# क्रम

**कथ्य की खोज**



**दो स्वीकृतियाँ**



**इतिहास के खोए हुए पदचिह्न**

# प्राक्कथन

अक्सर कहा जाता है कि बीसवीं शती में जितनी बड़ी संख्या में लोगों को अपना देश, अपना घर-बार छोड़कर दूसरे देशों में शरण लेने जाना पड़ा, शायद किसी और शती में नहीं। राजनीतिक दमन, तानाशाही, आतंक, आर्थिक विपन्नता—कारण कुछ भी रहा हो—पिछले सौ वर्षों के दौरान अधिकांश लोगों को पराये आकाश के नीचे एक दूसरी ज़िन्दगी को चुनने के लिए बाध्य होना पड़ा। यह एक ऐसी ऐतिहासिक दुर्घटना थी, जिसने लाखों की ज़िन्दगी को तहस-नहस कर दिया।

किन्तु इससे बड़ी त्रासदी शायद यह है कि जब मनुष्य अपना घर छोड़े बिना निर्वासित हो जाता है, अपने ही घर में एक शरणार्थी की तरह रहने के लिए अभिशप्त हो जाता है। फ्रांस की सबसे मौलिक अन्तर्दृष्टिसम्पन्न चिन्तक सिमोन वेल कहा करती थीं कि आधुनिक जीवन की सबसे भयानक, असहनीय और अक्षम्य देन 'आत्म-उन्मूलन' का बोध है। यह एक ऐसा वेस्टलैंड, आन्तरिक मरुस्थल है, जहाँ मनुष्य के

समस्त संरक्षण स्थल—ईश्वर, परम्परा, अतीत, प्रकृति—जो एक समय उसके आत्म को गठित और रूपायित करते थे, उससे छूटते जाते हैं। वह स्वयं अपने आत्म से निर्वासित हो जाता है, जो आत्म-उन्मूलन की चरमावस्था है।

अजीब बात यह है कि यह चरमावस्था, जो अपने में काफ़ी 'एब्नॉर्मल' है, आज हम भारतवासियों की सामान्य अवस्था बन गई है। आत्म-उन्मूलन का त्रास अब 'त्रास' भी नहीं रहा, वह हमारे दैनिक जीवन का अभ्यास बन चुका है। अक्सर वही चीज़ जो सर्वव्यापी है, हमें आँखों से दिखाई नहीं देती। ऊपर की बीमारियाँ दिखाई देती हैं, किन्तु जो कीड़ा हमारे अस्तित्व की जड़ से चिपका है, जिससे समस्त व्याधियों का जन्म होता है—आत्मशून्यता का अन्धकार—उसे शब्द देने के लिए जिस आत्मबोध की ज़रूरत है, हम आज उससे भी वंचित हो गए हैं। इस पुस्तक के अधिकांश निबन्ध—उनके विषय कुछ भी क्यों न हों—विभिन्न कोणों से इस 'अन्धकार' को चिह्नित करने का प्रयास करते हैं। यह वह केन्द्रीय 'थीम' है जो इन निबन्धों को एक सूत्र में बाँधे है। धर्मनिरपेक्षता, भूमंडलीकरण, 'आधुनिक' बुद्धिजीवी की आध्यात्मिक कुंठाएँ एक-दूसरे से भिन्न होते हुए भी इस अवरुद्ध मानसिकता की देन हैं जो हर क़दम पर हमें अपनी अस्मिता के प्रति सशंकित करते हैं, अपने होने में 'न होने' का अहसास कराते हैं। 'उत्तर-औपनिवेशिकता' के दौर में वे हमें अपने अन्तर्निहित औपनिवेशिक अवशेषों से अवगत कराते हैं।

पुस्तक के दूसरे खंड में मैंने भारती की कहानियों और बेगड़जी की नर्मदा-यात्रा पर अपनी आत्मीय प्रतिक्रियाएँ प्रकट की हैं। यद्यपि इन्हें दोनों लेखकों की पुस्तकों की प्रस्तावनाओं के रूप में लिखा गया था, किन्तु उनके बहाने मैं उन लेखकों के प्रति अपना कृतज्ञता ज्ञापन कर सका हूँ, जिनके लेखन ने इतने अलग ढंग से मुझे अपने देश और समय के प्रति संवेदनशील बनाने में योगदान किया है।

पुस्तक का अन्तिम खंड बीते हुए इतिहास की दो मर्मान्तक घटनाओं को—1968 में चेकोस्लोवाकिया पर सोवियत सेनाओं का आक्रमण और 1975 में भारत में आपातकाल की घोषणा—दो अलग काल-बिन्दुओं से देखने का प्रयास है; एक जो उनका जीवन्त, स्पन्दित वर्तमान था, दूसरे अब, जब वे सिर्फ़ अतीत की स्मृति मात्र बनकर रह गए हैं। इतिहास का अपराध-बोध कितना हास्यास्पद हो सकता है, यह इससे विदित होता है कि वे लोग जो एक समय में 'इतिहास की दुहाई' देते फिरते थे, वे आज उससे मुँह चुराने लगे हैं, मानो वह कोई प्रेत हो जिससे वह जल्द से जल्द अपना पिंड छुड़ाना चाहते हों। मार्क्स ने कभी कम्यूनिज़्म को यूरोप का प्रेत कहा था; तब कौन सोचता था कि एक दिन स्वयं कम्यूनिज़्म के लिए इतिहास एक प्रेत बन जाएगा?

16 जनवरी, 2001

**—निर्मल वर्मा**

# भारत : एक स्वप्न

# मेरे लिए भारतीय होने का अर्थ

[स्वतंत्रता के पचास वर्ष बाद]

स्वतंत्रता को मिले पचास वर्ष गुज़र गए। मैं क्या सोचता हूँ? लोग पूछते हैं, परिचर्चाएँ होती हैं, जश्न मनाए जाते हैं—लेकिन फिर भी लगता है, जैसे हाथ से कुछ छूट गया है, कोई भरा-पूरा प्रतीक, जिसको हम उस ज़मीन, ज़मीन के टुकड़े के साथ सम्पृक्त कर सकें, जिसे देश की संज्ञा दी जाती है; क्या मैं उसे प्यार करता हूँ? क्या ज़मीन के एक टुकड़े से प्यार किया जा सकता है, जिसका अपना आकाश है, समय है, अतीत है; जहाँ जीते हुए लोग ही नहीं, मृतात्माएँ भी बसती हैं? देशभक्ति, देशप्रेम—क्या ये सिर्फ़ थोथे शब्द हैं, जिन्हें हमारे आधुनिक बुद्धिजीवी मुँह पर लाते हुए झिझकते हैं, जैसे वे कोई अपशब्द हों, सिर्फ़ एक सतही, सस्ती भावुकता, और कुछ नहीं? कौन स्वतंत्र हुआ? वे हिक़ारत से पूछते हैं—ग़रीब, अमीर, छोटे, बड़े, कौन? और यदि कोई उत्तर में कहे—मैं और तुम नहीं, बल्कि वह, जो हमारे बीच में है, हमें बाँधता हुआ,

शताब्दियों से हमें 'हम' बनाता हुआ, ख़ुद अदृश्य होते हुए भी हमें एक परिदृश्य में अंकित करता हुआ—क्या है यह? क्या इस अनाम भावना को कोई नाम दिया जा सकता है?

भावनाएँ भी घटनाएँ होती हैं, आत्मा की घटनाएँ...जैसा नादीन गॉडीमर ने कहा है। मेरे लिए 'देशप्रेम' एक ऐसी ही घटना है। मेरे जीवन में यह घटना कब घटी, कहना असम्भव है, किन्तु एक बार जन्म लेने के बाद वह एक बेल की तरह फैलती गई। यह एक विचित्र भावना है, जो किसी घटना की प्रतिक्रिया में नहीं जगती, बल्कि स्वयं अपने भीतर उच्छ्वसित होती है। हम उस पर अँगुली नहीं रख सकते, जैसे हम देश को छूकर उसकी समग्रता में नहीं पा सकते, सिवा एटलस के नक़्शे पर, किन्तु तब बोर्ख़ेस की कहानी की तरह नक़्शा उतना बड़ा ही होना चाहिए, जितना बड़ा देश है—उसकी ज़मीन, पहाड़ों, नदी-नालों के इंच-इंच को अपने में समोता हुआ! नहीं, देश के प्रति यह लगाव न तो इतिहास में अंकित है, न भूगोल की छड़ी से नापा जा सकता है, क्योंकि अन्ततः वह...एक स्मृति है, व्यक्तिगत जीवन से कहीं अधिक विराट और समय की सीमाओं से कहीं अधिक विस्तीर्ण...हमारे समस्त पूर्वजन्मों का पवित्र स्थल, जहाँ कभी हमारे पूर्वज और पुरखे रहते आए थे। यदि हर भावना एक घटना है, तो 'देशप्रेम' एक चिरन्तन घटना है—हर पीढ़ी की आत्मा में नये सिरे से घटती हुई।

किन्तु वह कोई अमूर्त भावना नहीं; एक कविता की तरह वह किसी ठोस घटना अथवा अनुभव के धुँधले, टीसते, टिमटिमाते बिन्दु से उत्पन्न हो सकती है। अपनी बात कहूँ तो मुझे बचपन का वह क्षण याद आता है, जब मैं माँ के साथ ट्रेन में बैठकर जा रहा था। कहाँ जा रहा था, कुछ याद नहीं, सिर्फ़ इतना याद है कि मैं सो रहा था, अचानक मुझे धड़धड़ाती-सी आवाज़ सुनाई दी; हमारी ट्रेन पुल पर से गुज़र रही थी। माँ ने जल्दी से मेरे हाथ में कुछ पैसे रखे और मुझसे कहा कि मैं उन्हें नीचे फेंक दूँ।

नीचे नदी में। नदी? कहाँ थी वह? मैंने पुल के नीचे झाँका, शाम के डूबते आलोक में एक पीली, डबडबाई-सी रेखा चमक रही थी। पता नहीं, वह कौन-सी नदी थी, गंगा, कावेरी या नर्मदा? मेरी माँ के लिए सब नदियाँ पवित्र थीं।

यह मेरे लिए अपने देश 'भारत' की पहली छवि थी, जो मेरी स्मृति में टँगी रह गई है...वह शाम, वह पुल, पुल के परे रेत के ढूह और वह डूबता सूरज और एक अनाम नदी...कहीं से कहीं की ओर जाती हुई! मुझे लगता है, अपने देश के साथ मेरा प्रेम-प्रसंग यहीं से शुरू हुआ था...उत्पीड़ित, उन्मादपूर्ण, कभी-कभी बेहद निराशापूर्ण; किन्तु आज मुझे लगता है कि अन्य प्रेम-प्रसंगों की तुलना में वह कितनी छोटी-सी घटना से शुरू हुआ था, माँ का मुझे सोते में हिलाना, दिल की धड़कन, नदी में फेंका हुआ पैसा...बस, इतना ही!

बाद के वर्षों में मेरे भीतर यह विश्वास जमता गया कि देशप्रेम यदि 'आत्मा की घटना' है, तो वह सिर्फ़ एक ऐसी संस्कृति में पल्लवित होती है, जहाँ 'स्पेस' और 'स्मृति' अन्तर्गुम्फित हो सकें। मनुष्य और पशु के सम्बन्ध की बात तो अलग रही, उन चीज़ों का परस्पर सम्बन्ध भी बहुत गहरा हो, जो ऊपर से अजीवन्त दिखाई देते हैं...पत्थर, नदी, पहाड़, पेड़...आपस में किन्तु अपने अन्त:सम्बन्धों में वे एक जीवन्त पवित्रता का गौरव, एक तरह की धार्मिक संवेदना ग्रहण कर लेते हैं। यह क्या महज़ संयोग था कि हमारे यहाँ प्रकृति के इन आत्मीय उपकरणों के प्रति लगाव ने 'देशभक्ति' की भावना को जन्म दिया, जो राष्ट्र की सेक्यूलर, और संकीर्ण अवधारणा से बहुत भिन्न था? क्या भारत का कोई ऐसा कोना है, जहाँ 'रामायण', 'महाभारत' और पौराणिक कथाओं के प्रतीक मनुष्य को अपने जीवन की अर्थवत्ता पाने में सहायक नहीं होते? यदि एक भूखंड में जीता हुआ व्यक्ति एक 'रूपक' में अपने होने का प्रत्यक्षीकरण करता है, तो यह वहीं सम्भव हो सकता है, जहाँ भूगोल

की देह पर संस्कृति के स्मृति-स्थल अंकित रहते हैं। पत्थर को छूते हुए कोई देवता, नदी का स्पर्श करते ही कोई स्मृति, पहाड़ पर चढ़ते हुए किसी पौराणिक यात्रा की अन्त:कथा ऐसे पदचिह्न हैं, जिन पर क़दम रखते हुए हम अपनी जीवन-यात्रा को तीर्थ-यात्रा में परिणत कर लेते हैं।

अतीत में देश के प्रति यह भावना अन्य देशों में भी देखी जा सकती थी, जहाँ देशप्रेम का गहरा सम्बन्ध संस्कृति और परम्परा की स्मृति से जुड़ा था। मुझे तारकोव्स्की की फ़िल्म 'मिरर' की याद आती है, जिसमें एक पात्र पुश्किन का पत्र अपने एक मित्र को पढ़कर सुनाता है, और उस पत्र में पुश्किन रूस के बारे में जो कुछ अपने उद्गार प्रकट करते हैं, वे एक अजीब तरह का आध्यात्मिक उन्मेष लिये हुए हैं। वह लिखते हैं : "एक लेखक होने के नाते मुझे कभी-कभी अपने देश के प्रति गहरी झुँझलाहट और कटुता महसूस होती है लेकिन मैं सौगन्ध खाकर कहता हूँ कि मैं किसी भी क़ीमत पर अपना देश किसी और देश से नहीं बदलना चाहूँगा। न ही अपने देश के इतिहास को किसी दूसरे इतिहास में परिणत करना चाहूँगा, जो ईश्वर ने मेरे पूर्वजों के हाथों में दिया था।"

शब्द पुश्किन के हैं, अपने देश 'मदर रशिया' के बारे में, लेकिन उनमें देशभक्ति का एक ऐसा धार्मिक आयाम दिखाई देता है, जिसमें हमें विवेकानन्द, श्री अरविन्द और गांधी की भावनाएँ प्रतिध्वनित होती सुनाई देती हैं, जो उन्होंने समय-समय पर गहरे भावोन्मेष के साथ भारतभूमि के प्रति प्रकट की थीं। आज के आधुनिक भारतीय धर्मनिरपेक्षीय बुद्धिजीवियों को भारत के सन्दर्भ में ईश्वर और पूर्वजों की स्मृति का उल्लेख करना कितना अजीब जान पड़ता होगा, इसका अनुमान करना कठिन नहीं है। वे लोग तो 'वन्दे मातरम्' जैसे गीत में भी साम्प्रदायिकता सूँघ लेते हैं। सच बात तो यह है कि देशप्रेम की भावना को देश से जुड़ी स्मृतियों और उसके इतिहास की धूल में सनी पीड़ाओं को अलग करते ही इस भावना की गरिमा और पवित्रता नष्ट हो जाती है।

वह या तो राष्ट्रवाद के संकीर्ण और कुत्सित पूर्वग्रह में बदल जाती है, अथवा आत्म-घृणा में—दोनों ही एक तसवीर के दो पहलू हैं।

कोई राष्ट्र जब अपनी सांस्कृतिक जड़ों से उन्मूलित होने लगता है, तो भले ही ऊपर से बहुत सशक्त और स्वस्थ दिखाई दे, भीतर से मुरझाने लगता है। स्वतंत्रता के बाद भारत के सामने यह सबसे दुर्गम चुनौती थी। पाँच हज़ार वर्ष पुरानी परम्परा से क्या ऐसे 'राष्ट्र' का जन्म हो सकता है, जो अपने में 'एक' होता हुआ भी उन 'अनेक' स्रोतों से अपनी संजीवनी शक्ति खींच सके, जिसने भारतीय सभ्यता का रूप गठन किया था? यह एक ऐसी अद्भुत 'सिम्फनी' रचने की परिकल्पना थी, जिसके संगीत में हर छोटे-से-छोटे वाद्य का सुर संयोजित होकर गूँजता था। जिस तरह गांधी की आँख से कभी 'आख़िरी आदमी' ओझल नहीं होता था, वैसे ही इस सभ्यता के अदृश्य कंडक्टर का बेटन ऑर्केस्ट्रा की अन्तिम पंक्ति में बैठे वादक को नहीं भूलता था। कोई परम्परा इतनी छोटी, इतनी नगण्य नहीं थी, जिसकी 'आवाज़' भारतीय संस्कृति की मुख्य धारा में से जुड़कर अपनी विशिष्ट लय में अनुगुंजित न होती हो। बहुत वर्ष पहले जब मैंने मध्य प्रदेश के हृत्स्थल में नर्मदा को सहस्र धाराओं में फूटते देखा था, तो मुझे वह भारतीय संस्कृति का सबसे उजला प्रतीक जान पड़ा था।

क्या यह प्रतीक आज कुछ मैला-सा नहीं पड़ गया?

पिछले पचास वर्षों में यदि कोई सबसे दुखदायी घटना हुई है, तो यह कि हमने भारतीय संस्कृति की इस प्रवहमान धारा को धीरे-धीरे सूख जाने दिया। हम भूल गए कि भारत केवल एक राज्य-सत्ता, नेशन स्टेट ही नहीं है—जैसा पश्चिम की अनेक राष्ट्रीय सत्ताएँ हैं...जो अपनी सीमाओं में आबद्ध होकर ही अपनी अस्मिता परिभाषित कर पाते हैं। इसके विपरीत शताब्दियों से हमारे देश की सीमाएँ वे स्वागत-द्वार रहे हैं, जिनके भीतर आते ही उत्पीड़ित और त्रस्त जातियाँ अपने को सुरक्षित पाती रही हैं।

सातवीं-आठवीं शती में ईरान पर इस्लामी आक्रमण के बाद पारसियों ने अपना शरण-स्थल भारत में ही ढूँढ़ा था। कौन सोच सकता था कि यूरोप से भागे हुए यहूदियों को सुरक्षा देनेवाले कोचीन के एक हिन्दू राजा होंगे...जो न केवल उन्हें सहायता देंगे, बल्कि अपने राज्य में उन्हें अपना प्रार्थना-गृह, सिनागौग बनाने में मदद करेंगे। हज़ारों तिब्बती निवासियों और भिक्षुओं का दलाई लामा के साथ भारत में शरण लेने आना तो कोई पुरानी घटना भी नहीं है, जिसे भुलाया जा सके। एक प्राचीन वट वृक्ष की तरह भारतीय संस्कृति ने अपनी छाया तले सैकड़ों जातियों, जनजातियों, धार्मिक समुदायों को वह पवित्र स्पेस प्रदान की थी, जहाँ वे मुक्त हवा में साँस ले सकें। यह केवल सहिष्णुता की बात नहीं थी, जहाँ 'अन्य' को अपने से अलग मानकर उसे सहन किया जाता था, बल्कि इसके पीछे कहीं यह मान्यता काम करती थी कि विभिन्न विश्वासों के बीच सत्य की सत्ता समान रूप से क्रियाशील रहती है...अपने में अखंडित और अपरिवर्तनशील! भारतीय सभ्यता को अपनी यह अनमोल अन्तर्दृष्टि स्वयं अपनी आध्यात्मिक परम्परा से प्राप्त हुई थी, जहाँ 'आत्म' और 'अन्य' के बीच का भेद अविद्या का लक्षण था, सत्य का नहीं।

भारतीय सभ्यता के इस आध्यात्मिक सिद्धान्त को अनदेखा करने का ही यह दुष्परिणाम था कि पश्चिमी इतिहासकारों...और उनके भारतीय 'सबाल्टर्न' अनुयायियों की आँखों में भारत की अपनी कोई सांस्कृतिक इयत्ता नहीं, वह तो सिर्फ़ क़बीलों, जातियों, सम्प्रदायों का महज़ एक पुंज मात्र है। वे इस बात को भूल जाते हैं कि यदि ऐसा होता, तो भारत की सत्ता और उसके अन्तर्गत रहनेवाले सांस्कृतिक समूहों की अस्मिता कब की नष्ट हो गई होती—उसी तरह, जैसे अमेरिका और ऑस्ट्रेलिया के आदिवासियों के साथ हुआ, जिनकी संस्कृति के आज सिर्फ़ अवशेष दिखाई देते हैं।

यदि भारत का 'सभ्यता-बोध' और सांस्कृतिक परम्पराएँ आज भी मौजूद हैं, तो उसका मुख्य कारण वह केन्द्रीय आध्यात्मिक तत्त्व है, जिसमें इतनी क्षमता और ऊर्जा थी कि इतिहास के निर्मम थपेड़ों के बावजूद वह समस्त प्रभावों को अपने भीतर समाहित कर सका। अंग्रेज़ी मार्क्सवादी इतिहासकार ई.पी. टॉप्सन के शब्दों में :

> भारत सिर्फ़ महत्त्वपूर्ण नहीं, दुनिया का शायद सबसे महत्त्वपूर्ण देश है, जिस पर सारी दुनिया का भविष्य निर्भर करता है। भारतीय समाज में दुनिया के विभिन्न दिशाओं से आते प्रभाव एक-दूसरे के साथ मिलते हैं...। पूर्व या पश्चिम का ऐसा कोई विचार नहीं, जो भारतीय मनीषा में क्रियाशील न हो।

टॉप्सन के इन शब्दों को पढ़ते हुए मैं सोचने लगा कि भारत में कितने मार्क्सवादी हैं, जिनमें अपने देश के प्रति इस तरह के उद्‌गार प्रकट करने की ईमानदारी और विनम्रता हो?

देखा जाए, तो यह 'विचार तत्त्व' ही है जो हमारे राष्ट्रीय जीवन की विपन्नता और ऐतिहासिक दुर्घटनाओं के बावजूद इस देश को बचाए रखने में सफल हुआ है। देश-विभाजन से बड़ी भीषण दुर्घटना और क्या हो सकती थी? यदि गांधीजी के लिए यह उनके जीवन का सबसे मर्मान्तक घाव था, तो इसलिए कि आज के अनेक राजनेताओं की तरह उनके लिए देश की भौगोलिक अखंडता सिर्फ़ एक संवैधानिक बात नहीं थी, जहाँ सिर्फ़ देश की सीमाओं को सुरक्षित रखना महत्त्वपूर्ण हो। इससे कहीं अधिक महत्त्वपूर्ण बात यह थी कि इन सीमाओं के भीतर शताब्दियों से हमारे पुरखों-पूर्वजों ने एक-दूसरे के साथ अपने अनुभवों, स्मृतियों, स्वप्नों का साझा किया था—एक जीवित संग्रहालय—जिसमें कला, साहित्य और दर्शन की असाधारण रचनाएँ सृजित हुई थीं। कश्मीर केवल भौगोलिक दृष्टि से भारत को नहीं रहा, बल्कि अल-बरूनी के

शब्दों में हिन्दू दर्शन और आध्यात्मिक शोध का यदि काशी के बाद कोई अध्ययन केन्द्र था, तो वह कश्मीर था। शैव-बौद्ध दर्शन और राजतरंगिणी जैसी इतिहास-रचनाओं को क्या कभी हम अपनी पारम्परिक सम्पदा से अलग कर देख सकते हैं? धर्म-परिवर्तन से ही किसी देश का अतीत परिवर्तन नहीं हो जाता। एक देश की पहचान सिर्फ़ उन लोगों से नहीं बनती, जो आज उसमें जीते हैं, बल्कि उनसे भी बनती है, जो एक समय में जीवित थे और आज उसकी मिट्टी के नीचे दबे हैं। समय के बीतने के साथ भूमि की भौगोलिक सीमाएँ धीरे-धीरे संस्कृति के नक़्शे में बदल जाती हैं। एक के खंडित होते ही दूसरे की गरिमा को भी चोट पहुँचती है।

एक अन्तिम शब्द—हमें कभी अपने समाज की कुरीतियों, अपने सत्ताधारी नेताओं की स्वार्थलिप्साओं को अपने देशप्रेम से गड्ड-मड्ड नहीं करना चाहिए। मेरे लिए, मेरा देश, मेरे राजनीतिक, सैद्धान्तिक आग्रहों से कहीं ऊपर है...या होना चाहिए। गांधी से बड़ा भारत-प्रेमी कौन हो सकता था लेकिन वह भारतीय समाज के सबसे बड़े आलोचक भी थे—क्योंकि जो व्यक्ति हृदय से अपने देश से प्यार करता है, उसे ही आलोचना का अधिकार भी प्राप्त होता है।

जॉर्ज ऑरवेल अंग्रेज़ी समाज के भीतर वर्ग-भेदों के कटु आलोचक थे, किन्तु नात्सी जर्मनी की पाशविक नीतियों के विरोध में उन्होंने चर्चिल जैसे लोगों का भी साथ दिया क्योंकि उन्हें मालूम था कि इंग्लैंड की लोकतांत्रिक परम्पराओं को बचाने के लिए राजनीतिक असहमतियों से ऊपर उठना होगा। वह इंग्लैंड से प्रेम करते थे क्योंकि वह उस 'स्वप्न' से प्रेम करते थे, जो इंग्लैंड के यथार्थ से कहीं अधिक मूल्यवान था। क्या भारत हमारे लिए ऐसा ही स्वप्न नहीं था? यदि वह पिछले पचास वर्षों में इतना धुँधला पड़ गया है, तो हम...जो अपने को बुद्धिजीवी कहते हैं...क्या अपने प्रेम की लौ से उस स्वप्न को पुनः प्रकाशमान नहीं कर सकते?

मुझे नहीं मालूम, आज यह कितना सम्भव है...लेकिन उस शाम मैंने उसकी एक झलक देखी थी, जब मैंने अपनी माँ के कहने पर पुल के नीचे बहती नदी में पैसे फेंके थे। मेरी माँ अब नहीं हैं...लेकिन मैं सोचता हूँ, वह नदी अब भी है। प्रार्थना करता हूँ कि वह बिलकुल सूख नहीं गई है।

# आदि और अन्त

मैं भारत भवन का आभारी हूँ, जिसने मुझे यहाँ 'अन्त और आरम्भ' विषय पर बोलने के लिए आमंत्रित किया। बाद में जब मुझे बताया गया कि मेरा भाषण 'अज्ञेय स्मृति व्याख्यानमाला' के अन्तर्गत आयोजित किया गया है तो मेरे लिए यह एक प्रीतिकर आश्चर्य था। आधुनिक हिन्दी लेखकों में जैनेन्द्र के बाद अज्ञेय उन कम लेखकों में थे—शायद अकेले—जिन्होंने समय की भूल-भुलैया में प्रवेश करने का जोखिम उठाया था। साहित्य अकादेमी की प्रथम संवत्सर व्याख्यानमाला का उद्घाटन ही उन्होंने अपने भाषण 'स्मृति के परिदृश्य' के शीर्षक से दिया था। यहाँ आने से पहले जब मैं उसे पुन: पढ़ रहा था तो लगा, कितनी सटीक, सीधी-सादी तार्किक प्रांजलता के साथ उन्होंने भारत और पश्चिम की दो विभिन्न लगभग विपरीत समय की अवधारणाओं का विश्लेषण किया था। 'अन्त' और 'आरम्भ' केवल समय के दो बिन्दु ही नहीं हैं, बल्कि उनके बारे में हमारी क्या धारणा होती है, इससे हमारा समूचा जातीय चरित्र प्रभावित होता है।

आज जब हम बीसवीं शताब्दी के कगार पर खड़े हैं तो पीछे मुड़कर गुज़री हुई राह को देखने का सम्मोहन अधिक प्रबल हो उठता है—किन्तु यदि हम अपने लेखे-जोखे के नोट्स किसी अन्य सह-दर्शक से लगाएँ, तो कुछ आश्चर्य होगा कि पिछले सौ वर्षों में जो कुछ घटा, उसे हम—दुनिया के लोग—एक ही दृष्टि से नहीं देखते। हम वही देखते हैं, जिसने हमें सबसे अधिक प्रभावित किया है। यहाँ तक कि बीसवीं शताब्दी के बारे में भी दो मत एक नहीं हैं। यह सही है कि कैलेंडर के आधार पर हम उसका 'आरम्भ-बिन्दु' निर्धारित कर सकते हैं, किन्तु बीसवीं शताब्दी केवल समय की श्रृंखला नहीं है, उस श्रृंखला के भीतर किन ऐतिहासिक दबावों के कारण मानव-चरित्र में परिवर्तन आया है, उसका मानचित्र भी प्रस्तुत करती है। किन्तु मानचित्र का यह ख़ाका क्या उन्नीसवीं शताब्दी के उत्तरार्द्ध में ही आरम्भ नहीं हो गया था? यदि मैं आपके सामने बिना किसी सोचे-समझे कुछ नाम रखूँ, जिन्होंने बीसवीं शती की जीवन-दृष्टि और भाव-बोध को मूलगामी ढंग से झिंझोड़ दिया था, तो आपको आश्चर्य होगा, अपने-अपने क्षेत्रों में उन्होंने क्रान्तिकारी अवदान (फ्रायड को छोड़कर) उन्नीसवीं शताब्दी में ही सम्पन्न कर दिया था—मार्क्स ने समाजशास्त्र में, नीत्शे ने दर्शन में, बाद्लेयर और मलार्मे ने कविता में, सीज़ाँ ने चित्रकला में। बीसवीं शती यदि यूरोपीय मनुष्य के आधुनिक भाव-बोध के चमत्कारिक आविष्कारों या अपने 'एस्थेटिक एडवेंचर' द्वारा मानी जाती है, तो यह रचनात्मक उत्थान कैलेंडर की तारीख़ की प्रतीक्षा किये बिना उन्नीसवीं शती के अन्तिम दशकों में ही आने लगा था।

क्या यह इतिहास का एक शाश्वत रहस्य है कि हम परिवर्तन का परिणाम तभी देख पाते हैं जब उसकी प्रतिक्रिया समाप्त हो जाती है? हम आरम्भ पर उँगली रख पाएँ, इसके पहले ही वह व्यतीत हो चुका होता है, कुछ ऐसे रोगों की तरह जो देह पर तभी प्रकट होते हैं

जब भीतर देखने के लिए कुछ भी बचा नहीं रहता? सम्भव है, ऐसा होता हो। शायद ऐसा होता ही है, लेकिन मुझे लगता है, इतिहास हो या मनुष्य की देह, होनेवाला परिवर्तन नंगी आँखों से न भी दिखाई दे, तो भी उसकी हल्की-सी भनक मिल ही जाती है। लगता है, हवा में कुछ बदल गया है। हम सहसा एक दिन दुनिया को दूसरी निगाहों से देखने लगते हैं... ख़ुद हमारा अपने से नाता बदल जाता है। वह क्या है, हम नहीं जानते; जो जानते हैं, वह बता नहीं सकते। मेरी स्मृति में वे प्रेम-कविताएँ सबसे अमिट हैं, जब कवि ठीक उस क्षण को शब्द में बदलता है, जब प्रेम का अनुभव होता है, लेकिन वह अभी शब्द में प्रकट नहीं हुआ। वह जो हमारे अनुभव में 'आरम्भ' बनता है, उसका आरम्भ कहाँ होता है, क्या इसके रहस्य को कोई भेद सकता है? रूसी गुड़िया की तरह एक आरम्भ के नीचे पता नहीं कितने और आरम्भ छिपे रहते हैं।

रहस्य अपनी जगह है, लेकिन इसको भेदने के प्रयास भी कम नहीं हुए हैं। इतिहासकार जब काल की अनन्तता का अलग-अलग 'पीरियडों' में वर्गीकरण करते हैं तो बात समझ में आती है। वह इतिहासकार कैसा जो विभाजन की कला में पारंगत न हो...किन्तु जब साहित्यकार उसमें दख़ल देने लगें तो उनकी बात सुननी पड़ती है, क्योंकि साधारणतया वे ऐसा नहीं करते। मुझे यहाँ वर्जीनिया वुल्फ़ का (आप कहेंगे, भला और कौन!) वह असाधारण निबन्ध याद आता है, जब उन्होंने उपन्यासों में होनेवाले नये परिवर्तनों को लक्षित करते हुए कहा था कि 1910 के आसपास मनुष्य के चरित्र, उसके स्वभाव में ऐसा बदलाव आया है, जो विक्टोरियन-युग के उपन्यासों में दिखाई नहीं देता। लेकिन 1910 ही में वह क्यों लक्षित किया गया? अपने एक संस्मरण में वह कहती हैं (जो उनकी मृत्यु के बाद प्रकाशित हुआ) कि उन्हें अब भी वह दिन याद है जब उनके युवा मित्र लिटन स्ट्रेची चाय पर उनके घर आए थे। सोफ़ा पर वर्जीनिया वुल्फ़ की बहन चित्रकार वैनेसा बेल बैठी थीं।

उनकी स्कर्ट पर कोई धब्बा देखकर लिटन स्ट्रेची ने अपनी छड़ी की नोक से इशारा करते हुए कहा—Is it semen? "उस शाम के बाद मुझे लगा", वर्जीनिया वुल्फ़ लिखती हैं : "हमारे भीतर जमी हुई विक्टोरियन वर्जनाएँ अपने-आप झर गईं।" जिस शब्द को सभ्य समाज में लोग बोलते हुए झिझकते हैं, उसको कोई खुलेआम कह दे, और वह भी दो बहनों के सामने, जिसमें अभी एक अविवाहित थी—यह क्या छोटी क्रान्ति थी?

किन्तु आरम्भ और अन्त के बिन्दु एक जगह टिके नहीं रहते, अपनी जगह बदलते रहते हैं। जो घटना किसी युग का अन्त जान पड़ती है, वही कालान्तर में किसी दूसरे दौर का आरम्भ बन जाती है। मुझे याद है, मेरे छात्रावस्था के दिनों में यह माना जाता था कि उन्नीसवीं शती के संसार का असली अन्त प्रथम महायुद्ध की विभीषिका में हुआ। स्टीफ़ेन ज्वायग ने अपनी मर्मस्पर्शी आत्मकथा *The World of Yesterday* में इसका उल्लेख करते हुए कहा है :

> उस युद्ध के बाद वह सभ्यता समाप्त हो गई, जिसमें हर चीज़ की अपनी जगह थी। कुछ मानव-मूल्य चिर स्थायी माने जाते थे। हर मनुष्य की अपनी एक विशिष्ट निर्धारित छवि थी, जिस पर उसके वर्ग के संस्कार छपे रहते थे। रातों-रात सब कुछ बदल गया। लगा, हर चीज़ कितनी क्षणभंगुर है! जिसे हम यथार्थ समझ बैठे थे, वह कितना बड़ा इल्यूज़न था...!

स्टीफ़ेन ज्वायग ने जिस संक्रान्ति की कुहेलिका का इतना अन्तरभेदी विश्लेषण किया था, उसकी गहरी छाया उन्हीं के शहर वियना में रहनेवाले विटगेंश्टाइन, फ्रायड, राबर्ट म्यूसिल जैसे समकालीन लेखकों के चिन्तन पर देखी जा सकती है।

क्या यह सचमुच सभ्यता का अन्त था? जब कॉलेज के दिनों में मैं मार्क्सवाद के प्रति आकर्षित हुआ तो हमसे कहा गया कि वह सभ्यता नहीं,

एक विशिष्ट समाज की रोगग्रस्त अवस्था थी, जिसका मरण अनिवार्य था...हमें उस 'नये मनुष्य' को गढ़ना है, जो क्रान्ति के बाद जन्मा है। और तब हमें पता चला कि बीसवीं शती के बाक़ी सब आरम्भ झूठ थे। उसका सही और सच्चा आरम्भ तो 1900 में नहीं, 1910 में नहीं, 1917 में सोवियत क्रान्ति से हुआ था। बीच के वर्षों में इस 'नये मनुष्य' पर क्या बीती, मैं उस कहानी में नहीं जाऊँगा। वह शायद हमारी बीती हुई शताब्दी की सबसे दुखद त्रासदी है। लेकिन आज मैं थोड़ा पीछे मुड़कर देखता हूँ तो आश्चर्य और दुःख ज़रूर होता है कि बीसवीं शती के आरम्भ की घोषणा जिस 'नये मनुष्य' के जन्मदिन पर की गई थी, वह उस शती का अन्त देखने के लिए बचा नहीं रह सका।

लेकिन क्या वह मनुष्य भी बचा रह सका, जो दूसरे महायुद्ध की खन्दकों से निकलकर नई शती के उजाले में आया था? हमें थोड़ा ठहरकर इस प्रश्न पर विचार करना चाहिए, क्योंकि इसका उत्तर पाने के लिए हमें कोई दूसरा आरम्भ-बिन्दु ढूँढ़ना होगा, जहाँ से यूरोपीय मनुष्य की आधुनिक पहचान बनती है, जिसमें वे सब आरम्भ-बिन्दु शामिल हैं, जिनकी चर्चा हमने ऊपर की है।

आपके सामने शायद यह स्पष्टीकरण करना ज़रूरी नहीं है कि यहाँ मैं फ़िलहाल यूरोपीय मनुष्य की बात कर रहा हूँ—मनुष्य मात्र की नहीं। उन परम्पराओं में जन्मे मनुष्य की नहीं जो एक भिन्न क़िस्म के काल-बोध में अपनी दुनिया और अपने 'आत्म' की छवि बनाता है। और यदि ज़्यादा सफ़ाई से कहूँ तो यूरोपीय मनुष्य की भी उतनी नहीं, जितनी मनुष्य के उस विशिष्ट व्यक्तित्व की, जिसके 'पर्सोना' का अवतार मध्यकाल की समाप्ति और जिसे इतिहासकार यूरोप का नवजागरण युग कहते हैं, उसके आरम्भ होने पर प्रकट हुआ था। मैं जानबूझकर 'प्रकट होने' शब्द का इस्तेमाल कर रहा हूँ, ताकि आप यह न भूलें कि हर संस्कृति के कुछ स्थायी बिम्ब अवश्य होते हैं, किन्तु हर इतिहास-परिवर्तन के नीचे

इन बिम्बों का सम्मिश्रण (configuration) बदलता रहता है, जिससे उसका एक नया रूप बनता है, जो अपने में स्थायी नहीं है—इसीलिए मैंने उसके लिए 'पर्सोना' का शब्द उपयुक्त किया है। एक तरह का मुखौटा जो चेहरे की स्थायी पहचान नहीं है। यहाँ यह शब्द एक अतिरिक्त महत्त्व प्राप्त कर लेता है क्योंकि पिछले चार सौ वर्षों में जिस यूरोप ने अपने बाहर फैली जिन ग़ैर-यूरोपियन, ग़ैर-ईसाई सांस्कृतिक परम्पराओं—जिनमें भारतीय परम्परा सबसे प्रमुख रही है—को प्रभावित किया, तोड़ा-फोड़ा, बदला, या कहीं-कहीं, जैसे लातिन अमेरिका में, उनको पूर्णतया नष्ट कर दिया—उसमें यूरोपीय मनुष्य के इस नये रूप या पर्सोना ने सबसे निर्णायक भूमिका अदा की थी। किन्तु यह स्वीकार करते हुए भी मैं आपको थोड़ा सचेत कर देना चाहता हूँ कि आप यूरोप के इस आक्रामक तेवर को देखकर उसके आत्म-सशंकित, उद्भ्रान्त, रोमांटिक, वल्नरेबल पक्ष को न भूल जाएँ, जो हमें उसके कला, संगीत और साहित्य में इतना उद्वेलित करता है। शेक्सपियर के रक्तरंजित चेहरों के पीछे कितने आँसू छिपे रहते हैं, कौन नहीं जानता। हम चाहें तो कह सकते हैं कि वह यूरोप का 'दूसरा चेहरा' था या उसी चेहरे का दूसरा पक्ष, 'द अदर साइड ऑफ़ यूरोप'। इस बात का ध्यान रखना इसलिए भी ज़रूरी है कि आज हम भारतीय जब अपने 'आधुनिक युग' के आरम्भ की बात करते हैं, वह चाहे जहाँ से भी शुरू हुआ हो, वहाँ हमें यूरोप के इन दोनों पक्षों का सामना करना पड़ेगा...ग़लत नहीं होगा, यदि मैं कहूँ कि अपने को जाँचने के लिए जैसे हम आज हैं, यूरोप के इस अन्तर्विरोधी, संश्लिष्ट मानस को जानना ज़रूरी होगा।

हम स्टीफ़ेन ज्वायग की आत्मकथा की बात कर रहे थे...। उन्होंने यूरोपीय मनुष्य की असुरक्षित, अस्थायी अवस्था की ओर संकेत करते हुए कहा था कि पहली बार उन्हें एक revelation-सा हुआ कि जिन चीज़ों, मूल्यों और भावनाओं को हम 'शाश्वत' मानकर चलते हैं,

वे कितनी नाज़ुक, कमज़ोर नींवों पर आधारित होती हैं...ज़रा-सा झटका खाते ही वे भरभराकर टूट जाती हैं।

अस्थायीपन सिर्फ़ वह अवस्था नहीं है जब पैरों तले की ज़मीन खिसकती दिखाई देती है, किन्तु वह डाँवाँडोल स्थिति भी है जब मनुष्य को अपने भीतर का संसार—जिसे हम उसका 'सेल्फ़' कहें तो बेहतर होगा—वह भी अपनी चूल से डिगता जान पड़ता है। मनुष्य को अपने भीतर सहसा दो अन्तर्विरोधी-सी दिखनेवाली 'सेंसेशंस' का अनुभव होता है, एक तरफ़ वह अपने को बहुत हल्का, बोझहीन, स्वतंत्र, समस्त पुरानी घिसी-पिटी परिपाटियों से मुक्त महसूस करता है—एक वर्जना मुक्त मनुष्य—जिनकी ओर वर्जीनिया वुल्फ़ ने संकेत किया था, दूसरी ओर उसे लगता था कि वह जो स्वतंत्र और मुक्त है—उसका मैं—आप उसे उसका अहं या ईगो, कुछ भी कह सकते हैं—वह अपने में ही हर क्षण बदलता, फिसलता, एक स्थायी अस्थिरता में जीता 'जीव' है, जिसकी अपनी परम्परागत पहचान तो लुप्त हो चुकी है, किन्तु नई अस्मिता बन नहीं पाई है। येट्स ने जिसे बाहरी दुनिया का संकट कहा था, मनुष्य अब उसे अपने भीतरी यथार्थ में जीने लगता है—'between two worlds, one dead the other powerless to be born.' एक समय में जो सामाजिक और धार्मिक संस्थाएँ उसे एक 'स्वत्व' का मालिक बनाती थीं, वे इतना धूमिल, भ्रामक, प्रपंचपूर्ण बन गई थीं कि वे उसका 'निजत्व' छिपाती अधिक थीं, दिखाती कम थीं और जब हम उन्हें भेदकर उसके निज के अन्दरूनी यथार्थ में प्रवेश कर भी पाते थे, तो पाते थे कि यथार्थ तो है, लेकिन उसका कोई केन्द्र-बिन्दु नहीं है, कोई ऐसा वस्तुपरक निकष नहीं है, जिसकी कसौटी पर उसे नापा जा सके...क्या सच है, क्या झूठ, क्या टिकनेवाला है, क्या वह है, जो मिटनेवाला है? एक ऐसा यथार्थ जिसे हम सही अर्थ में यथार्थ नहीं कह सकते, क्योंकि उसे अ-यथार्थ से अलग करना असम्भव होता जाता है।

तो क्या हम मान लें कि मनुष्य की अपनी कोई अखंडित, इंटीग्रल इयत्ता नहीं...कोई सम्पूर्ण इमेज नहीं, जिसे एक फ्रेम में जड़ा, पकड़ा जा सके...वह सिर्फ़ बहते, मिटते, बदलते प्रभावों, इम्प्रेशंस, अनुभूतियों का पुंज मात्र है? मनुष्य के इस विखंडित, विश्रृंखलित, केन्द्रहीन 'व्यक्तित्व' (यदि इसे व्यक्तित्व कहा जा सके) को जानने की एक ऐसी क्रान्तिकारी शुरुआत थी, जिसने यूरोपीय उपन्यास के समूचे कथ्यात्मक ढाँचे को ही हिला दिया था। यदि यह बात सच है कि उपन्यास ने आधुनिक मनुष्य के भीतर होनेवाले परिवर्तनों को वैसे ही पूर्वानुमानित (anticipate) किया है, जैसे कुछ जानवर आँधी आने से पहले उसके आसारों को हवा में सूँघ लेते हैं, तो प्रूस्त, जायस, वर्जीनिया वुल्फ़ के उपन्यासों में यूरोपीय मनुष्य के खंडित आत्मबिम्बों की पूरी एक पोर्टरेट गैलरी दिखाई देती है। रेनासाँ से उन्नीसवीं शताब्दी तक मनुष्य ने जो अपने आत्मकेन्द्रित सेल्फ़ की प्रतिमा बनाई थी, वह दोस्तोएव्स्की से गुज़रते हुए हमारे समय तक आते-आते कितनी आहत और लुंज-पुंज हो गई थी, ये उपन्यास उसका जीता-जागता दस्तावेज़ हैं। क्या मनुष्य के अन्दरूनी यूनिवर्स के बारे में प्रूस्त की खोज आइंस्टाइन की अन्तरिक्ष खोज से कम महत्त्वपूर्ण थी...यदि इन उपन्यासों का कोई एक समान शीर्षक देना चाहे तो शायद वह होगा : 'आत्म से निष्कासित मनुष्य की गाथा...'

मनुष्य की अपनी सेल्फ़ से विदाई, इसे आरम्भ कहें या अन्त? यहाँ अन्त अर्थ अंग्रेज़ी शब्द एंड (End) के श्लिष्ट अर्थ 'लक्ष्य' या 'उद्देश्य' से भी किया जा सकता है। जब मनुष्य की 'बुनियादी' छवि ('बुनियादी' केवल व्यावहारिक अर्थ में, क्योंकि कौन-सी छवि मनुष्य की प्राथमिक है—आपकी शब्दावली में कहें, कौन-सी ओरिजिनल है और कौन-सी प्रिंट—कहना असम्भव है। शायद 'आत्यन्तिक' शब्द बेहतर है)—जब उसे अपनी 'आत्यन्तिक छवि' पर ही सन्देह होने लगता है,

तो उसके 'अन्त' की अवधारणा में भी अन्तर आता है। जब मनुष्य एक जादूगर की तरह अपने 'आरम्भ (origin) के बारे में एक 'मायालोक' रचता है, वह चाहे कितना सन्दिग्ध और छलनामय क्यों न हो, वह स्वयं अपने 'अन्त' का भी एक सुरक्षा-स्थल खोज लेता है, वह चाहे कितना ही काल्पनिक क्यों न हो (ईसाई-यहूदी परम्परा में इसकी एक सुसंगत परिपाटी रही है, जिसकी चर्चा मैं बाद में करूँगा) किन्तु जब किन्हीं ऐतिहासिक दबावों तले यह भ्रमलोक टूटता है तो मनुष्य अपने को दोबारा वहीं पाता है, अपनी अकेली अनाथावस्था की ठंड में ठिठुरता हुआ, तारकोव्स्की की फ़िल्म 'स्टाकर' के पात्रों की तरह, जो एक लम्बी सुरंग से बाहर आकर जब चैन की साँस लेते हैं, तो हठात् पाते हैं कि वे उसी सुरंग के मुँह पर खड़े हैं, जहाँ से भीतर गए थे। ऐसी अवस्था में आत्म-विश्वास का वह आख़िरी सम्बल भी छूट जाता है, जो 'ईश्वर' से विलगित होकर उसके पास बचा रह गया था—उसका अपना 'मैं', उसका सेल्फ़, उसका आत्म। इससे दारुण विडम्बना क्या होगी कि मनुष्य यह तो जानता है कि वह किन परम्पराओं, परिपाटियों से मुक्त हुआ है, किन्तु स्वयं उस सेल्फ़ के बारे में आश्वस्ति खो बैठा है, जिसकी मुक्ति के लिए वह स्वतंत्र होना चाहता था। अब उसका 'अन्त' भी धूमिल और संशयग्रस्त बन जाता है, वह उसकी बनाई हुई 'नियति' को उजागर नहीं करता—एक लक्ष्यहीन मनुष्य—जो अपनी विवेक-मेधा को छोड़कर दूसरों द्वारा निर्मित लक्ष्यों पर गुज़ारा करने को विवश होता है। जब मनुष्य के अपने भीतर का देवता मर जाता है, तब वह 'झूठे' देवताओं की शरण में जाता है।

यह बात हमें दूसरी जगह ले जाती है, जहाँ हमें यूरोपीय मनुष्य के सबसे विकट विरोधाभास का सामना करना पड़ता है। यूरोपीय संस्कृति, जो अपने वैज्ञानिक चमत्कारों और ज्ञान-प्रसार के असीम साधनों द्वारा जानी जाती है, वह अपने बुद्धि-वैभव के ही कारण।

तर्क, विवेक, ज्ञान, 'क्रिटिकल रीजन', 'रेशनेलिटी' की जो मेधा यूरोप में प्रस्फुटित हुई थी, जिसने अपने इर्द-गिर्द पूरी एक पश्चिमी सभ्यता का निर्माण किया था, उसी यूरोप के हृत्स्थल में ऐसी मानव-विरोधी विचारधाराओं का जन्म हुआ, जो उसकी समस्त बौद्धिक परम्पराओं का उपहास और तिरस्कार करती थीं। ऐसा कैसे सम्भव हो सका?

क्या यह सिर्फ़ एक भूल थी, राजनीतिक अदूरदर्शिता का फल, आर्थिक कारणों का परिणाम, अथवा बीमारी कहीं अधिक गहरी और संघातक थी, जो स्वयं यूरोपीय संस्कृति के भीतर से उत्पन्न हुई थी, स्वयं 'मनुष्य' की अवधारणा से जुड़ी हुई थी? क्या यह सिर्फ़ संयोग था कि यूरोप जो पश्चिमी सभ्यता का मुख्य प्रेरणास्त्रोत और बौद्धिक नवोत्थान (enlightenment) का ज्वलन्त प्रतीक था, जिसमें एक तरह से एक पूरे बौद्धिक अभियान (Age of Reason) की शुरुआत हुई थी—वही यूरोप दो महायुद्धों के नरसंहार, जेनोसाइड, गुलग, यातना-गृहों के लिए भी उत्तरदायी ठहराया जाए? सभ्यता के गौरव-शिखर पर अभूतपूर्व बर्बरता का विस्फोटन, जिसका उदाहरण इतिहास में मिलना असम्भव है, इसलिए नहीं कि विनाश और हिंसात्मकता कभी पहले नहीं हुई थी, बल्कि इसलिए कि स्वयं बुद्धि, rationality, ज्ञान-विज्ञान की उपलब्धियों के बौद्धिक ढाँचे के बीच बर्बरता का यह अन्धकार कुछ वैसा ही अप्रत्याशित जान पड़ता है, जैसे चमकते सूर्य के बीच काला सूराख़ दिखाई दे जाता है। कहीं यह सूराख़ यूरोपीय 'रेशनेलिटी' के बीच ही तो नहीं कीड़े की तरह छिपा था? बुद्धि और बर्बरता के बीच पर्दा कितना झीना होता है—वह कभी भी फट सकता है—जो नीचे दबा है, वह कभी भी ऊपर आकर समूची सभ्यता के आवरण को हटाकर मनुष्य को एक ऐसे यथार्थ से साक्षात् करा सकता है, जिसके अस्तित्व से वह बेख़बर तो नहीं था, किन्तु जिससे वह आँख मिलाने का साहस नहीं जुटा सकता था।

कैसा था वह यथार्थ? मैं समझता हूँ, वह मनुष्य के सम्पूर्णत्व का बोध था, जिसे यूरोपीय मानस ने 'आधुनिक' होने की लम्बी प्रक्रिया में अपनी विस्मृति में फेंक डाला था क्योंकि प्रगति, विकास और वैभव के रास्ते पर वह बोध ही उसका सबसे बड़ा शत्रु, सबसे बड़ा व्यवधान, सबसे घातक कंटक था। आधुनिकता की बलिवेदी पर अपने 'सम्पूर्णत्व' को चढ़ाकर ही वह एक स्वतंत्र व्यक्ति बनने का वरदान पा सकता था। यह एक तरह से चेतना का 'चढ़ावा' बुद्धि की वेदी पर था। किन्तु देवी से जो वरदान मिला था, उसमें प्रसाद के कण भी थे—जो उस पर चढ़ाए गए थे—जैसा अक्सर होता है। ये मनुष्य की चेतना में तब भी धड़कते हैं, जब ऊपर बुद्धि का वैभव अपराजेय दिखाई देता है। अपने खोए हुए सम्पूर्णत्व की स्मृति के कण। मनुष्य अब एक ऐसी विभाजित स्थिति में जीने के लिए अभिशप्त है, जहाँ न वह एक का हो पाता है, न दूसरे का; रात के अँधेरे में वह अपना 'प्राकृतिक' जीवन जीता है, जो कभी उसका था, दिन के उजाले में वह अपना सभ्य जीवन बिताता है, जिसमें वह ख़ुद अपने को अजनबी पाता है। आधुनिक यूरोपीय मनुष्य की भविष्य-रेखा पहली बार एक ऐसे ही आत्मसशंकित, आत्मविभाजित व्यक्ति की हथेली पर उजागर हुई थी। आज अक्सर इतिहास के अन्त की, आइडियोलॉजी के अन्त की, यहाँ तक कि कला के अन्त की भविष्यवाणियाँ की जाती हैं। मुझे नहीं मालूम, उनमें कितनी सच्चाई है, किन्तु मुझे लगता है, यह सब अन्त अगर सच है, तो 'व्यक्ति' के अवसान से जुड़े हैं, जिसने इतिहास के आतंक और आइडियोलॉजी के ज्वर को अपनी नंगी त्वचा पर झेला था, उसके अद्वितीय असाधारण अनुभव को अपनी अवसादपूर्ण कला में अभिव्यक्त किया था। यूरोपीय साहित्य एक अर्थ में इसी 'सम्पूर्णबोध' के विस्मृत हो जाने का विलाप गीत माना जा सकता है। किन्तु जो विस्मृत है, वह मृत नहीं हो जाता; एक बार जो अनुभव हो चुका है, वह हमेशा बना रहता है—जीवन में

नहीं तो स्मृति में, नींद में, स्वप्न में, अवचेतन में। यदि इतिहास उसे अपने छद्म उजाले से निष्कासित कर देता है तो वह आत्मा के अँधेरे में—जो असली है—शरण पा लेता है। काफ़्का ने कहा था : हमारे सबसे मधुर गीत हमारे भीतर निचले, दबे, गुह्यतम नरक से बाहर आते हैं—एक ऐसी विस्थापित आत्मा की पुकार, जो हमें बीथोवन के अन्तिम क्वार्ट्रेट्स में, रिल्के और होल्डरलिन की कविताओं में, टॉमस मान के अभिशप्त कलाकार-नायकों की गाथाओं में सुनाई देती है। हर युग अपने पदचिह्न दूसरे युग की आत्मा में लहूलुहान खरोंचों की तरह छोड़ जाता है।

यह कौन-से युग की विदाई का गीत था? किसका अन्त? मुझे लगता है, युग से अधिक वह एक विशिष्ट भाव-बोध—सेंसिबिलिटी—का अवसान था, जिसे इतिहासकार प्राय: मध्य युग कहकर एक ख़ास काल-खंड में डाल देते हैं। उसे हम वह भाव-बोधू भी कह सकते हैं, जो 'आधुनिकता' के आक्रमण से पहले यूरोप में जीवित था—पूर्व आधुनिक काल। किन्तु शायद उससे भी सही और सार्थक नाम वह होगा जो इतिहास के काल-खंडों से मुक्त होकर ख़ुद अपनी 'स्पेस' निर्धारित कर सके। मैं उसे मध्यकाल की कोटि से उठाकर 'परम्परा की स्पेस' में लाना चाहूँगा। यह इतिहास का ऐसा निर्णायक मोड़ था, दो रास्तों का बॉर्डर पोस्ट, जिस पर जो निर्देशन तख़्ती लगी थी उस पर दो तीरों के निशान ख़ुदे थे—दो विपरीत दिशाओं की ओर निर्देश करते हुए—एक परम्परा लोक की ओर मुड़ता हुआ, दूसरा आधुनिक संसार की ओर जाता हुआ। पहले संकेत के आगे लिखा था—परम्परालोक, जिस पर ईश्वर का राज्य है—Kingdom of God; दूसरा, मनुष्यलोक, जिसमें व्यक्ति सर्वेसर्वा है। यह वह सीमारेखा थी, जहाँ मनुष्य की संस्कृति में पहली बार लौकिक और अलौकिक के बीच फाँक पड़ी थी।

अगर आप ज़्यादा ध्यान से सोचें, तो आपको कुछ आश्चर्य होगा कि यह 'सीमा-विभाजन'—मनुष्य के मानस को दो खंडों में विभाजित

करने की घटना—जिसने यूरोप की संस्कृति को आधुनिकता की देहरी पर लाकर खड़ा कर दिया था—कोई बहुत पुरानी नहीं है। मुश्किल से चार-पाँच सौ साल पुरानी, जो भला मनुष्य की सुदीर्घ यात्रा में क्या महत्त्व रखती है? लेकिन ज़रा देखिए, मनुष्य की वर्तमान प्रतिमा को गढ़ने में वह इतनी अधिक समर्थ रही कि आज वह सनातन प्रतिमा लगती है, जैसे 'मनुष्य' हमेशा से ऐसा ही था, दुनिया की विभिन्न परम्पराओं में गढ़ी मनुष्य की मूर्तियों को मिटाकर आज वह एक मॉडल मूर्ति की तरह क़ायम है। यदि आज आप किसी से कहें कि आधुनिक मनुष्य का यह व्यक्तिनुमा मॉडल, जिसे आज आप देखते हैं, चार सौ साल पहले यूरोप में नहीं पाया जाता था, तो वह आपकी बात हँसी में टाल देगा और यदि आप उससे कहें कि आज भी कुछ ऐसी संस्कृतियाँ, परम्परागत समाज हैं, जहाँ मनुष्य कुछ दूसरे ढाँचे में ढला है, जिसकी स्मृतियाँ और संस्कार कुछ दूसरे मिट्टी-गारे के बने हैं—हालाँकि देखने-सुनने में वह पेरिस-न्यूयॉर्क में चलते मनुष्य की तरह ही दिखता है, जो 'आज' के मनुष्य की छवि से बहुत अलग है, किन्तु उनकी शक्ल-सूरत मनुष्य जैसी है—तो उसे विश्वास होगा या नहीं, आश्चर्य ज़रूर होगा।

कुछ संस्कृतियों के इतिहास में ऐसे मर्मघाती परिवर्तन आते हैं जो मानव-इतिहास में भले ही बहुत 'ब्रेक थ्रू' माने जाएँ, मनुष्य की मनीषा में एक फाँक-सी खींच जाते हैं। मध्ययुग का अन्त कुछ ऐसा ही था—एक पारम्परिक परिवेश में जीनेवाले मनुष्य की आस्थाओं का विघटन। हमने उसे ऊपर 'ईश्वरीय लोक' (Kingdom of God) कहा था, सो इसलिए नहीं कि वहाँ ईश्वर वास करता था, मनुष्य जब भी उसके विलगाव के मरुस्थल में जीता था। बल्कि इसलिए कि वह अभी उसके सान्निध्य-भाव को भूला नहीं था, उसे लगता था, ईश्वर चला तो गया है लेकिन बहुत दूर नहीं गया है—इतनी दूर नहीं गया है जहाँ मनुष्य

की आवाज़ उस तक और ईश्वर का सन्देश मनुष्य तक न पहुँच पाए। मनुष्य अब भी 'ईश्वरीय संरक्षण' के नीचे जीता था, इसलिए सुखी न भी हो, आधुनिक मनुष्य की तुलना में अपने को कहीं सुरक्षित महसूस करता था। आप इसे एक अन्धविश्वास कह सकते हैं—कहते ही हैं—लेकिन जब सारे अन्धविश्वास एक सुसंगत शृंखला में जुड़ते हैं, तो वे अन्धे हों, न हों, एक गहरी सांस्कृतिक अर्थवत्ता प्राप्त कर लेते हैं। यह अर्थवत्ता मनुष्य की 'रेशनेलिटी' को काटती नहीं, लेकिन उसके कठघरों में बन्दी भी नहीं है, किसी समाज को रचने का दम्भ भी नहीं करती—वह उसमें रहती है, जो पूर्व-प्रदत्त है, मानव-निर्मित नहीं। यह पूर्व-प्रदत्त दुनिया ईश्वर के नियमों पर चलती है—एक डिवाइन ऑर्डर में—जो 'अलौकिक' होकर भी लौकिक व्यवहार को पवित्रता प्रदान करते हैं। डिवाइन ऑर्डर रेशनेलिटी के तर्क-विधान पर नहीं, बिम्बों और प्रतीकों की संरचना करता है—प्रतीक, जो इस दुनिया के होते हुए भी दूसरी दुनिया को निरन्तर अपने में प्रतिबिम्बित, प्रतिध्वनित करते रहते हैं। यह अकारण नहीं है कि आनन्द कुमारस्वामी आरम्भिक क्रिश्चियन कला और मिस्टिक-चिन्तकों-भक्तों को भारतीय कला के इतना निकट पाते थे। भारतीय कला पर मनन करते हुए वह अक्सर मध्यकालीन यूरोप के दृष्टान्तों को सामने रखते थे। दोनों संस्कृतियों के बीच बहुत-सी असमानताएँ थीं, लेकिन जो एक चीज़ समान थी, वह मूल्यवान थी—दोनों ही परम्परालोक के आलोक मंडल में रहती थीं, इस विश्वास के आधार पर रहती थीं कि केवल 'प्रतीकात्मक भाषा' में ही सम्पूर्ण सत्य, ultimate reality को जाना जा सकता है। ऑडेन प्रतीकों को अन्धे की छड़ी कहा करते थे, जिसके सहारे वह अपना रास्ता टोह लेता है, कुछ वैसी ही भूमिका वे परम्परागत मानस में भी अदा करते हैं—मनुष्यलोक के चौराहे पर ईश्वर की दिशा की ओर निर्देश करते हुए। कोई चौराहा ऐसा नहीं था जिसके केन्द्र में ईश्वर की अनुभूति अनुपस्थित हो।

किन्तु सबसे उल्लेखनीय बात, जो इस 'परम्परालोक' को आधुनिक समाज से अलग करती थी, वह यह कि मनुष्य वहाँ सृष्टि के केन्द्र में न होकर समूची सृष्टि को अपने केन्द्र में—जो उसका आत्म था—लेकर जीता था। ब्रह्मांड में पिंड-मात्र, किन्तु पिंड में ब्रह्मांड झलकाता हुआ, जिसके आलोक में समूचा संसारी कार्य-कलाप एक दैवी कृपा, divine sanction, प्राप्त कर लेता था। मनुष्य का जीवन इस धरती पर क्षणभंगुर भले ही हो, उसे अपने कर्म का दायित्व-बोध इसी 'सैंक्शन' से प्राप्त होता था, जो मृत्यु के बाद भी सनातन रहता था, इसलिए सनातन परम्पराओं में उसे धर्मबोध माना गया। वह एक ऐसी अखंडित सम्पूर्ण समदृष्टि से आप्लावित था, जो भारतीय अथवा यूरोपीय परम्पराओं में आबद्ध न होकर मनुष्य मात्र के भीतर प्रवाहित होती थी। वहाँ प्रश्न यह नहीं था कि किस 'धर्म' में कौन-सा ईश्वर पूजा जाता है, प्रश्न अगर पूछा जाता था तो यह कि वह ख़याल कहाँ से आता है, जिसके आगे माथा झुक जाता है? यह 'ख़याल' अगर यूरोप में दांते की 'डिवाइन कॉमेडी', मिस्टिक संतों की वाणी, एकहार्ट के चिन्तन में ध्वनित होता था, तो भारत में तुलसी, मीरा, तुकाराम और कबीर के काव्य-कर्म में भी उज्ज्वल होता था, क्योंकि दोनों ही की काव्य-परम्पराओं में अभी तक आत्म का अन्य से, दृश्य का अदृश्य से, आकार का निराकार से विच्छेद नहीं हुआ था। इसीलिए वहाँ 'ईश्वर' की परिभाषा भी आज के ईश्वर से कुछ भिन्न थी, जिसकी सुन्दर व्याख्या सिमोन वेल ने उपनिषद् को उद्धृत करते हुए दी है। वह लिखती हैं :

> ईश्वर वह नहीं है, जो शब्द में गोचर होता है, बल्कि वह है, जिससे शब्द गोचर होता है। ईश्वर वह है जिसके द्वारा हर चीज़ गोचर होती है, किन्तु जो चीज़ किसी से गोचर नहीं होती, वह संकेतक द्वारा चिह्नित अंक नहीं है, किन्तु 'वह' है, जिसके द्वारा सही अंक चिह्नित किये जाते हैं।

क्या यहाँ हम एक क्षण ठहरकर सोच सकते हैं, कैसे चिह्नित अंकों का यह 'प्रतीकलोक', जिससे एक समय में लाखों लोग जीने-मरने का अर्थ प्राप्त करते थे—एकाएक चरमराकर ढह गया? यह भी एक अन्त था या कहें, यह भी एक तरह के मनुष्य का अन्त था। रेनासाँ से यूरोप के 'उत्थान' का एक नया युग आरम्भ होता है, इसकी गौरवगाथा तो बहुत गाई जाती है, किन्तु उसकी इमारत के नीचे कितने विश्वासों, आस्थाओं, अन्तर्दृष्टियों की अस्थियाँ दबी हैं, क्या कोई इसकी कल्पना कर सकता है? आज हमें उसके अवशेष ज़रूर दिखाई देते हैं—गिरजे, ईसाई मठ, मिशनरी संस्थाएँ—वे अमेरिका के उन रिज़र्वेशन फ़ॉर्म्स की याद दिलाते हैं, जहाँ इंडियन क़बीलों के बचे-खुचे लोगों को प्रदर्शन के लिए रखा जाता है, ताकि हम यह जान सकें कि एक समय ये आदिवासी ही इस धरती के असली निवासी थे। किन्तु आज आपको लुप्तलोक के निवासी कहाँ मिलेंगे, जहाँ 'ईश्वरीय बोध' धर्म प्रतिष्ठानों में, सामान्य जनमानस में, उसकी मांस-मज्जा में रचा-बसा था? यह एक या दो विश्वासों का नहीं, यह आस्था पर आधारित पूरे एक सांस्कृतिक लोक का विस्मृति में चले जाना था।

खँडहरों के बीच जो बचा रह गया था, वह 'ईश्वर' था, किन्तु क्या यह वही ईश्वर था, जिसे हमने उपनिषद् के उपयुक्त उद्धरण में देखा था? ख़ुद अगोचर होता हुआ भी सृष्टि को गोचर होता हुआ, समूची सृष्टि के आकार को अपने अनाकार से चमकाता हुआ—दोनों के बीच भेद गिराता हुआ। मुझे डर है, वह 'ईश्वर' भी अब उतना ही अपने घर से निर्वासित था, जितना मनुष्य। किसी समाज के प्रतीक-मंडल में ही एक विशिष्ट ईश्वर का आवास होता है। ज्योंही किन्हीं कारणों से वह प्रतीक-योजना छिन्न-भिन्न होती है, ईश्वर की छवि धूमिल पड़ जाती है। रहता वह अब भी है, किन्तु अब समूची सृष्टि की जगह वह एक विशिष्ट धर्म-प्रतिष्ठान, एक विशिष्ट थियोलॉजिकल; आइडियोलॉजी का संरक्षक,

देवता, दाता बनकर। क्या क्रिश्चियन मिस्टिक संतों का ईश्वर वही था, जिसकी प्रतिमा बाद में रोमन चर्च और वेटिकन ने अपने भव्य गिरजों में स्थापित की थी? दांते ने 'डिवाइन कॉमेडी' में जिस ईश्वर की परिकल्पना की थी, उसका संत आगस्टाइन के 'Kingdom of God' से दूर का नाता भी नहीं था; एक में ईश्वर का ख़याल था, जो कविता में आया था; दूसरे में धर्म की आइडियोलॉजी थी, जिसने कैथोलिक चर्च को जन्म दिया था। यह इतिहास में जन्मा ईश्वर था। उन्नीसवीं शती के छोर पर जब नीत्शे ने ईश्वर के मरण की घोषणा की थी, वह यही ऐतिहासिक ईश्वर था। एक तरह से वह उस समूची ईसाई-यूरोपीय परम्परा को चुनौती देना था, जिसने उसकी ऐतिहासिक छवि को यूरोपीय अन्तरिक्ष में अंकित किया था।

ईश्वर की छवि बनती कैसे है? वह बनती नहीं, बनाई नहीं जाती, हर संस्कृति उसे अपने भीतर से उद्घाटित करती है। वह अवधारणा नहीं, अवतार है...। सृष्टि और मनुष्य के बीच अवतरित होता हुआ वह अपना वैसा ही बिम्ब, इमेज, रूप सिरजता जाता है, जैसे मनुष्य प्रकृति या सृष्टि के साथ जुड़ता जाता है, या उससे अलग दिखता जाता है। इसीलिए उसका एक रूप नहीं है। इसीलिए हमें भारतीय परम्परा में दी गई ईश्वर की परिकल्पना उससे इतनी भिन्न दिखाई देती है, जो उसका रूप हमें यहूदी-ईसाई परम्परा में दिखाई देता है। ईश्वर के एक विशेष बिम्ब-मंडल में हमें मनुष्य-संस्कृति का विशिष्ट चरित्र उद्घाटित होता दिखाई देता है...।

ख़ास इस बिन्दु पर 'आरम्भ' की अवधारणा एक ऐतिहासिक महत्त्व प्राप्त कर लेती है। मनुष्य यदि किसी स्वर्ग-वाटिका (Garden of Eden) से निष्कासित होकर ही इस धरती पर आया था, जो उसका 'पतन' था, तो यह धरती भी उसके 'पाप' से दूषित हो जाती है। उसका धरती पर आना ही ईश्वर से दूर होना है। यदि मनुष्य का इतिहास 'गिरने' से आरम्भ होता

है तो उसका उठना, उद्धार होना भी एक ऐसे आदर्श स्वर्गीय लोक में ही हो सकता है, जो हूबहू न सही, कुछ वैसा हो, जिससे वह निष्कासित किया गया है, जहाँ कभी वह सुरक्षित और सुखी था, किसी भी पाप-बोध से मुक्त था। अगर वह वापस मुड़कर अपनी मिथकीय वाटिका में नहीं जा सकता, तो इस लौकिक समय में, जो इतिहास ने उसे प्रदान की है, अपने खोए हुए सुरक्षा-स्थल को प्राप्त तो कर सकता है। इलियट ने कहा था, मेरे अन्त में ही मेरा प्रारम्भ है...संस्कृति के 'आरम्भ' में उसका 'अन्त' निहित रहता है...दोनों बिन्दु एक ही परम्परा-संस्कार से उपजते हैं। क्या मनुष्य के समस्त परिकल्पित सेक्यूलर यूटोपिया एक तरह से उस खोए हुए 'पैराडाइस' को पुनर्निर्मित करने की आकांक्षा नहीं है—एक ऐसे अन्त को पाना, जो उसे उस आरम्भ से मिला दे, जहाँ से वह स्खलित हुआ था? और यदि इस आकांक्षा के पीछे इतिहास की शक्ति भी सक्रिय हो तो क्या मनुष्य का वर्तमान ही बीच का रोड़ा नहीं है—एक व्यवधान जिसे कुचलकर ही आकांक्षित भविष्य पाया जा सकता है? विरोधाभास यह है कि जो ज्ञान—इतिहास-बोध—मनुष्य को निषिद्ध फल खाने से प्राप्त हुआ था, वही उसकी आकांक्षापूर्ति का सबसे कारगर साधन बनकर प्रस्तुत होता है—कुछ वैसे ही, जैसे एक रात अचानक मेफिस्टोफिलिस फाउस्ट के अध्ययन कक्ष में प्रकट हुआ था? इतिहास की पाप-भूमि से स्वयं इतिहास का हाथ पकड़कर उबरना—क्या यह अपने में त्रासद विडम्बना नहीं है?

भारतीय परम्परा यदि अपने को इस दुश्चक्र से, पतन और उद्धार (fall and redemption) की त्रासद प्रक्रिया से मुक्त रख सकी तो इसलिए कि वहाँ 'आरम्भ' और 'अन्त' किसी ख़ास ऐतिहासिक बिन्दु पर अंकित नहीं किये जाते। यह नहीं कि उसमें मनुष्य के सृजन (creation) और अन्त की परिकल्पनाएँ नहीं हैं, किन्तु वे ईश्वर और मनुष्य के बीच किये अनुबन्ध से, या उसे भंग करने के अपराध-बोध से उत्पन्न नहीं होतीं।

इसीलिए भारतीय मानस पर, संस्कृति के बिम्बों पर, कला और साहित्य के भावनात्मक जगत् पर, 'आरम्भ' और 'अन्त' की अवधारणाएँ उस तरह का ऐतिहासिक हस्तक्षेप नहीं करतीं, जैसा हम पश्चिम की ईसाई-यहूदी परम्परा में देखते हैं। पश्चिमी परम्परा में यह विचार असम्भव लगता है कि समय का 'आरम्भ' उतना ही आरम्भहीन हो सकता है, जितना उसका 'अन्त' अन्तहीन। चूँकि मनुष्य का अपना जीवन जन्म और मृत्यु के बीच सीमित है, वह हर प्रवाह की अनन्तता को नकारते हुए उसे आरम्भ और अन्त के बीच आबद्ध करने को व्याकुल रहता है। विराट और असीम की रहस्यमयता में 'मनुष्य' को देख पाना, जैसा कि हम वैदिक ऋचाओं अथवा पौराणिक कथाओं में देखते हैं, एक बात है। किन्तु उसकी अनन्तता से आतंकित भी हुआ जा सकता है। आतंक से छुटकारा तभी पाया जा सकता है, जब असीम को इतिहास के आदमक़द चौखटे में वर्गीकृत किया जा सके। ईश्वर को मनुष्य के रूप में अथवा मनुष्य को ईश्वर की इमेज में घटाने के पीछे भी यही कामना कार्यरत रहती है।

मिथक और इतिहास के बीच जो अन्तर है, एक तरह से वह पश्चिमी संस्कृति और भारतीय परम्परा के बीच भी परिलक्षित होता है। इतिहास अपने चौखटों के भीतर काल की अन्धी, अन्तहीन गतिमयता को बाँधने का प्रयास है ताकि उसे किसी प्रकार की क्रमशीलता, सोद्देश्यता, अर्थवत्ता प्रदान की जा सके—अपने ज्ञान के मापदंड से वह उसकी अनन्तता को भेदकर कहता है, यह आरम्भ है, यह अन्त और इस तरह उसे एक मानवोनुकूल, anthropomorphic, दिशा देने का प्रयत्न करता है, उस 'अन्त' की ओर मोड़ता हुआ जहाँ उसका कोई अर्थ, कोई पैटर्न, कोई संगति निकल सके और उसके अनुरूप मनुष्य अपनी 'नियति' (destiny) निर्धारित कर सके। इसी अर्थ में उसे messiahanic time कहा जाता है—जहाँ किसी मसीहा की दृष्टि ही मानव नियति का प्रतीक बन जाती है।

इसके विपरीत मिथक एक उलटी दिशा निर्देशित करता है—वह मनुष्य को अपनी 'मानवीकृत' सीमाओं से उठाकर एक ऐसे सनातन-बोध की ओर ले जाता है, जहाँ मनुष्य अपने 'होने' की अर्थवत्ता काल को खंडित करके नहीं, उसे अतीत और भविष्य में विभाजित करके नहीं, बल्कि स्वयं उसकी अनन्त प्रवहमयता के भीतर संलग्नता (Connectedness) खोजने में निहित रहती है। संलग्नता के इस भाव में मनुष्य अपने भीतर जिस ईश्वर से सम्पर्क करता है, वह, वह ईश्वर नहीं है, जिसका कोई रूप निर्धारित किया जाए क्योंकि जैसा एक बौद्ध पाठ में कहा गया है : "ईश्वर को स्वयं नहीं मालूम, वह क्या है, क्योंकि वह कोई क्या नहीं है।" ईश्वर के बारे में यह अन्तर्दृष्टि वास्तव में उस असृजित (uncreated) की ओर संकेत करती है, जो पश्चिमी परम्परा के केन्द्रीय भाव से बहुत भिन्न है, जहाँ सृष्टि के 'क्रियेशन' को इतना महत्त्व दिया गया है। जो अनस्तित्व है, आरम्भहीन है, उसका अनुभव कारण-कार्य की सांसारिक शृंखला द्वारा निर्मित नहीं हो सकता।

विचित्र बात यह लगती है—जो सचमुच में विचित्र नहीं है—कि समग्रता का यह संलग्न भाव पश्चिमी परम्परा के अवचेतन में हमेशा से विद्यमान रहा है, वरना हम उसे एकहार्ट, दांते, ब्लेक और गोएटे के सृजन और चिन्तन में कैसे देख पाते। यह एक जीवन-दृष्टि का दूसरी परम्परा में सेंध लगाकर आना नहीं है, बल्कि उसी 'दृष्टि' को बार-बार पाना है जो इतिहास की उन्मत्त 'विकास-यात्रा' में बार-बार धुँधला जाती है। मनुष्य अपने भीतर एक काल-बोध नहीं, अनेक समय-संसार लेकर चलता है। क्षण में 'एटर्निटी' देखने का अनुभव सिर्फ़ एक कवि का दुर्लभ अनुभव नहीं होता, न ही वह एक परम्परा का विशिष्ट वरदान है। निष्कासन की पीड़ा, अधूरेपन और अलगाव की अनाथावस्था मनुष्य-जीवन का उतना ही सच्चा अनुभव है, जितना उसे अतिक्रमण करने की अदम्य, शाश्वत आकांक्षा। मनुष्य का 'आरम्भ' किसी भी परम्परा में कैसा भी हो,

वह अपने को आरम्भ हर बार एक ऐसी आत्म-चेतन अवस्था में करता है, जहाँ दोनों की काल-चेतनाएँ एक-दूसरे में अन्तर्गुम्फित हैं। यदि 'आधुनिक' होने का अर्थ आत्म-विभाजित मानसिकता का बोध है, उसकी अपरिहार्य पीड़ा से गुज़रना है, तो शायद ऐसा कोई युग नहीं था, जब मनुष्य आधुनिक नहीं था। ईश्वर के न होने की पीड़ा और उसके अस्तित्व में आस्था, दोनों ही एक आध्यात्मिक अनुभव के दो पहलू हैं। आधुनिक युग का अभिशाप यह रहा है कि उसने स्वयं परम्परा के शाश्वत-बोध को खंडित किया है। उसने आस्था की अभाव-पीड़ा को शून्यता के आत्महीन बोध में परिणत किया है। अतः प्रश्न आधुनिकता से छुटकारा पाना नहीं है, बल्कि स्वयं आधुनिक-बोध को उसकी ऐतिहासिकता से मुक्त करना है। शून्यता-बोध वह नहीं है, जिसे बौद्ध दर्शन में void माना गया है—जिसका अपना अस्तित्व है—आत्म-रिक्तता की ऐसी स्थिति है, जब मनुष्य स्वयं अपने स्वत्व से ख़ाली हो जाता है, जो उसका सेल्फ़ था, उसका आधार-मंच। इतालवी नाटककार पिरांडेलो के शब्दों में :

> मनुष्य एक ऐसा फ़िल्म-अभिनेता-सा बन जाता है, जो न केवल मंच से, बल्कि अपने से निर्वासित हो गया है। वह एक बेचैन-सा कर देनेवाला ख़ालीपन महसूस करता है। उसकी देह अपनी मांसलता खो देती है, वह हवा में उड़ जाती है। वह अपनी वास्तविकता, अपना जीवन, अपनी आवाज़ खो देती है, सिर्फ़ एक गूँगी इमेज में बदल जाती है, जो एक पर्दे पर झिलमिलकर ख़ामोशी में खो जाती है। प्रोजेक्टर पब्लिक के सामने उसकी छाया से खेलेगा, जबकि स्वयं अभिनेता को कैमरे के सामने ही अपने खेल से सन्तोष कर लेना पड़ेगा।

अब वह ऐसा मनुष्य नहीं, जो अपने को मनुष्य कह सके। अब वह इतिहास के पर्दे पर मनुष्य की छाया है—एक क्षण चमककर अँधेरे में लोप होती हुई। यदि हम सार्त्र के इस कथन को मान लें कि 'मनुष्य की कोई प्रकृति नहीं, सिर्फ़ उसका इतिहास है', तो मनुष्य का कोई ऐसा आदि रूप और नार्म नहीं बचा रहता, जिसके आधार पर हम यह जाँच सकें कि इतिहास की लेबोरेटरी से जो 'छवि' बनकर आएगी, उसे 'मनुष्य' की संज्ञा दे सकें।

क्या इस बिन्दु पर आकर हमें सब अन्तों के अन्त में 'मनुष्य मात्र का अन्त' नहीं दिखाई देता? कुमारस्वामी यदि आधुनिक कला के इतने तीव्र आलोचक थे, तो इसलिए कि उन्हें उसमें मनुष्य के अन्त की रिक्तता दिखाई देती थी—एक ऐसी कला, जिसने अपने को समूचे प्रतीक-मंडल से निर्वासित कर लिया था, जो पारम्परिक कला के बिम्बों को एक दैवी आलोक में प्रतिबिम्बित करता था। अधिकांश आधुनिक कला के बारे में उनकी धारणा मुझे सही जान पड़ती है, किन्तु मुझे लगता है कि आधुनिक कला का एक दूसरा पक्ष रहा है—उसका प्रच्छन्न पक्ष—जिसकी ओर मैंने कुछ देर पहले संकेत किया था। यह मनुष्य को 'अपने भीतर और अपने परे' देखने के लिए उन्मेषित करती है, जहाँ आरम्भ और अन्त के बिन्दु किसी ऐतिहासिक क्षितिज के दो छोरों पर नहीं, स्वयं अपने भीतर के अनुभव खंडों में एक-दूसरे के भीतर स्पन्दित होते हैं। बीसवीं शती के मध्य में युंग ने एक पुस्तक लिखी थी—'Man in Search of his Soul' आप उसे 'सोल' कहें, या उसका सेल्फ़, या आत्म, आधुनिक कला अपने सर्वोत्तम क्षणों में इस खोई हुई 'चीज़' के सत्य (essence) से साक्षात् करती है। कला में मनुष्य के तत्त्व उसके essence की खोज एक तरह से पूर्वी परम्परा का आधुनिक कला में उद्घाटन है। अपनी अमूर्तता में वह निराकार के उन बिम्बों को खोजती है, जो सिर्फ़ मनुष्य की छवि में घटकर चुक नहीं जाते, बल्कि उसके परे विश्व और स्पेस

के असंख्य अन्त:सम्बन्धों को उद्घाटित करते हैं। वह अपने प्रतीकों और बिम्बों में सेक्यूलर युग की रिक्तता का अतिक्रमण करती हुई 'परम' का स्पर्श करती है—अनुभव के उस आयाम को स्पर्श करती है, जिसे सिर्फ़ 'पवित्र' का नाम दिया जा सकता है। आधुनिक कला के महान प्रवर्तक पिकासो ने पवित्र भाव-बोध के इसी उपेक्षित पक्ष की याद दिलाते हुए कभी अपने मित्र ब्राक से कहा था : "हमें इसे (पवित्र), इस शब्द को, या इसी तरह के शब्द को कहना चाहिए, लेकिन लोग इसे ग़लत समझेंगे और उसे वह अर्थ देंगे, जो उसका है नहीं। हमें कहना चाहिए कि इस या उस पेंटिंग में शक्ति की वह गरिमा इसलिए है क्योंकि वह 'ईश्वर-स्पर्श' से दीप्त है। लोग इसका ग़लत अर्थ लगा सकते हैं, किन्तु यही हमारे लिए सबसे निकट का सत्य है।"

कला का यह क्षण ही मनुष्य की मृत्यु, उसके अन्त को नहीं, उसे दुबारा पाने को है—ठीक वहाँ, जहाँ वह खो गया था, आधुनिक युग के मरुस्थल में।

आज बीसवीं शती के अन्त में जब हम उत्तर-आधुनिकता की बात करते हैं तो मनुष्य के आधुनिक-बोध के इस आध्यात्मिक पक्ष को बिलकुल भुला देते हैं—एक ऐसा बोध, जिसकी सम्भावनाएँ कभी पूर्ण रूप से यूरोप में उद्घाटित नहीं हो पाईं। असली उत्तर-आधुनिकता वह होती, जो आधुनिक मनुष्य की अधूरी, बीच में टूटी हुई यात्रा में परम का वह अंश जोड़ पाती। उस बीहड़ तनाव के बीच रास्ता बना पाती जो आधुनिक कला के आत्मसंघर्ष की आधार-भूमि थी। यह करने के बजाय उसने एक सुविधाजनक रास्ता अपनाया—स्वयं तनाव के केन्द्रीय भाव से आँखें मोड़ लीं। इसीलिए उत्तर-आधुनिकता की विचारधारा में जो बहुलता दिखाई देती है, वह खुलापन नहीं, ढीलापन है—विशृंखलता जो केन्द्रहीनता से उत्पन्न होती है। आधुनिक मनुष्य के अन्तर्विरोधों की पीड़ा और उनका अतिक्रमण करने का आध्यात्मिक गौरव—वह दोनों के प्रति

निरपेक्ष जान पड़ती है। आत्म-विभाजित मानस में उद्बोधन के किसी भी चरण में अपने अखंडित सम्पूर्णत्व की ओर मुड़ने की आशा बनी रहती है, लक्ष्यहीन बहुलता की अवस्था में वह आशा भी लुप्त हो जाती है।

किन्तु एक दूसरा रास्ता भी है। उसे ढूँढ़ने के लिए हमें कहीं अपने से दूर नहीं जाना होगा, क्योंकि मनुष्य की अन्तहीन यात्रा में वह ठीक वहाँ उजागर होता है, जो उसका वर्तमान है—उसकी अपनी ज़मीन जो उसे धरोहर में मिली है—सँकरी, असुरक्षित, हर क्षण फिसलती हुई, किन्तु यही उसका आवास-स्थल भी है—एक ऐसी जगह, जहाँ मनुष्य देवता और पशु के बीच निरन्तर अपनी अधूरी पहचान को पूर्ण करने का स्वप्न देखता है, अपने को परिभाषित और पुन:परिभाषित करने का कभी न ख़त्म होनेवाला आत्म-अभियान। यह अभियान उस पक्षी की तरह है, जो हवा के ख़िलाफ़ उड़ान लेने से पहले अपने परों से तौलता है, और तभी उसे पहली बार अपने पक्षीत्व का बोध होता है। दुनिया में कितनी परम्पराएँ ऐसी हैं, जो आरम्भ की अवधारणा 'पतन' से नहीं, 'उड़ान' से परिभाषित करती हैं? मनुष्य एक पापग्रस्त प्राणी नहीं, एक सतत विद्रोही, एक नकारवादी, निहिलिस्ट व्यक्ति नहीं। हमारा आदि विद्रोही मनुष्य यदि उसके आधुनिक विद्रूप से कुछ अलग है तो इसलिए कि वह केवल 'नकार' में जीवन की सार्थकता नहीं ढूँढ़ता, बल्कि वह अपने से बाहर दी हुई परिभाषाओं को इसलिए नकारता है, क्योंकि उनके चौखटों में उसका 'स्वत्व' नहीं समा पाता। यह महज़ संयोग नहीं है कि हर देश के रोमांटिक कवियों का प्रिय मिथकीय नायक प्रमथ्यु था, जो देवलोक से अग्नि को चुराकर धरती पर लाया; आदर्श पुरुष, जो आदि विद्रोही था। जिस ज्ञान के कारण मनुष्य स्वर्ग-वाटिका से निष्कासित हुआ था, उस ज्ञान को पाने की ख़ातिर एक दूसरे आदि मानव ने स्वर्ग-लोक के देवताओं के प्रभुत्व को चुनौती देने का दुस्साहस किया था। दोनों को ही अपनी सीमा का उल्लंघन करने की घोर सज़ा मिली थी।

किन्तु इस सज़ा का औचित्य क्या है? क्यों मनुष्य को अपने स्वाधीन कर्म के लिए देवताओं के कोप का भाजन बनना पड़ता है? इसमें क्या ग़लत या अनुचित है कि मनुष्य अपने को जिस अवस्था में पाता है, उससे असन्तुष्ट होकर उसमें कोई ऐसा परिवर्तन लाने का प्रयास करे जो उसे एक बेहतर स्थिति में लाने में समर्थ हो? 'बेहतर स्थिति' से हमारा अभिप्राय है, जहाँ मनुष्य और जगत् के बीच एक ऐसा सामंजस्य बन सके, जो दोनों के बीच फैली दूरी और अजनबीयत को पूरी तरह नष्ट नहीं तो कुछ कम कर सके। मानव-संस्कृति का विकास एक तरह से उत्तरोत्तर अधिक अर्थपूर्ण सामंजस्य हासिल करने का इतिहास रहा है। संगीत, साहित्य, कला और कुछ नहीं, मनुष्य की उस निराकार आकांक्षा को साकार करने का प्रयत्न है, जहाँ वह अपने और विश्व के बीच एक लय, एक संगति, एक संवाद स्थापित करने में सक्षम हो सके। यह संवाद सतत है—न कहीं से शुरू होता है, न कहीं समाप्त होता है...सिर्फ़ कभी-कभी उसका बोध होता है—चेतना के अन्तहीन प्रवाह में आत्मचेतन होने का क्षण।

# एक भारतीय बुद्धिजीवी की भूमिका

मुझे याद है, बहुत वर्ष पहले किसी निबन्ध में वात्स्यायन जी ने 'बुद्धिजीवी' शब्द पर असन्तोष प्रकट किया था। कौन व्यक्ति है, जो अपने कार्य-व्यवहार में 'बुद्धि' का इस्तेमाल नहीं करता? क्या वही आदमी बुद्धिजीवी कहलाने लायक़ है, जो बुद्धि के ज़रिये अपनी रोज़ी-रोटी कमाता है? प्रोफ़ेसर, डॉक्टर, इंजीनियर, लेखक, पत्रकार, वैज्ञानिक आदि एक वर्ग है—समाज में अल्पसंख्यक, किन्तु अपने प्रभुत्व में प्रभावशाली—जो शारीरिक श्रम से कहीं अधिक अपनी बौद्धिक क्षमता का उपयोग करता है। क्या इस समूचे वर्ग की गणना उस विशिष्ट श्रेणी में की जा सकती है, जिसे हम बुद्धिजीवी कहते हैं?

यहाँ एक शंका उत्पन्न होती है—क्या हम दो अंग्रेज़ी शब्दों का हिन्दी के एक शब्द में यथावत् अनुवाद करके अपने विषय के बारे में उलझन तो नहीं पैदा कर रहे? बुद्धि से काम लेनेवाले वर्ग को अंग्रेज़ी में intelligentsia कहा जाता है (हालाँकि यह शब्द भी सही-सही

अंग्रेज़ी का शब्द न होकर उधार लिया हुआ शब्द है) किन्तु इसे क्या हम Intellectual का पर्याय मान सकते हैं—जैसा कि हम हिन्दी में बुद्धिजीवी के अर्थ में इंटेलेजेंशिया को भी परोक्ष रूप से शामिल करते हैं? इससे भ्रान्ति उत्पन्न होती है, जिसे मैं आरम्भ में ही हटाना चाहूँगा। दोनों ही शब्दों में बुद्धि का प्राधान्य है, किन्तु हम जिसे इंटेलेजेंशिया कहते हैं, वहाँ बुद्धि का प्रयोग मुख्यत: व्यावहारिक रूप में होता है, एक प्रयोजनवादी utilitarian लक्ष्य को प्राप्त करने में ही उसकी सिद्धि होती है। डॉक्टर, इंजीनियर, टेक्नीशियन आदि बुद्धि का इस्तेमाल किसी ख़ास उद्देश्य के लिए करते हैं, जिससे कोई प्रयोजन सिद्ध किया जा सके; जबकि intellectual या बुद्धिजीवी का लक्ष्य मुख्यत: इससे भिन्न होता है। यद्यपि वहाँ भी बुद्धि की भूमिका केन्द्रीय रूप से मौजूद रहती है... उसका लक्ष्य किसी दुनियावी उद्देश्य से जुड़ा न होकर स्वयं अपनी प्रकृति से आबद्ध होता है। बुद्धि की प्रकृति है—विचार करना। किसी विषय पर विचार करने का मतलब है, उसकी मूल प्रकृति को अनावृत करना अर्थात् उसके सत्य को अन्वेषित करना।

दो शब्दों में कहें, तो बुद्धिजीवी वह है, जो विचार के माध्यम से सत्य का अन्वेषण करता है।

सत्य की अवधारणा सुन्दर है, किन्तु बहुत अमूर्त और द्वैधात्मक भी है। शायद समस्त सारभौमिक अवधारणाओं की तरह वह थोड़ा अस्पष्ट होती है। बुद्धिजीवी यदि अन्य दार्शनिकों और तत्त्ववेत्ताओं से थोड़ा अलग होता है, तो मेरे विचार में इसलिए कि वह सार्वभौमिक और विशिष्ट के बीच नाज़ुक और मूल्यवान सन्तुलन बनाने का प्रयास करता है। समाज की हर विशिष्ट समस्या पर विचार करते समय उसके सामने कुछ ऐसे 'मूल्य' होते हैं, जो 'परम और शाश्वत' होते हैं...ज़रूरी नहीं, वह उन्हें परिभाषित करें—किन्तु उनके आलोक में वह अच्छे और बुरे, नैतिक और अनैतिक, सही और ग़लत का विवेक अर्जित करता है।

वह जो है, उसके यथार्थ का तटस्थ ढंग से यथावत् विश्लेषण करता है...पूर्ण रूप से वस्तुपरक होना उसकी प्राथमिक शर्त है; किन्तु वह ही काफ़ी नहीं है। वस्तुपरक तो वैज्ञानिक, समाजशास्त्री, गणितज्ञ भी होते हैं...यदि बुद्धिजीवी उनसे अलग है, तो इसलिए कि वह जो है, उसका अवलोकन करते समय, जो 'होना चाहिए', उसके बारे में विचार करता है...और इस तरह एक नैतिक आयाम स्वत: ही उसके बौद्धिक कार्य-कलाप के साथ जुड़ जाता है। बुद्धि के माध्यम से वह आलोचनात्मक चेतना (critical consciousness) का संवाहक बन जाता है।

चेतना का यह तत्त्व ही है, जो भारतीय परम्परा में बुद्धिजीवी को एक मनीषी का गौरव प्रदान करता है। एक ऐसा व्यक्ति ही मनीषी की मर्यादा को प्राप्त करता है—जिसका विचार-तंत्र मनुष्य का समूचा अस्तित्व हो...और यह तभी सम्भव हो सकता है, जब वह अपनी बुद्धि को प्रज्ञा में परिलक्षित कर सकने के योग्य हो—प्रज्ञा वह समझदारी (wisdom) है, जहाँ मनुष्य अपने आत्म में रहकर भी समूची सृष्टि से...जिसमें चराचर सब शामिल हैं, एकात्म स्थापित कर लेता है। आप देखेंगे, प्रज्ञा और चेतना की ये अवधारणाएँ बुद्धि की भूमिका को अधिक सम्पन्न और व्यापक बनाती हैं...।

हमने ऊपर विचार को सत्य का अन्वेषण माना था...किन्तु क्या यह वही सत्य की अवधारणा है, जिस पर पश्चिम की अकादमियों और विश्वविद्यालयों (और उनकी नक़ल में भारतीय शिक्षा पद्धति में) ध्यान केन्द्रित किया जाता है? यह क्या हमें उन धार्मिक संस्थानों की याद नहीं दिलाता, जहाँ मनुष्य रविवार को चर्च में जाकर सप्ताह के बाक़ी दिनों में अपने धार्मिक दायित्व से छुट्टी पा लेता है; जहाँ धर्म मनुष्य के अस्तित्व का आनुषंगिक अंग होता है, उसकी चेतना की चालक शक्ति नहीं? क्या 'सत्य' की भी यह भूमिका पश्चिम के शिक्षा केन्द्रों में नहीं रह गई है, जहाँ वह एक विशिष्ट अकादमिक अनुशासन के अनुसन्धान

का विषय अवश्य हो किन्तु मनुष्य के अस्तित्व में वह किसी तरह का नैतिक हस्तक्षेप नहीं करता? ज़रूरी नहीं, बुद्धिवान व्यक्ति प्रज्ञावान भी हो; तर्क-विद्या का हमें ज्ञान भले ही हो, वह हमारी चेतना को आप्लावित नहीं करता। ऐसी स्थिति में यह कोई आश्चर्य की बात नहीं कि पॉल डि मान या हाइडेगर जैसे प्रगाढ़ चिन्तक एक ओर अपने विषय में सत्य का गहन विश्लेषण करें, दूसरी ओर एक ऐसी सामाजिक व्यवस्था का समर्थन भी करें, जिसका सत्य से दूर तक का भी नाता नहीं था। दुर्भाग्यवश इस तरह का आत्म-विभाजन आज भारत के बुद्धिजीवियों में भी पाया जा सकता है, जिनकी बौद्धिक बनावट पश्चिमी शिक्षा-पद्धति के भीतर विकसित हुई है और आज स्वतंत्रता के पचास वर्ष बाद और अधिक परिपुष्ट हुई है। जब बुद्धि मनुष्य की बुद्धि, उसकी चेतना से विलगित होती है, तो समूची शिक्षा-दीक्षा के बावजूद हम एक बौद्धिक मरुस्थल में रहने के लिए अभिशप्त हो जाते हैं...पश्चिम के एक मनीषी दार्शनिक ने ऐसी ही स्थिति से विक्षुब्ध होकर कहा था : "We have ceased to be the bearers of consciousness, we have become whores of reason." हम चेतना के संवाहक न रहकर बुद्धि की रखैल बनकर रह गए हैं। बीसवीं शती ऐसे 'बुद्धिजीवियों' से भरी पड़ी है जिन्होंने भविष्य के काल्पनिक यूटोपिया की ख़ातिर मनुष्य के वर्तमान को लेबर कैम्प, कॉन्संट्रेशन शिविर और हिरोशिमा-नागासाकी की अकल्पनीय यातना में डाल दिया था। कामू ने अपनी पुस्तक 'रेबल' (विद्रोही) में बुद्धि की इस संहारात्मक प्रवृत्ति के ऐतिहासिक विकास का बहुत साहसपूर्ण विश्लेषण किया था, जिसके लिए वे यूरोप के प्रोफ़ेशनल वामपक्षी 'बुद्धिजीवियों' की निन्दा का शिकार हुए थे।

यहाँ जब मैं भारत और पश्चिमी संस्कृतियों के अन्तर में भेद करता हूँ, तो केवल सुविधा के लिए...क्योंकि अन्ततः 'विचार-मात्र' किसी भी समय या संस्कृति में जन्म ले, अपनी प्रकृति में वह सार्वभौमिक और

सार्वकालिक ही होता है...इस लिहाज़ से एक बुद्धिजीवी और चिन्तक की वाणी एक कवि और कथाकार की कृति से अलग नहीं होती। एक बार रचित हो जाने के बाद कोई चिन्तन-कृति कविता की तरह संस्कृति विशेष के इतिहास में काव्य की तरह अपना स्वतंत्र अस्तित्व ग्रहण कर लेती है...किन्तु वह अपनी संस्कृति की बन्दी बनकर नहीं रह जाती। जड़ावलाल मेहता के शब्दों में :

> आज की रिक्तता और दारिद्र्य, आनेवाले कल की सम्भावनाएँ, मानव-चेतना में भविष्य के प्रति आकांक्षाएँ, नये मानव-स्वरूप की कल्पना, संस्कृति विशेष से ऊपर उठकर कलात्मक विश्व-चेतना के संकट की अनुभूति और उससे मुक्ति के मार्ग की खोज—इन सबको कवि की तरह चिन्तन भी वाणी देता है।

यहाँ एक बात याद रखना ज़रूरी है : दार्शनिक विचार सार्वभौमिक होने के बावजूद अपने लक्ष्यों में सर्वथा भिन्न हो सकते हैं। यूनानी दर्शन की विचार-शैली अपने में स्वायत्त थी। वह मनुष्य के लौकिक जीवन को निर्देशित करने का दावा नहीं करती थी। इसके विपरीत भारतीय परम्परा में सांख्य, बौद्ध और वेदान्त दर्शनों में जिज्ञासा का ध्येय केवल शास्त्र-रचना नहीं, परम पुरुषार्थ की प्राप्ति है। बौद्ध और सांख्य दर्शन का प्रस्थान-बिन्दु ही जीवन की दुखात्मकता को लेकर है और उससे मुक्ति पाने के साधनों को खोजता है। हमने ऊपर विचार के नैतिक आयाम का जो उल्लेख किया था, वह इसी में सन्निहित है कि किस रूप में मनुष्य एक प्रकार की अर्थवत्ता प्रदान कर सके।

किन्तु किसी भी यात्रा पर चलने से पहले हर मननशील मनुष्य यात्रा का गन्तव्य जानना चाहता है और उसके लिए एक ऐसे पथ की खोज आवश्यक है, जो उसे निर्विरोध इस गन्तव्य की ओर ले जा सके। मनुष्य इस तरह की जिज्ञासाएँ अपने व्यक्तिगत जीवन को अर्थवान बनाने

के लिए करता है; किन्तु एक बुद्धिजीवी के लिए हर व्यक्तिगत जिज्ञासा का समाधान समूचे मानव समाज के संघर्ष में ही कोई मतलब रखता है। बुद्ध की तरह उसकी साधना एकान्त में ही क्यों न हो, किन्तु सत्य की उपलब्धि केवल उसकी व्यक्तिगत मुक्ति तक सीमित नहीं रहती। वह समूचे समाज को अपने में समाहित करने में ही सार्थक सम्पूर्ति प्राप्त करती है। भारतीय परम्परा में इस बात को हमेशा स्वीकार किया जाता था। बुद्ध का उदाहरण हमने दिया है, किन्तु वैदिक काल के ऋषि, उपनिषदों के सृजनकर्ता स्वयं शंकराचार्य की दार्शनिक यात्रा इस बात का साक्षी है कि सत्य समष्टि के चेतना प्रवाह में प्रवेश करके ही अपने सही और समूचे स्वरूप को अर्जित कर सकता है।

यह उल्लेखनीय है कि भारतीय परम्परा में बुद्धिजीवी की यह भूमिका दो हज़ार वर्षों से आज तक अविच्छिन्न चली आती है। वह एक साथ ही मनुष्य की सामाजिक, आध्यात्मिक और वैयक्तिक आकांक्षाओं का स्पर्श करती हुई जीवन के किसी एक या दो पहलुओं को नहीं, बल्कि उसकी समग्रता को अपने विचार का विषय बनाती है। बुद्धिजीवी के अध्ययन का विषय कुछ भी हो—वह उस अर्थ में 'विशेषज्ञ' नहीं होता, जहाँ वह अपने विषय से हटकर बाक़ी समस्त अनुभवों को अपने क्षेत्र से बाहर मानता है। मध्यकाल के भक्त-कवि—कबीर, तुलसी, तुकाराम—को क्या किसी एक जड़ीभूत कोटि में रखा जा सकता है? कवि, दार्शनिक, समाज-सुधारक, संत और संन्यासी की विभिन्न भूमिकाएँ उनके सृजन-कर्म में एक साथ सम्पन्न होती थीं—वैसे ही, जैसे उन्नीसवीं-बीसवीं शताब्दी में बंकिम, रामकृष्ण परमहंस, विवेकानन्द, श्री अरविन्द और गांधी की जीवन-साधना को राजनीतिक और आध्यात्मिक कठघरों में विभाजित करना असम्भव जान पड़ता है। रवीन्द्रनाथ ठाकुर गोएटे की तरह एक सर्वतोमुखी प्रतिभा से सम्पन्न लेखक थे। कवि, चिन्तक, निबन्धकार, एक सम्पूर्ण बुद्धिजीवी

का आदर्श जो एक समय में सिर्फ़ 'रेनासाँ' लेखकों में प्रकट होता था। उन्होंने अपने जीवन-यापन के लिए जो भी कर्म-क्षेत्र चुना, उसमें बुद्धि, चिन्तन, मनन और कर्म का एक अनोखा सम्बन्ध गोचर होता है। ऊपर से देखने पर गांधी और अरविन्द का अवदान एक-दूसरे से कितना भिन्न जान पड़ता है, किन्तु दोनों ही अपने राजनीतिक चिन्तन और तत्त्व-चिन्तन में मनुष्य की सर्वांगीण मुक्ति के लिए प्रयास करते हैं। दोनों की आधारभूमि वही भारतीय चेतना है, जिसमें मनुष्य पृथ्वी पर रहकर लौकिक और दिव्य आयामों में सभी जगह निर्बाध खुलेपन की आकांक्षा करता है।

आप देखेंगे, ऊपर जिन कवि-चिन्तकों के नाम गिनाए हैं, वे उस रूढ़, अकादमिक अर्थ में 'बुद्धिजीवी' नहीं हैं, जो बुद्धि की बन्द प्रयोगशाला में आत्मनिष्ठ चिन्तन अर्थात् मानव-मन और बुद्धि को केन्द्र और मापदंड बनाकर ही सब कुछ जानने में अपने उद्देश्य की सिद्धि मानते हैं। यूरोप में औद्योगिक क्रान्ति के बाद एक ऐसी ही विचार-पद्धति का विकास हुआ था, जिसने चिन्तन को अलग विषयों में बाँटकर उसे सीमित 'सत्यों' में वर्गीकृत कर दिया था। गोएटे जैसे कवि-चिन्तक इस तरह के बौद्धिक दर्प और आत्मनिष्ठ मानव-केन्द्रिता का घोर विरोध करते थे; किन्तु बौद्धिक वैभव के जिस युग में वह रह रहे थे, वहाँ उनका विरोध अरण्य रोदन ही था। गोएटे अन्तिम यूरोपियन चिन्तक थे, जो भारतीय परम्परा की वैश्विक चेतना के सबसे अधिक निकट थे, जहाँ मनुष्य और प्रकृति दो विरोधी सत्ताओं में विभाजित न होकर एक ही अद्वैतिक चेतना में अन्तर्निहित होती थी। न्यूटन की उस वैज्ञानिक विचारधारा में, जहाँ बुद्धि का लक्ष्य प्रकृति के रहस्यों को उद्घाटित करने में ही समाप्त हो जाता था, उसमें इस वैश्विक चेतना की अखंडित समग्रता के लिए कोई स्थान नहीं था। दिलचस्प बात यह है कि न्यूटन जैसे वैज्ञानिक स्वयं विज्ञान की मुख्यधारा से हटकर लुके-छिपे आध्यात्मिक दार्शनिकों

और एल्केमिस्टों की पुस्तकों को पढ़ा करते थे। उनका तर्क उन्हें जिस भौतिकवादी एकांगिता की ओर ले जाता था, उससे उनकी आध्यात्मिक प्यास नहीं बुझ सकती थी...।

इसका एक भयंकर परिणाम यह हुआ कि पश्चिमी समाज में बुद्धिजीवी की भूमिका धीरे-धीरे गौण होती गई। यह एक ऐसी मानसिक विभाजन और द्वैत की स्थिति थी, जो एक लम्बे समय तक बुद्धिजीवियों को आक्रान्त करती रही। यह नहीं कि विज्ञान, प्राविधि, दर्शन के क्षेत्र में अभूतपूर्व विकास नहीं हुआ, किन्तु इसे प्राप्त करने के लिए मनुष्य को भारी मूल्य चुकाना पड़ा। बुद्धि के आधिपत्य के नीचे वे सब मानवीय मूल्य उपेक्षित होने लगे, जो प्रत्यक्ष रूप से प्रगति अभियान में कोई योगदान नहीं करते थे। इस घातक प्रक्रिया को एक सीमा तक चर्च जैसी धार्मिक संस्थाएँ रोक सकती थीं—किन्तु यह तभी सम्भव हो सकता था, जब मनुष्य का आध्यात्मिक पक्ष केवल एक संस्थागत औपचारिक कर्मकांड में न सिकुड़कर उसके आन्तरिक अनुभव और सार्वजनिक जीवन का जीवन्त अंग बन पाता। पश्चिमी समाज में एक ऐसे वर्ग का जन्म हुआ—जो पहले कभी नहीं था—बुद्धिजीवी वर्ग—जो अपने-अपने क्षेत्रों में जिस 'सत्य' की खोज करता था, उसका मनुष्य के सर्वांगीण जीवन-अनुभव से सम्बन्ध धीरे-धीरे क्षीण होता गया था। बुद्धि का प्रभुत्व अपने में कितना ही वैभवशाली क्यों न हो, वह एक तरह की पंगु, और कट्टर क़िस्म की एकांगिता को जन्म देता है। उसकी तर्क-व्यवस्था जिस तरह की लौहवत् अनिवार्यता लिये होती है, उतना ही वह अधिक विनाशकारी सिद्ध होता है।

आज बीसवीं शती के अन्त में, जब हम पीछे की समस्त क्रान्तियों के खँडहर देखते हैं, तो हमें यह नहीं भूलना चाहिए कि उनके पीछे बौद्धिकों की विशिष्ट भूमिका रही है, जिन्होंने मनुष्य की स्वतंत्र मेधा को नकारकर उसे अपने सैद्धान्तिक, विचारधारात्मक चौखटे में ढालने का प्रयास किया था। दोस्तोएव्स्की के उपन्यास 'Devils' में बुद्धिजीवियों

के इस पैशाचिक पक्ष का बड़ा मर्मान्तक विवरण दिया है। महत्त्वपूर्ण बात यह है, जिसकी ओर मैं आपका ध्यान आकृष्ट करना चाहूँगा कि स्वयं पश्चिम में ऐसे चिन्तक हुए, जिन्हें हम चलताऊ अर्थ में बुद्धिजीवी न भी कहें—दोस्तोएव्स्की, टॉल्स्टॉय, हर्ज़न, प्रिंस क्रोपेरकिन—और स्वयं हमारे समय में—जॉर्ज ऑरवेल, अल्बैर कामू, और सिमोन वेल आदि—जिन्होंने बुद्धि के इस एकांगी, अमानुषिक प्रयोग का तीव्र विरोध किया था...और वह बुद्धि के माध्यम से ही—अन्तर सिर्फ़ इतना ही था, कि यहाँ बुद्धि अपना एकच्छत्र अंकुश छोड़कर मनुष्य के समस्त अनुभवों को अपने में समाहित करती थी। यह एक ऐसा बिन्दु था, जहाँ स्वयं 'बुद्धि' के विरोध में यूरोपीय बुद्धिजीवी अपने को उन भारतीय चिन्तकों के अधिक निकट पाते हैं—विवेकानन्द, गांधी, श्री अरविन्द—जो बुद्धिजीवी न होकर भी बौद्धिक अन्तर्दृष्टियों को ही अपने तर्क का माध्यम मानते थे। और तब हम इस निष्कर्ष पर पहुँचते हैं—कि जहाँ बुद्धि आत्मबोध की ओर नहीं ले जाती, वहाँ समाज में स्वयं बुद्धिजीवी की भूमिका सन्दिग्ध बन जाती है।

आत्मबोध अर्थात् जहाँ स्वयं 'आत्म' चिन्तन का विषय बन जाता है—मनुष्य की चेतना को यदि समूची सृष्टि में सर्वोच्च सोपान पर प्रतिष्ठित किया गया है, तो इसलिए कि समूचे जीव-जगत् में वही एक ऐसा प्राणी है, जो आत्म-चेतन है। यह आत्म-चेतना उस आत्म-केन्द्रिता से बहुत भिन्न है, जहाँ मनुष्य अपने को सृष्टि के केन्द्र में स्थापित करता है, जहाँ मनुष्य अपनी कसौटी पर समस्त वस्तुओं को नापता-तौलता है—man is the measure of all things...इसके विपरीत आत्म-चेतन व्यक्ति स्वयं अपने भीतर के 'आत्म' की प्रकृति का परीक्षण करता है, ताकि वह अपने को स्वयं प्रकृति में संचारित चेतना से सम्पृक्त कर सके। यहाँ जिसे मैं अन्य या दूसरा, या अपने से बाहर देखता हूँ, वह भी उसी चेतना का प्रतीक है, जो मुझमें प्रवाहित होती है। यदि आत्म-चेतन व्यक्ति दूसरों

से भिन्न है, तो इसी अर्थ में, कि वह अपनी साधना से चेतना के ऐसे द्वार खोल सकता है, जो उसे मनुष्य की उन सम्भावनाओं से अवगत करा सकें, जो अब तक अज्ञात के अँधेरे में छिपी थीं। भारत के चिन्तकों ने चेतना की इस सार्वभौमिक और अखंडित भूमिका को पहचाना था। श्री अरविन्द ने जिस अति-मानव की परिकल्पना की थी, वह चेतना की प्रच्छन्न सम्भावनाओं को पहचानकर ही। आधुनिक बुद्धिजीवियों में यदि उनका स्थान इतना असाधारण है, तो इसलिए कि उन्होंने उस सीमा रेखा को मानने से इनकार किया, जो मनुष्य की चेतना को 'रेशनल' और 'इर-रेशनल' में विभाजित करती थी। यह आत्मबोध के रास्ते में बुद्धि की भूमिका को नकारना नहीं था, बल्कि उसकी परिधि को अधिक प्रशस्त बनाना था, जहाँ इस तरह के कृत्रिम विभाजन स्वयं मनुष्य की चेतना को अवरुद्ध करते हैं। जब विवेकानन्द ने अमेरिका में 'अद्वैत' की व्याख्या करते हुए आत्म और अन्य के भेद को नकारा था—तो यह कोई अमूर्त रहस्यवादी स्थापना नहीं थी, बल्कि एक ऐसा सत्य था, जिसके आलोक में स्वयं पश्चिमी सभ्यता के नागरिकों ने अपने कुंठित जीवन की सीमाओं को पहचाना था। आधुनिक सभ्यता के संकट से मानवता को उबारने के लिए केवल उन बुद्धिजीवियों की भूमिका निर्णायक होगी, जो स्वयं बुद्धि को बोध और बोध को आत्म-बोध के उत्तरोत्तर विकासमान सोपानों में अवस्थित कर सकें। इस दृष्टि से भारतीय परम्परा में पगे चिन्तकों का योगदान आनेवाली शताब्दी में अत्यन्त महत्त्वपूर्ण सिद्ध हो सकता है।

# धर्म, लोकतंत्र और साम्प्रदायिकता

कहते हैं, एक बार एक कट्टर मुस्लिम लीगी नेता गांधीजी से मिलने गए थे। बहुत देर उनसे बातचीत करने के बाद जब वह लौटे तो किसी ने उनसे उनकी प्रतिक्रिया जाननी चाही। वह बोले, "गांधीजी से बात करते हुए मुझे कुछ अजीब लगा। मैंने सोचा था, वह मुस्लिम लीग के ख़िलाफ़ कुछ बोलेंगे। उलटे मुझे लगा कि वह मुझे बता रहे हों, एक अच्छा मुसलमान कैसा होना चाहिए।"

क्या यह विचित्र नहीं है कि गांधीजी ने उन सज्जन से न लीग छोड़ने को कहा, न सेक्यूलर मुस्लिम बनने का कोई आग्रह किया, बल्कि एक 'अच्छे मुसलमान' बनने की आकांक्षा प्रकट की? इस एक छोटे-से सरल वाक्य में क्या धर्म, धर्मनिरपेक्षता और साम्प्रदायिकता के बीच भेद कुछ स्पष्ट नहीं हो पाता? मैं यहाँ एक बात और जोड़ना चाहूँगा। गांधीजी ने उन्हें एक 'अच्छा इनसान' बनने की राय भी नहीं दी, जो कहीं यूरोप की 'मानववादी' परम्परा में तो संगत जान पड़ती, किन्तु भारत के सांस्कृतिक

परिवेश में उसका कोई विशेष अर्थ न होता। धर्म से अलग मानवीयता का कोई अर्थ निकल सकता है, इसकी कल्पना भी गांधीजी नहीं कर सकते थे।

भारत में 'सम्प्रदायवादी' होने का मतलब धार्मिक होना नहीं है। सम्प्रदाय अपने में एक धर्मनिरपेक्ष शब्द है—मैं एक कम्यूनिस्ट अथवा धार्मिक सम्प्रदाय का सदस्य हो सकता हूँ—उसके सिद्धान्तों में विश्वास करते हुए दूसरे सम्प्रदायों से भेद रख सकता हूँ। ऐसे अनेक सम्प्रदाय आपको न केवल राजनीतिक सांसारिक क्षेत्र में मिलेंगे, बल्कि स्वयं हिन्दू, मुस्लिम, ईसाई धर्मों के बीच अनेक तरह की 'साम्प्रदायिक' संस्थाएँ अपने-अपने विश्वासों के साथ एक संग जीवित रहती हैं।

भारतीय मनीषा की यह एक गौरवशाली परम्परा रही है कि उसमें जहाँ विश्वासों, मतों और विचारों के भेद को स्वीकार किया गया है, वहाँ इस धारणा को हमेशा से अस्वीकृत किया गया है कि एक धार्मिक अथवा राजनीतिक सम्प्रदाय के सिद्धान्त अपने में इतने श्रेष्ठ और उत्तम हैं कि वे दूसरे सम्प्रदायों पर अपना प्रभुत्व आरोपित कर सकें। दूसरे शब्दों में—किसी सम्प्रदाय को यह नैतिक अधिकार नहीं है कि वह अपने समाज की विविध बहुआयामी, अनेक धर्मा जीवन प्रणाली को खंडित करके किसी एक विश्वास अथवा मत की तथाकथित सार्वभौमिक सत्ता को स्थापित करने का दावा करे। अतः साम्प्रदायिकता की भावना इसलिए नहीं उत्पन्न होती कि हमारा समाज अनेक सम्प्रदायों में आबद्ध है—भारतीय समाज का यह लोकतांत्रिक चरित्र तो हज़ारों वर्षों से क़ायम रहा है—वह इस दर्पपूर्ण, अहंकेन्द्रित पूर्वग्रह से उत्पन्न होती है कि किसी एक सम्प्रदाय को इतनी श्रेष्ठता स्वतः प्राप्त है कि वह अन्य सम्प्रदायों को बलपूर्वक, अपने विश्वासों की अनुयायी बनाए। जब किसी सम्प्रदाय के प्रतिनिधि दूसरे सम्प्रदायों के सदस्यों को धर्म परिवर्तन करने के लिए विवश करते हैं अथवा उसके धार्मिक स्थानों को नष्ट करते हैं तो उसके पीछे 'श्रेष्ठता' की यही भावना काम कर रही होती है।

यदि एक व्यक्ति का धर्म उस व्यक्ति के अकेलेपन और ईश्वर के बीच एक रिश्ता निर्धारित करता है, तो साम्प्रदायिकता उस 'रिश्ते' की पवित्रता को नष्ट कर करके उसे महज़ एक 'शस्त्र' बना देती है, जिसका प्रयोग अन्य सेक्यूलर शस्त्रों की तरह किया जाता है। दुर्भाग्य यह है कि यह प्रयोग या दुरुपयोग 'धर्म' के नाम पर सांसारिक स्वार्थों की सिद्धि के लिए किया जाता है, जिसका मनुष्य और ईश्वर के बीच अज्ञात और अलौकिक सम्बन्ध से कोई लेना-देना नहीं। एक हिन्दू, मुसलमान या सिख होने के नाते हम जिस अनुपात में 'धर्म' की आड़ में अपने सांसारिक स्वार्थों और राजनीतिक उद्देश्य को साधने की कोशिश करते हैं, उसी अनुपात में हम अच्छे हिन्दू, अच्छे मुसलमान और अच्छे सिख होने के आदर्श से स्खलित होते जाते हैं। यदि आज तक हम 'पाकिस्तान' बनने का दुष्परिणाम अपने राष्ट्रीय जीवन में भुगत रहे हैं—ऐसी यातना जिसमें हिन्दू और मुस्लिम दोनों साझा करते हैं—तो इसलिए कि वह ऐसे पाप का प्रतीक है, जो एक साम्प्रदायिक पार्टी ने धर्म की ओट में अपनी राजनीतिक स्वार्थलिप्सा को पूरा करने के लिए समूचे देश की नियति पर आरोपित किया था।

यह हमारा सौभाग्य था कि राष्ट्रीय संघर्ष की परम्परा में भारत के संविधान-निर्माताओं ने जिस लोकतंत्र की परिकल्पना की, उसमें पाकिस्तान की तरह किसी एक धार्मिक सम्प्रदाय की प्रधानता और प्रभुत्व को स्वीकार नहीं किया। भारत के संविधान में बहुसंख्यक होने के बावजूद हिन्दुओं को अन्य सम्प्रदायों और धार्मिक समूहों की अपेक्षा कोई विशेषाधिकार अथवा सुविधाएँ नहीं दी जातीं, क़ानून और संविधान के आगे छोटे-बड़े सम्प्रदायों के अधिकार और कर्तव्य बराबरी के आधार पर निर्धारित होते हैं। यदि किसी समूह के 'धर्म' अथवा धार्मिक संस्थानों को सिर्फ़ इसलिए अधिक महत्त्व नहीं दिया जाता, क्योंकि उसके अनुयायी संख्या में अधिक हैं—तो ऐसे समाज को 'बहुसंख्यक' और 'अल्पसंख्यक' में विभाजित करके देखना न केवल ग़लत और अनुचित है बल्कि भ्रामक भी।

केवल संख्या के हिसाब से कोई वर्ग या समूह प्रभुत्व ग्रहण नहीं कर लेता। यह उस शासन-व्यवस्था के आचार-नियमों पर निर्भर करता है, जिसमें संविधान यह निर्धारित करता है कि उस व्यवस्था में किस वर्ग या सम्प्रदाय को कितनी शक्ति और सत्ता प्राप्त हो। दक्षिणी अफ्रीका में काले लोग बहुसंख्या में हैं, किन्तु सत्ता गोरे लोगों के हाथों में है जो अल्पसंख्यक हैं। चीन और सोवियत संघ के संविधानों में सत्ता कम्यूनिस्ट पार्टी में निहित है, इसलिए समाज के अन्य ग़ैर-कम्यूनिस्ट सम्प्रदायों और समूहों और व्यक्तियों के साथ व्यवहार 'अल्पसंख्यकों' की तरह किया जाता है। हालाँकि उनकी संख्या कम्यूनिस्टों की संख्या से कहीं अधिक है। पाकिस्तान के संविधान में इस्लाम को राज्य धर्म के रूप में स्वीकार किया गया है, जिसके कारण समस्त ग़ैर-इस्लामी सम्प्रदाय और व्यक्ति स्वतः ही एक सेकेंड हैंड निकृष्ट श्रेणी के नागरिक बन जाते हैं।

भारतीय लोकतंत्र की अपनी सीमाएँ हैं, किन्तु क्या उस पर इस प्रकार का 'विभाजन' आरोपित करना तर्कसंगत है?

यदि नहीं, तो स्वतंत्र भारत की लोकतांत्रिक व्यवस्था में कम-से-कम संवैधानिक स्तर पर साम्प्रदायिकता के सिर उठाने की कोई गुंजाइश नहीं रह गई है। यदि हम आसपास के पड़ोसी देशों की साम्प्रदायिक और सर्वसत्तावादी राज्य-व्यवस्थाओं को देखें, तो यह एक छोटी उपलब्धि नहीं है। फिर क्या कारण है कि पिछले चालीस वर्षों के दौरान हमारा समाज अपनी देह-आत्मा से साम्प्रदायिकता का कलुष नहीं धो पाया है? अब तो अंग्रेज़ नहीं रहे, जिनके माथे पर दोष मढ़कर हम अपने इस पाप की ज़िम्मेदारी से छुटकारा पा लें।

पिछले वर्षों में यदि हमारे देश में साम्प्रदायिकता की विभीषिका अधिक भयावह रूप में सामने आई है, तो इसका कारण यह नहीं कि हमारा समाज अधिक सम्प्रदायग्रस्त अथवा विभिन्न सम्प्रदायों के सदस्य अधिक असहिष्णु और कट्टर हो गए हैं, बल्कि हमारे शासक

वर्ग ने (विशेष कर इन्दिरा गांधी के शासनकाल से) हमारे राजनीतिक जीवन में एक ऐसी परिस्थिति उत्पन्न कर दी है, जिसमें साम्प्रदायिक होना राजनीतिक रूप से लाभदायक हो गया है। यदि शासक वर्ग वोट हासिल करने के लिए—अपने तात्कालिक राजनीतिक स्वार्थों को साधने के लिए—समाज में एक कृत्रिम भय और असुरक्षा की भावना उपजा सकता है, जिसमें कभी-न-कभी या कहीं-न-कहीं अमुक सम्प्रदाय 'ख़तरे में' पड़ जाता है तो क्या गारंटी है कि उस सम्प्रदाय के प्रतिनिधि स्वयं अपनी साम्प्रदायिक अस्मिता को राजनीतिक शतरंज में एक मुहर की तरह इस्तेमाल नहीं करेंगे? मुझे नहीं लगता कि पिछले चालीस वर्षों में भारतीय समाज से सम्बद्ध किसी भी सम्प्रदाय की अस्मिता, उसकी चारित्रिक विशिष्टता, उसके आस्था-विश्वास किसी भी रूप में ख़तरे में पड़े हों...। मैं यहाँ अपने देश के आदिवासियों की बात नहीं कर रहा जिनकी आचार-संहिता और अस्मिता सचमुच संकट में है, किन्तु उसके कारण और हैं, जिनका उल्लेख यहाँ करना अप्रासंगिक होगा।

सांसारिक और सेक्यूलर उद्देश्यों की पूर्ति के लिए एक भारतीय नागरिक की...धार्मिक भावनाओं का शोषण करना—यह किसी सम्प्रदाय विशेष की 'अस्मिता' बचाना नहीं, उस राष्ट्रीय एकता को खंडित करना है, जिसके भीतर ही हर हिन्दू, सिख और मुसलमान अपनी विशिष्ट भारतीय परम्परा से जुड़ता है। यह सम्बन्ध एक भारतीय अनेक स्तरों पर महसूस करता है—और उसमें अपने 'होने' की सार्थकता ग्रहण करता है। पहला स्तर है—अपने ईश्वर से जुड़ना जो एक व्यक्ति की निजी धार्मिक सत्ता को अर्थ देता है। दूसरा स्तर है—अपनी धार्मिक सत्ता को अपने राष्ट्रीय परिवेश से जोड़ना जिसमें हिन्दुत्व, इस्लाम, ईसाई और सिख की सामूहिक भारतीय स्मृतियाँ संग्रथित हैं। तीसरा और अन्तिम स्तर है—जहाँ हम एक नागरिक के तौर पर अपने को एक लोकतांत्रिक व्यवस्था में बराबरी के आधार पर (अल्पसंख्यक अथवा बहुसंख्यक

सम्प्रदायों के आधार पर नहीं) जोड़ते हैं। एक भारतीय एक ही समय में इन तीनों स्तरों पर एक अच्छा हिन्दू-मुस्लिम, एक अच्छा भारतीय, एक अच्छा नागरिक हो सकता है। जब कोई शासक वर्ग अथवा किसी सम्प्रदाय विशेष का प्रतिनिधि इन तीन अन्तर्ग्रंथित स्तरों के नाज़ुक और बहुमूल्य सन्तुलन को भंग करता है—धर्म को देश और परम्परा और नागरिक दायित्व से अलग करके उसे एक 'राजनीतिक विषय' में रिड्यूस अथवा संकुचित करता है—वहीं, ठीक उसी समय साम्प्रदायिक विद्वेष की और अलगाव और असुरक्षा की भावनाएँ उत्पन्न होने लगती हैं।

दुनिया में ऐसे देश हैं, जहाँ लोकतंत्र है, किन्तु हर व्यक्ति अपने को अकेला, अनाथ और असुरक्षित पाता है। ऐसे देश भी हैं, जहाँ लोकतंत्र जैसी कोई व्यवस्था नहीं—हर नागरिक एक भेड़ की तरह अपने को एक रूपहीन समुदाय अथवा राज्य व्यवस्था का अनुकरण करने के लिए बाध्य पाता है। फिर ऐसे भी देश हैं, जहाँ सिर्फ़ एक धर्म, सम्प्रदाय, वर्ण विशेष के प्रतिनिधियों के हाथों में राज्य सत्ता केन्द्रित है—समाज के शेष सम्प्रदाय वर्ण और धर्म के अनुयायी उस 'प्रभु सम्प्रदाय' की दया और कृपा पर जीवित रहते हैं। भारत ही एक ऐसा देश है, जिसने राज्य, नागरिक, सम्प्रदाय और व्यक्ति के बीच एक ऐसी सन्तुलित, नैतिक और लोकतांत्रिक व्यवस्था की परिकल्पना की है, जिसे राजनीतिक जीवन के दैनिक यथार्थ में ढालने की चुनौती आज हम सबके सामने प्रस्तुत है—न केवल शासक वर्ग के लिए बल्कि समूचे समाज के विभिन्न वर्गों और सम्प्रदायों और भाषाओं के लिए भी। देश में 'साम्प्रदायिकता' के विरुद्ध हमारा अभियान उसी सीमा तक सफल हो सकेगा जिस सीमा तक हम अपने में इस चुनौती को स्वीकार करने का जोखिम, साहस और सामर्थ्य जुटा सकेंगे।

# पूर्व और पश्चिम

मैं अपनी बात एक स्मृति से आरम्भ करना चाहूँगा। कुछ वर्ष पहले मुझे एक सम्मेलन में कोलोन जाने का अवसर मिला था। बात 1982 या 83 की है, जब एक ओर पश्चिम और दूसरी ओर सोवियत संघ के बीच तनाव चरमोत्कर्ष पर था। जर्मनी की एक अन्तरराष्ट्रीय संस्था ने विश्व के लेखकों को आमंत्रित किया था, ताकि शीतयुद्ध के स्थान पर शान्ति का विमर्श आरम्भ किया जा सके। संयोग से उस सम्मेलन में मैं जिस लेखक के पास बैठा था, वह नोबेल पुरस्कार विजेता हाइनरिख ब्योल थे। उनके व्यक्तित्व ने मुझे सहज रूप से आकर्षित कर लिया...सीधे-सादे मज़दूर-से दीखनेवाले व्यक्ति, जिनका चेहरा झाड़-झंखाड़-सी दीखनेवाली झुर्रियों से अँटा था। उनका भाषण भी उनके व्यक्तित्व की ही तरह इतना सहज मानवीय गरिमा से भरा था कि उसके कुछ अंश मुझे आज भी याद रह गए हैं...बल्कि यह कहना ज़्यादा सही होगा, कि जिस विषय पर मैं आज जो कुछ कहने जा रहा हूँ, उसके बारे में सोचते हुए मुझे

अनायास उनके वे वाक्य याद हो आए हैं, जिन्हें मैं लगभग भूल चुका था : "दुनिया के लोग एक-दूसरे से कितने अलग हैं, यह देखकर आश्चर्य होता है," उन्होंने कहा था, "यदि आप पश्चिम के किसी मेट्रोपोलिटन शहर—लन्दन, पेरिस या न्यूयॉर्क के कैफ़े में बैठकर सड़क पर चलते हुए लोगों को देखें, तो आप उनकी चाल-ढाल, उनकी भाव-भंगिमाओं, उनके हँसी-ठहाकों, उनके इशारों, उनके नाज-नखरों को देखकर पता चला सकते हैं कि कौन किस देश का है...अंग्रेज़, फ्रांसीसी, रूसी, आइसलैंडी...जब यूरोप निवासी ही अपने व्यवहार और बोलचाल में इतना एक-दूसरे से अलग हैं तो पूर्वी देशों के निवासी तो उन्हें किसी दूसरे प्लेनेट के प्राणी ही जान पड़ेंगे..." और तब मुझे किपलिंग महाशय का प्रसिद्ध वाक्य याद आया जो उन्होंने पूर्व और पश्चिम के बारे में कहा था : "East is East & West is West"—पूर्व में भी कितने पूर्व हैं, और पश्चिम में कितने पश्चिम—जिसकी किपलिंग महोदय ने कल्पना भी न की थी...।

इस दृष्टि से साहित्य अन्य समाजशास्त्रीय अनुशासनों से थोड़ा अलग हो जाता है। वह मनुष्य के सरोकारों और भावावेगों से सम्बन्धित होता हुआ भी मनुष्य की एकाश्मिक छवि प्रस्तुत नहीं करता। हर साहित्यिक कृति अपना एक निजी 'मनुष्य' रचती है, जो दुनिया में चलते-फिरते मनुष्यों की ही तरह दिखता है, किन्तु उसके स्वभाव में एक अजीब-सी ऐंठ या अनोखापन, अंग्रेज़ी शब्द इस्तेमाल करें, तो एक तरह की ideosyncray होती है, जो उसे सामान्य मनुष्य से 'व्यक्ति' में परिणत करती है। एक उपन्यास के पात्र अपनी रुचियों और रुझानों में कितने एक-दूसरे से भिन्न जान पड़ते हैं—हर व्यक्ति अपनी एक विशेष दुनिया लेकर चलता दिखाई देता है। पर अगर हम ज़रा ध्यान से देखें तो पता चलता है कि इस दुनिया के कुछ नियम हैं, जिसका अनुसरण एक विशिष्ट समुदाय, जाति या धर्म-सम्प्रदाय के सदस्य एक 'अलिखित समझौते' के तहत करते हैं।

डिकेंस के उपन्यासों के पात्र चाहे एक-दूसरे से वैयक्तिक स्तर पर क्यों न भिन्न हों, वे एक सामान्य भाषायी अस्मिता, नैतिक संहिता और ऐतिहासिक स्मृति से जुड़े हैं, जो उन्हें प्रेमचन्द अथवा लू शुन के पात्रों की दुनिया से बहुत दूर जा फेंकती है। वे सिर्फ़ उपन्यासों के पात्र नहीं हैं, एक ख़ास संस्कृति के सदस्य भी हैं।

मैंने अभी ऊपर कहा कि पश्चिम में भी अनेक पश्चिम हैं। आख़िर फ्रांसीसी साहित्य अपने इतिहास, भाषायी तेवर और कलात्मक संवेदनाओं में अंग्रेज़ी या जर्मन या रूसी साहित्य से बहुत भिन्न है—यूरोप का कोई ऐसा देश नहीं, जिसका साहित्य हम पर अपनी विशिष्ट छाप न डालता हो...किन्तु इससे भी इनकार नहीं किया जा सकता कि इन जातीय और ऐतिहासिक भिन्नताओं के बावजूद उनके भीतर एक ही सांस्कृतिक चेतना स्पन्दित होती है—यूरोपीय या पश्चिमी चेतना, जो पूर्व की सांस्कृतिक चेतना के आधारभूत बिम्बों और प्रत्ययों से बुनियादी तौर पर अलग जान पड़ती है।

अंग्रेज़ी, फ्रांसीसी, स्पेनिश भाषाएँ एक-दूसरे से अलग होते हुए भी चेतना के स्तर पर एकसूत्रित सन्दर्भों से बँधी हैं—यूनानी सभ्यता की पीठिका और ईसाई-यहूदी धार्मिक परम्पराओं ने यूरोप को एक ऐसी सांस्कृतिक इकाई में ढाला है, जो एशिया—विशेष कर भारत की जीवन-दृष्टि और आध्यात्मिक चरित्र से बहुत अलग हो जाती है। यही कारण है कि संस्कृत में रचे अनेक दार्शनिक प्रत्ययों का यूरोपीय भाषाओं में कोई पर्याय नहीं मिलता...या उनका अनुवाद अशुद्ध होता है। यह अकारण नहीं था कि कुमारस्वामी जैसे विद्वान भारतीय दर्शन और उसके धर्म-ग्रंथों के यूरोपीय अनुवादों और टीकाओं के प्रति इतनी गहरी वितृष्णा रखते थे। यों भी किसी साहित्यिक कृति का विदेशी भाषा में अनुवाद अपना मर्म और सौन्दर्य खो देता है और यदि वह भाषा किसी नितान्त अलग सांस्कृतिक सन्दर्भों से सम्बन्ध रखती है—

तब तो अर्थ का अनर्थ हो जाने की आशंका और भी अधिक बढ़ जाती है। अभी हाल में मैं रवीन्द्रनाथ ठाकुर के उपन्यास 'गोरा' का अंग्रेज़ी अनुवाद देख रहा था। मुझे आश्चर्य हुआ कि अनुवाद अपने में अच्छा होते हुए भी उपन्यास के हिन्दी अनुवाद की तुलना में, जिसे वर्षों पहले अज्ञेय ने किया था, बहुत ही शिथिल और रसहीन जान पड़ा। यह अंग्रेज़ी अनुवादक की कमज़ोरी नहीं थी, बल्कि हिन्दी में जितनी सुगमता और सहजता से बांग्ला भाषा की अर्थ-ध्वनियाँ अनूदित हो जाती हैं—दोनों भाषाओं के समान सांस्कृतिक सन्दर्भों के कारण, उतना अंग्रेज़ी में उपलब्ध हो पाना असम्भव है। यूरोपीय भाषाओं की तरह भारतीय भाषाएँ एक-दूसरे से भिन्न होते हुए भी एक समान सांस्कृतिक स्मृति और परम्परा के कारण अपने अन्तर्निहित स्वभाव में समान-रूपा हैं। यह संयोग नहीं कि भारतीय कविता यूरोपीय भाषा में अनूदित होते ही अपनी लय, रसमयता, संगीत-ध्वनि जिस हद तक खो देती है, उतनी एक यूरोपीय भाषा में लिखी कविता किसी दूसरी यूरोपीय भाषा में अवतरित होकर नहीं। भाषा किसी जाति के भावनात्मक संवेगों का सबसे प्रामाणिक मानदंड है। यदि किसी जाति का भूगोल उसकी देह को चित्रित करता है, तो उसकी भाषा उसकी आत्मा की अन्तरतम आकांक्षाओं को वाणी देती है। जिस भाषा में एक जाति अपना आत्म-बोध अर्जित करती है, वही अन्ततः उसकी साहित्यिक कृतियों में लक्षित होती है। यही एक मूलभूत कारण है कि कैसे ग्रीक महाकाव्य और नाटक मनुष्य को जो छवि प्रक्षेपित करते हैं—वह पूर्वी क्लासिकी ग्रंथों-विशेष कर संस्कृत के महाकाव्यों—'महाभारत' और 'रामायण' की मानुष-अवधारणा से थोड़ा अलग दिखाई देती है। यह नहीं कि मनुष्य की मानवीय homosapien प्रकृति में कोई अन्तर आता है, सिर्फ़ साहित्य में उसका 'रूपान्तरण' भिन्न हो जाता है। यह अन्तर किस तरह आता है, इसकी चर्चा बाद में करूँगा।

अभी मैंने जो कहा, उससे यह निष्कर्ष निकालना बिलकुल भ्रामक होगा कि पूर्वी और पश्चिमी साहित्य के बीच कोई 'लौह दीवार' खड़ी है, जिसे लाँघा नहीं जा सकता। सच पूछा जाए तो साहित्य का पूर्व और पश्चिम में विभाजन ही एक सीमा के बाद कुछ अटपटा-सा जान पड़ता है। क्या टॉल्स्टॉय या दोस्तोएव्स्की उसी अर्थ में 'पश्चिमी' लेखक हैं, जिस अर्थ में हम बाल्ज़ाक और फ्लॉबेयर को मानते हैं?... क्या एक समकालीन भारतीय लेखक की चिन्ताएँ और सरोकार वैसे ही हैं, जो एक चीनी और ईरानी या जापानी लेखक के होंगे, यद्यपि दोनों ही भौगोलिक दृष्टि से पूर्वी या एशियाई लेखक माने जाएँगे और लातिन अमेरिका लेखकों को किस कोटि में रखा जाएगा, जिनका भौगोलिक परिवेश अमेरिका का महाद्वीप है, किन्तु सांस्कृतिक जड़ें यूरोप में हैं?... क्या साहित्य के बारे में इस तरह की सामान्यीकृत धारणाएँ थोड़ा भ्रामक और अति सरलीकृत नहीं जान पड़तीं?

यह एक सार्थक प्रश्न है, किन्तु इसे पूछते ही अनेक शंकाएँ आ घेरती हैं, जिनका सम्बन्ध भूगोल की बाह्य सीमाओं से नहीं, आत्मा के अन्दरूनी भूगोल से है, जिसे हर संस्कृति अपने भीतर लेकर चलती है। यदि यूरोपीय सभ्यता की मान्यताएँ और मर्यादा, उसका नैतिक मूल्यबोध, उसकी जीवन-दृष्टि पूर्व या भारत के भाव-बोध से भिन्न है—जैसा कि माना जाता रहा है तो क्या उनके साहित्य की मूल संवेदनाएँ भी एक-दूसरे से भिन्न नहीं होंगी? यह नहीं कि हम अपनी संस्कृति के बाहर रचे गए साहित्य का रसास्वादन नहीं कर पाएँगे, एक स्तर पर साहित्य की अपील सार्वभौमिक होती ही है, किन्तु हम उसमें मनुष्य की जो छवि, जो चेहरा देखेंगे, वह उससे कुछ भिन्न होगा, जो हम अपनी साहित्यिक कृतियों में देखते आए हैं। शायद यह संयोग ही था कि कलकत्ता आने से पूर्व मैं होमर की अमर कृति 'इलियड' अंग्रेज़ी अनुवाद में पढ़ रहा था। आप सब जानते ही हैं कि वह एक ऐसा ग्रंथ है,

जिसने समूची यूरोपीय परम्परा और संस्कृति को गहनतम स्तरों पर प्रभावित किया है। युद्ध की विभीषिका 'इलियड' में उतनी ही भयानक और हृदयद्रावक है जितनी हम 'महाभारत' में देखते हैं...दोनों ही महाकाव्यों में प्रतिहिंसा और विजय पाने की लालसा एक जैसी बलवती और विनाशकारी है, किन्तु ट्रॉय के मैदान में सैनिकों के वध के ब्योरे जितनी बारीक सूक्ष्मता और क्रूर जीवन्तता के साथ होमर देता है, उतना 'महाभारत' का कवि-लेखक नहीं...पश्चिमी महाकाव्य में एक तरह की ठंडी वस्तुपरकता है, जहाँ ख़ून में सने सैनिकों के शव उसी तरह धूल में लोटते हैं, जैसे किसी भीषण आँधी में पेड़ों के धड़ गिरते हैं। भारतीय महाकाव्य में भी युद्ध की भूमिका कम महत्त्वपूर्ण नहीं है, किन्तु वहाँ कुरुक्षेत्र सिर्फ़ लड़ाई का मैदान नहीं है, वह धर्मक्षेत्र भी है; नीति और न्याय के परिप्रेक्ष्य में ही 'महाभारत' अपनी काव्यात्मक गरिमा अर्जित करता है। पश्चिम के महाकाव्य में नायकों के प्राकृतिक संवेग-अचिलीस का क्रोध, पेरिस की कामुक वासना अधिक मुखर होकर आती है, ऐसा नहीं कि ये पाशविक प्रवृत्तियाँ 'महाभारत' में नहीं हैं, किन्तु धर्म और अधर्म को लेकर जो नैतिक शंकाएँ उठती हैं, स्वयं युद्ध के औचित्य को लेकर जो पीड़ायुक्त बहसें और आत्म-मन्थन होता है, उसका लेश-मात्र भी ग्रीक महाकाव्य में दिखाई नहीं देता। क्यों? ऐसा क्यों है? दोनों महाकाव्य हमें अभिभूत करते हैं, क्योंकि वे जीवन के किसी अनुभव से वह चाहे कितना ही भयावह, कटु और जघन्य क्यों न हो, आँखें नहीं चुराते। ऑल्डस हक्सले ने अपने सुन्दर निबन्ध 'Epic and the whole truth' में बहुत सुन्दर व्याख्या की है—दोनों काव्य महान हैं, क्योंकि वे जीवन के सम्पूर्ण सत्य को व्यक्त करते हैं...फिर क्यों हमें इन दोनों के बीच इतना गहरा अन्तर दिखाई देता है?

ध्यान से देखें, तो यह अन्तर सिर्फ़ दो काव्य-कृतियों का नहीं है, बल्कि दो सांस्कृतिक परम्पराओं के बीच है, जिसमें मनुष्य की अवधारणा

ही एक दूसरे से थोड़ी भिन्न है। मनुष्य का 'मनुष्यत्व' क्या है, यह सिर्फ़ एक दार्शनिक प्रश्न नहीं रहता, बल्कि उन मूल प्रेरक-शक्तियों, motive forces की ओर संकेत करता है, जो किसी महाकाव्य के नायकों—'इलियड' में अगमिमनॉन, 'महाभारत' में अर्जुन, 'वाल्मीकि रामायण' में राम के निर्णयों को संचालित करती हैं। इन कृतियों में मनुष्य की छवि कैसी उभरकर आती है, यह इस पर निर्भर करता है कि मनुष्य अपने 'आत्म' self को केवल दूसरे मनुष्यों से नहीं, बल्कि बाहरी शक्तियों से कैसे जोड़ पाता है...भारतीय परम्परा में मनुष्य का 'आत्म' उसके अहं (ईगो) की तुलना में बहुत वृहत्तर है, जो अपने को जीव-जगत् की समस्त सत्ताओं से अन्त:सम्बन्धित पाता है। हर व्यक्ति, अच्छा हो या बुरा, उच्च जाति का हो या निम्न जाति का, राजा हो या प्रजा का साधारण सदस्य—दायित्वों की पूरी शृंखला में बँधा है। वह उस तरह से निजी संकल्प का वाहक नहीं है, जैसे यूरोपीय परम्परा में 'व्यक्ति' की अवधारणा है—अपेक्षाकृत स्वायत्त प्राणी, जो दूसरों के बीच रहता हुआ भी अपना निज सुरक्षित रखता है...एक अहंकेन्द्रित जीवात्मा, जो दूसरों से सम्बन्धित होती हुई भी अपने को कहीं बहुत अधूरी और अरक्षित पाती है।

यह महज़ ऐतिहासिक संयोग नहीं था कि पश्चिमी साहित्य में 'ट्रेजेडी' जैसी सशक्त, सान्द्र, विस्फोटक विधा का आविर्भाव इसलिए सम्भव हो सका क्योंकि वहाँ मनुष्य और मनुष्य, मनुष्य और प्रकृति, आत्म और अन्य के बीच की खाई इतनी अँधेरी और अलंघ्य जान पड़ती है। यह नहीं कि भारतीय साहित्यिक कृतियों में हमें ऐसे पात्र नहीं मिलते, जो आत्म-छलनाओं के घटाटोप से विमूढ़ित नहीं होते, हमारी पौराणिक कथाओं में माया और यथार्थ की लीला अनवरत चलती है, किन्तु ऐसी स्थितियाँ दुर्लभ हैं जहाँ हैमलेट या किंग लियर की तरह मनुष्य स्वयं अपने यथार्थ के प्रति सशंकित हो जाता है, अपने निर्णयों के औचित्य

के बारे में ही आश्वस्त नहीं हो पाता। भारतीय परम्परा में 'धर्म' की अवधारणा—वह चाहे अपने में कितनी अस्पष्ट और उभयभावी न हो, मनुष्य के समूचे जीवन को आप्लावित करती है...पश्चिम की एकेश्वरवादी संस्कृतियों में मनुष्य और ईश्वर का सम्बन्ध आस्था से बनता है और ज्योंही ईश्वरीय सत्ता में आस्था क्षीण पड़ती है, स्वयं मनुष्य को अपना 'मैं' सन्दिग्ध और अपने कर्म 'स्वेच्छाचारी' arbitrary जान पड़ने लगते हैं। वह या तो ईडिपस की तरह नियति का बेबस पुतला बन जाता है या दोस्तोएव्स्की के अंडरग्राउंड प्राणी की तरह अभिशप्त, जिसे स्वयं अपने कार्यों के बीच किसी तरह की अर्थपूर्ण संगति दिखाई नहीं देती। वह हर दिशा में जाने के लिए स्वतंत्र है, पर कौन-सी दिशा उसे अपने 'आत्म' की ओर ले जाती है, इस बारे में दिग्भ्रमित है। यह कैसा विरोधाभास है कि जिस पश्चिमी परम्परा में मनुष्य बड़े दर्प, अभिमान और आक्रामक भाव से अपने को सृष्टि के केन्द्र में अवस्थित करता है, वहीं वह अपनी 'प्रकृति' के समक्ष स्वयं को इतना वध्य और वेध्य पाता है।

पूर्वी संस्कृतियों में विशेष कर भारतीय परम्परा में भी मनुष्य को यदि पृथ्वी और प्रकृति की जीव-सत्ताओं से 'ऊपर' माना गया, तो वह उसकी पाशविक शक्ति या ब्रूट फोर्स के कारण नहीं, बल्कि स्व-चेतना के आधार पर, जो उसे समूची सृष्टि में एक विशिष्ट दर्जा देती है। मनुष्य की आत्म-चेतना ही उसका स्वधर्म बन जाती है ताकि वह प्राकृतिक जगत् की चर-अचर सत्ताओं के प्रति अपना दायित्व सम्पन्न कर सके। पश्चिमी परम्परा में 'संस्कृति' का आविर्भाव ही 'आदिम' शक्तियों को अपदस्थ करने में होता है। प्रकृति की बीहड़ अराजकता और मनुष्य के भीतर दबी आदिम प्रवृत्तियों के बीच अद्भुत समानता दिखाई देती है। किंग लियर के भीतर गूँजता हुआ मर्मभेदी हाहाकार बाहर गरजते हुए झंझावात की तरह ही उन्मत्त और तर्कातीत जान पड़ता है। इसके विपरीत 'वाल्मीकि रामायण' और कालिदास के नाटकों में प्रकृति के

प्रति किसी प्रकार का डर, अनिष्ट, आशंका या युयुत्सा-भाव दिखाई नहीं देता। समूचा प्राकृतिक परिवेश ऐसी पवित्र और जीवन्त प्राणवत्ता में स्पन्दित होता है कि हमारी स्मृति में केवल घटनाएँ ही नहीं, बल्कि घटनास्थल, चित्रकूट का रमणीक परिदृश्य, पंचवटी का आरण्यक एकान्त, 'अभिज्ञान शाकुन्तलम्' में कण्व ऋषि का तपोवन हम पर अपनी अमिट छाप छोड़ जाता है। प्रकृति उपभोग की वस्तु न होकर एक आन्तरिक पवित्रता प्राप्त कर लेती है, जो भारतीय काव्य-परम्परा का प्रमुख लक्षण है...प्रकृति ही क्यों, क्या किसी महाकाव्य में पशु-पक्षियों का इतना जीवन्त 'व्यक्तित्व'—मनुष्यवत्, पर मानवीकृत नहीं, उभरकर आता है, जितना 'वाल्मीकि रामायण' में, जहाँ हुनमान, बाली, सुग्रीव, जटायु, कागभुशुंडि की अविस्मरणीय भूमिकाएँ रामकथा को नया आयाम देती हैं।

मुझे ग़लत न समझा जाए...यहाँ मेरा अभीष्ट दो विभिन्न परम्पराओं में जन्मी साहित्यिक कृतियों की कलात्मक तुलना करना नहीं, सिर्फ़ उनकी मूल चालक शक्तियों की भिन्नता को निर्देशित करना है...मनुष्य और प्रकृति के बीच के अन्त:सम्बन्ध किसी कृति को उत्कृष्ट या निकृष्ट नहीं बनाते—सिर्फ़ उनकी विशिष्ट पहचान गढ़ने में सहायक होते हैं। उल्लेखनीय बात यह है कि अन्त:सम्बन्धों का यह पैटर्न समूची कला की भाषा, शिल्प और मुहावरे पर गहरा प्रभाव डालते हैं। कभी-कभी तो काव्य के अन्तर्निहित चरित्र को ही बदल डालते हैं। जिन संस्कृतियों में मनुष्य और प्रकृति दो विरोधी सत्ताएँ नहीं हैं, वहाँ काव्य और दर्शन उस तरह अलग-अलग कोटियों में विभाजित नहीं होता, जैसी प्लेटो की धारणा थी। भाषा पर तर्क या रीजन का प्रभुत्व कम होता है और वह अपने स्वभाव में रूपात्मक (metaphorical) अधिक होता है। गीता, जैसे उसके नाम से स्पष्ट होता है, गीत भी है, दर्शन भी, इसी तरह का सम्मिश्रण हम उपनिषदों और वैदिक ग्रंथों में भी देख सकते हैं।

'महाभारत' न तो 'इलियड' की तरह सेक्यूलर काव्य है, न 'बाइबल' की तरह धर्म-ग्रंथ—उसमें दोनों के ही तत्त्व विद्यमान हैं। पश्चिमी परम्परा की तरह भारतीय मानस में दिव्य और लौकिक, धार्मिक और सेक्यूलर के बीच कोई स्पष्ट विभाजन रेखा नहीं है। भक्ति-काव्य इसका सर्वोत्तम उदाहरण है—कबीर, तुलसीदास, मीरा के काव्यात्मक सौष्ठव को क्या उनकी गहन आध्यात्मिक अन्तर्दृष्टि से अलग किया जा सकता है? अचरज की बात तो यह है कि स्वयं यूरोप की महान साहित्यिक रचनाएँ जिनके सरोकार शुद्ध रूप से संसारी और लौकिक जान पड़ते हैं—अपने सृजनात्मक चरमोत्कर्ष पर तभी पहुँच पाते हैं, जब वे पृथ्वी पर मनुष्य होने की अर्थवत्ता पर पीड़ायुक्त शंकाएँ प्रकट करते हैं...मैकबेथ की ये चिर-परिचित पंक्तियाँ क्या मनुष्य की घोर आध्यात्मिक पीड़ा को व्यक्त नहीं करतीं—Tomorrow, and Tomorrow...कभी-कभी मनुष्य का ईश्वर से अलगाव, उसकी पीड़ा, जीवन की क्षणभंगुरता का बोध, प्रेम की निस्सारता और बीहड़ अरक्षित अकेलापन, जैसा कि हम पश्चिम की साहित्यिक कृतियों में देखते हैं, अपनी सच्चाई और चुभन में हमें अधिक सच्ची जान पड़ती हैं—सेक्यूलर दुनिया के मरुस्थल को उसकी अर्थहीनता में उजागर करना, क्या यह अपने में एक आध्यात्मिक आभा उत्पन्न नहीं करता, जो झूठी धार्मिकता से कहीं ज़्यादा हमारे अन्तस्तल को आलोकित करती है?

इसमें सन्देह नहीं कि साहित्य और कला की कृतियाँ एक विशिष्ट संस्कृति के उपादानों द्वारा ही अपने को हम तक पहुँचाती हैं, किन्तु एक बार जन्म लेने के बाद वे उसकी बन्दी नहीं रहतीं। हर महान कलाकृति अपनी ऐतिहासिक सीमाओं का अतिक्रमण करने की क्षमता रखती है—अपनी संस्कृति के स्मृति-संकेतों, मिथकों और भाषायी प्रत्ययों से गुज़रते हुए हर कविता और उपन्यास मनुष्य के समग्र और सार्वभौमिक अनुभव को आलोकित कर पाते हैं...उसके सामने सहसा इतिहास, समय और

संस्कृति की दीवारें ढह जाती हैं। यह सही है कि 'रामायण', 'महाभारत', भक्तिकाल के कवि मुझे जितने आत्मीय जान पड़ते हैं, उतना पश्चिमी साहित्य नहीं, किन्तु यह भी सच है कि हमारे संवेदन-तंत्र के कुछ हिस्से ऐसे हैं, जिनसे हमारा साक्षात्कार तभी हो पाता है, जब हम किसी अन्य संस्कृति के कलात्मक अनुभव में आते हैं...और तब हमें सुखद आश्चर्य होता है कि जिसे हम बाहर का अनुभव समझते थे, वह हमारे भीतर पहले ही मौजूद था। यदि ऐसा न होता तो मैं यूनानी नाटककार सोफ़ोक्लीज़ की 'एंटीग्नी', गोएटे के 'फाउस्ट' और शेक्सपियर के 'हैमलेट' की शंकाओं, अन्तर्द्वंद्वों से अपने को एकात्म कैसे कर पाता? क्या समय, संस्कृति और भाषाओं की सीमाओं को लाँघकर कालिदास के नाटकों और उपनिषदों के वेदान्तिक दर्शन ने गोएटे, जर्मन रोमांटिकों और शॉपनहार को चमत्कृत नहीं कर दिया था—जैसे किसी ने उनके भीतर के बन्द दरवाज़ों को खोल दिया हो, जो शताब्दियों से बन्द पड़े थे, किन्तु जिसे खोलने की चाभी किसी दूसरे के पास न थी। कहीं ऐसा तो नहीं है कि जिसे मैं 'पश्चिम' कहता हूँ, वह कहीं पहले से ही मेरे भारतीय अनुभव संसार के भीतर बर्फ़ की तरह जमा है, जो यूरोपीय कलाकृति की थोड़ी-सी धूप और गरमाई पाते ही पिघलकर हमारे भीतर बहने लगता है, कुछ वैसे ही, जैसे पूर्वी संस्कृतियों का अवदान यूरोपीय मानस की परतों को उघाड़कर एक नई अन्तर्दृष्टि देता है? हर उत्कृष्ट कलाकृति अपने चरम क्षणों में अपनी संस्कृति की सीमाओं को भेदकर मानव प्रकृति के ऐसे अँधेरे, अज्ञात और आदिम कोनों को उजागर करती है जहाँ मनुष्य मात्र मनुष्य है—प्रेम, मृत्यु, ईर्ष्या, वासना और बलिदान की अनुभूतियों से लिथड़ा हुआ—महज़ पूर्व और पश्चिम का प्राणी नहीं।

यह सही है, किन्तु जिस काल-गति में मनुष्य अपने जीने, अनुभव करने आदि की लय निर्धारित करता है, अवकाश के वे क्षण, जहाँ पर वह अपने से अपना रिश्ता बनाता है, क्या हर संस्कृति में एक जैसा ही रहता है?

मनुष्य रहता एक ही दुनिया में है, किन्तु उसके काल-खंड, समय व द्वीप एक साथ बहते हुए एवं दूसरे से कितने अलग दिखाई देते हैं। क्या एक आदिवासी कलाकार का 'समय' वही है, जिसमें 'आधुनिक' कलाकार रहता है? पश्चिमी सभ्यता में समय की अवधारणा अतीत, वर्तमान, भविष्य जैसी साफ़-सुथरी कोटियों में विभाजित रहती हैं—जबकि अनेक पूर्वी संस्कृतियों के मानस में इस तरह का विभाजन कोई अर्थ नहीं रखता। हर संस्कृति का स्वरूप उसके काल-बोध द्वारा निर्धारित होता है और वही उसकी साहित्यिक विधाओं और कलाकृतियों को प्रभावित करता है। चीन, जापान और भारत में कुछ परम्परागत कथ्यात्मक शैलियों का विकास हुआ, जो यूरोप की उपन्यास विधा से बहुत भिन्न थी। यदि हम पिछले दो सौ वर्षों में यूरोप के इतिहास के काल-बोध के बन्दी न होकर अपनी काल-प्रतीति को सुरक्षित रख पाते तो विक्टोरियन यथार्थवादी ढाँचे से अलग अपने ही ढंग की 'जादुई' कथ्यात्मक विधाओं की पड़ताल कर सकते थे...। अपनी काल-चेतना से टूटकर आज हम जिस इतिहास-बोध से आक्रान्त हैं, क्या वह स्वयं हमारी सृजनशील सम्भावनाओं को अवरुद्ध नहीं करता?

अन्त में मैं सिर्फ़ एक प्रश्न आपके सामने रखकर अपनी बात समाप्त करना चाहूँगा। क्या मेरे लिए, एक भारतीय के लिए, पश्चिमी साहित्य से मेरा सम्बन्ध वैसा ही है, जैसा पश्चिमी सभ्यता से है, जिसने पिछले दो सौ वर्षों से एक औपनिवेशिक सत्ता के रूप में हमारी जीवन-शैली और चिन्तन-पद्धति में प्रवेश किया है? मुझे लगता है, अंग्रेज़ों की ग़ुलामी ने हमारी मानसिकता को जिस तरह विकृत और विखंडित करके छोड़ा है, उसके घाव आज भी हमारी आत्मा में नासूर की तरह रिस रहे हैं। पश्चिमी सभ्यता ने जिस तरह दम्भी हो स्वयं हमें अपनी जड़ों से उन्मूलित किया है, उसके कारण हमारी स्वयं अपने बारे में पहचान तो विकृत हुई ही है, पश्चिमी साहित्य का सही आकलन करने के रास्ते में भी अवरोध उत्पन्न किया है।

यदि हम पश्चिमी जगत् से बराबरी के आधार पर अपना संवाद बनाते, तो न तो हम स्वयं अपनी सांस्कृतिक अस्मिता के प्रति हीन भावना से ग्रस्त होते, न पश्चिमी सभ्यता की वह छवि हमारे सामने आती, जो औपनिवेशिक चौखटे के भीतर दिखाई देती है।

हम पश्चिम के साथ एक सत्य, सन्तुलित रिश्ता क़ायम कर सकते...यूँ मुझे एक साथ पूरे पश्चिम के दो चेहरों की विरोधी छवियों के सन्दर्भ में कहना पड़ा, एक वह जिसने एक लोलुप लुटेरी सभ्यता के रूप में अपना आतंकवादी प्रभुत्व स्थापित किया था, दूसरी वह जो मैं उसके संगीत, साहित्य और कला में पाता था...क्या इन दो चेहरों के बीच किसी तरह का सादृश्य बनाना सम्भव था? अंग्रेज़ी राज के जमाने में मैंने अपना बचपन शिमला में बिताया था—जहाँ स्कूल से लौटते हुए हमें हमेशा डर लगा रहता था कि कहीं रास्ते में अंग्रेज़ लड़कों से मुठभेड़ न हो जाए। हमें देखते ही वह या तो पत्थरों की बौछार शुरू कर देते थे या मारपीट शुरू कर देते थे। उन दिनों मैं अक्सर सोचता था कि क्या वे वही अंग्रेज़ हैं, जिनकी करुण गाथाएँ मैं डिकेंस के उपन्यासों—'Oliver Twist या David Copperfield'—में पढ़ता था। यह प्रश्न कि यूरोपीय सभ्यता का सही प्रतिनिधित्व कौन करता है—साहित्य और कला की अमर कृतियाँ अथवा उसकी अहंग्रस्त लिप्साओं में डूबी आक्रामक भूमिका—या शायद उन दोनों के बीच एक गहरा संश्लिष्ट विरोधी सम्बन्ध है। इस अँधेरे और आलोक का सम्बन्ध जाने बिना।

हमारा पश्चिमी सभ्यता का ज्ञान एकांगी और अधूरा बना रहेगा। भारतीय दार्शनिक जड़ाऊलाल मेहता ने कहा था कि पूर्वी देशों के लिए यूरोपीकरण की लम्बी यात्रा स्वयं अपने आत्म (Selfhood) तक पहुँचने के लिए ज़रूरी है।

यह यात्रा तभी सम्पूर्ण और सार्थक हो सकेगी, जब हम यूरोप के इन दो चेहरों से सीधा सामना करने की सामर्थ्य जुटा पाएँगे।

# भूमंडलीकरण के दौरान भारतीय संस्कृति

बीसवीं शताब्दी अपनी अनेक असाधारण विशेषताओं से जानी जाएगी, विज्ञान की अभूतपूर्व प्रगति, औद्योगिकी और प्राविधिक यंत्रों को चकाचौंध कर देनेवाला विकास, मानव-संसार के विनाशकारी साधन—हम सब इनसे परिचित हैं। परन्तु जो चीज़ अक्सर आँखों से ओझल रहती है, जो पिछली किसी शताब्दी में इतनी मुखर होकर सामने नहीं आई थी—वह है परिवर्तन की स्वचालित गति की स्वायत्तता, जो अपने अन्तर्निहित नियमों द्वारा परिचालित होती है। मनुष्य उसका संचालक अवश्य है, किन्तु एक सीमा के बाद परिवर्तन का संवेग उसकी इच्छा और संकल्प शक्ति पर नहीं, ख़ुद अपनी लौहवत् अनिवार्यता में चलता जाता है। घटनाएँ होती हैं, इसलिए नहीं कि मनुष्य उन्हें चाहता है, इसलिए भी नहीं कि वे उपयोगी और वांछनीय हैं, बल्कि वे अपने होने की परवशता में आबद्ध हैं। मध्ययुगीन दुनिया में मनुष्य की संकल्पशक्ति को ईश्वरीय सैंक्शन या

समर्थन प्राप्त रहता था, जिसके चलते दुनिया में होनेवाली घटनाएँ भी एक तरह की वैधता अर्जित कर लेती थीं। पिछले तीन सौ वर्षों में इतिहास की विचारधाराओं ने ईश्वरीय सत्ता को निष्कासित करके परिवर्तन की एक 'क्रमबद्ध' दिशा निर्धारित की थी, जो एक अन्धी गली के मोड़ पर जाकर लुप्त हो चुकी है...एक समय जहाँ ईश्वर की मृत्यु की घोषणा हुई थी, आज वहाँ 'इतिहास के अन्त' की बात कही जाती है। हम एक विकट विरोधाभास में जीते हैं, जहाँ मनुष्य जितना अधिक शक्तिशाली होता गया है, उस 'शक्ति' का स्रोत उतना ही अधिक सन्दिग्ध और धूमिल पड़ता गया है। इससे परिवर्तन की प्रक्रिया में कोई शिथिलता अथवा धीमापन नहीं आया है। घटनाएँ अब भी होती हैं, किन्तु अब उनका उत्स, मनुष्य की विवेक दृष्टि उसके अन्त:करण में न होकर उन अमूर्त शक्तियों द्वारा निर्धारित होता है, जिस पर उसका अपना कोई वश नहीं है। वे मनुष्य की इच्छा पूरी करती हों, यह बात अलग है, किन्तु मनुष्य उन्हें अपनी इच्छा से संकल्पित करता है, यह कहना कठिन है।

मेरे विचार में जिसे हम दुनिया का भूमंडलीकरण कहते हैं, वह एक ऐसी ही घटना है।

पर वह बिलकुल नई घटना भी नहीं है। वह मनुष्य की एक गहरी, पुरातन आकांक्षा को पूरा करती है, जो अंग्रेज़ी कवि जॉन डन की उन प्रसिद्ध पंक्तियों में प्रतिध्वनित होती है—कोई मनुष्य अकेला द्वीप नहीं है, वह सतत अपने को शेष से जोड़ने का स्वप्न देखता है। वह दूसरे के भीतर सम्पूर्ति पाकर ही अपना अधूरापन दूर कर सकता है।

यदि आप मुझे अपने व्यक्तिगत जीवन का उदाहरण देने की अनुमति दें, तो मैं कह सकता हूँ कि अपनी युवावस्था में यदि मैं कम्यूनिज़्म के प्रति इतना गहन रूप से आकर्षित हुआ, तो इसमें समता, न्याय और मानवीय स्वतंत्रता जैसे कारण तो थे ही। एक अन्य आदर्श भी था जिसका दूसरी विचारधाराओं में लगभग अभाव था, और वह था

अन्तरराष्ट्रीय भ्रातृत्व भाव। आज शायद आपको यह बात कुछ विचित्र या हास्यास्पद जान पड़े—किन्तु उन दिनों समाजवादी होने का मतलब ही यह था कि आप केवल एक देश या राष्ट्र के सदस्य नहीं बल्कि एक विराट मानवीय समूह से सम्बद्ध हैं। दुनिया में होनेवाले हर शोषित मनुष्य की पीड़ा के सहभागी और सहभोक्ता; जातीय रंग और देश के ऊपर एक ऐसा सार्वभौमिक आदर्श हमें उन्मेषित करता था जो मानवता को अलग-अलग गुटों-गिरोहों में विभाजित न करके एक मानवीय इकाई के रूप में प्रस्तुत करता था।

उन्हीं दिनों की हुई एक दूसरी घटना याद आती है। शायद आपमें से कुछ लोगों को याद होगा—मेरी पीढ़ी के समकालीनों में से उस व्यक्ति को न भूले होंगे जिन्होंने दूसरे विश्वयुद्ध के दौरान एक छोटी-सी संक्षिप्त किन्तु असंख्य मूक पीड़ित लोगों की प्रच्छन्न आकांक्षाओं को वाणी देनेवाली पुस्तक लिखी थी जिसका शीर्षक था : 'वन वर्ल्ड'—एक दुनिया...और उसके लेखक थे वैंडल विल्की जिनके गहरे प्रशंसक स्वयं हमारे देश में जवाहरलाल नेहरू थे। शायद आज इस अमेरिकी पत्रकार के साहसी, एकाकी अभियान को कोई याद भी नहीं रखता। पर उन दिनों उनकी लोकप्रियता विश्वव्यापी थी। क्योंकि उन्होंने युद्धत्रस्त दुनिया की उत्कट आकांक्षा को दो बहुत ही सरल, हृदयस्पर्शी शब्दों में प्रकट किया था...भला कौन इससे इनकार कर सकता था कि देश भले ही अलग हो, दुनिया एक है, जहाँ एक-दूसरे के साथ रहने के अलावा कोई दूसरा विकल्प नहीं है। किन्तु शब्द चाहे कितने सरल और स्पष्ट क्यों न हों, उनके भीतर सत्य की खनक तब तक गुंजायमान नहीं होती, जब तक उनके पीछे मानवीय अनुभव की घनीभूत अनिर्वचनीय आकांक्षा निहित नहीं होती। एक दुनिया के आदर्श के पीछे राष्ट्रों के परस्पर वैमनस्य और स्पर्धा का आत्मघाती अनुभव था, जिसने दूसरे विश्वयुद्ध के महासंहार को जन्म दिया था। ध्यान से देखें तो वैंडल विल्की की 'एक दुनिया'

और मार्क्स के प्रसिद्ध आह्वान 'दुनिया के श्रमिको, एक हों', इन दोनों के बीच समय का अन्तराल भले ही हो, मनुष्य की यह आकांक्षा शाश्वत रही है, जो 'महाभारत' युद्ध से बीसवीं शती के नरसंहार तक चली आई है कि किस तरह रक्तरंजित विभाजित पृथ्वी को मनुष्य के शान्तिपूर्ण आवास-स्थल में परिणत किया जा सके।

यहाँ दो शब्द उल्लेखनीय हैं—पृथ्वी और आवास-स्थल। आज की आधुनिक शब्दावली में जिसे दुनिया का भूमंडलीकरण कहा जाता है, उसमें दोनों ही परोक्ष रूप से शामिल हैं...समूचे ब्रह्मांड में हमारी धरती ही एकमात्र ऐसी है, जो प्रकृति का अंग होते हुए भी मनुष्य के जीवन को ही नहीं, समूचे जीव-प्राणी जगत् को सम्भव बनाती है। मनुष्य प्रकृति का अंग भी है और उसे रूपान्तरित करने का उपकरण भी। पृथ्वी को मानवीय कृति में रूपान्तरित करने की प्रक्रिया में संस्कृति का जन्म होता है। संस्कृति एक तरह से मनुष्य की आत्म-रचना है, जीव-जगत् के बीच रहता हुआ भी मनुष्य यदि इससे कुछ अलग और ऊपर है, तो इसलिए कि वह केवल निष्क्रिय भोक्ता ही नहीं, सजग आत्मद्रष्टा भी है। वह जिस आँख से अपने को देखता है, उसमें उसे अन्य भी दिखाई देता है, जिसके द्वारा वह देखा जा रहा है...।

मनुष्य के आत्मबोध में 'अन्य' अनिवार्य रूप से समाहित है... इसके अभाव में मनुष्य का 'मैं' अपने में एक आत्म-छलना है, मनुष्य के बारे में यह अन्तर्दृष्टि भारतीय परम्परा की एक अनुपम देन रही है।

यदि आज हम दुनिया को एकीकृत करने के समस्त प्रयासों के बावजूद विभाजित पाते हैं, तो क्या उस आत्म-छलना का परिणाम नहीं है, जिसके कारण मनुष्य स्वयं आत्म-विभाजित स्थिति में जीता है? मार्क्स का स्वप्न कि मनुष्य के शोषण का अन्त हो जाने से मानवता स्वतः एक हो जाएगी, इसलिए विफल नहीं हुआ कि वह शोषण के ऐतिहासिक कारणों को नहीं समझते थे, बल्कि इसलिए कि वह इतिहास से अलग मनुष्य को

अपनी समग्रता में नहीं देख पाते थे। इतिहास की यह क्रूर विडम्बना ही मानी जाएगी कि मार्क्सवाद की असफलता सोवियत व्यवस्था के पतन में नहीं, अमेरिका की सफलता में निहित है, जहाँ समस्त आर्थिक सुविधाओं के बावजूद मनुष्य अपने को आत्म-निर्वासित—मार्क्स का शब्द इस्तेमाल करें, तो सेल्फ़ एलिएनेशन की अवस्था में पाता है। जब मैं अमेरिका का नाम लेता हूँ, तो वह दुनिया के एक भूखंड एवं देश के नाम के तौर पर उतना नहीं, जितना एक 'रूपक' के रूप में, जिसमें भौतिक सुखों को छोड़ भागती दुनिया अपनी सम्पन्नता, अपने विकास और भौतिक सम्पन्नता के चरमोत्कर्ष पर पाती है। आज अमेरिका पश्चिमी सभ्यता के मूल्यबोध, आचारसंहिता और नैतिक मान-मर्यादाओं का प्रतीक है... विश्व संस्कृति का केन्द्र-बिन्दु जिसके इर्द-गिर्द समूचा भूमंडल घूमता दिखाई देता है, एक ऐसा मैग्नेटिक फ़ील्ड, जिसकी ओर पूर्व-पश्चिम के समस्त देश खिंचते चले आते हैं। कहने को भूमंडलीकरण की अवधारणा समूची दुनिया को अपने में समाहित करती है, किन्तु कौन नहीं जानता कि इसकी चालक शक्ति का मूल स्रोत पश्चिमी सभ्यता के रथ के साथ जुड़ा है, जिसके दोनों पहिए—सार्वभौमिकता और समांगता—ये विकास के राजपथ पर एक साथ भागते चलते हैं।

आप देखेंगे कि इससे बिलकुल अलग मानवीय एकता की वह भ्रातृत्व भावना है जिसका उल्लेख हमने ऊपर किया था—वह जिस वैश्विक कुटुम्ब की परिकल्पना करती है, उसके केन्द्र में किसी एक संस्कृति विशेष की प्रभुसत्ता नहीं है—वह दुनिया के विभिन्न सांस्कृतिक स्रोतों से अपनी जीवन्त प्राणवत्ता ग्रहण करती है। वह किसी एक विश्व-दृष्टि या मूल्य-व्यवस्था की कसौटी पर मनुष्य के विश्वासों, आस्थाओं और नैतिक भाव-बोध का आकलन नहीं करती। भौगोलिक नक़्शे पर दुनिया भले ही एक भूमंडल के रूप में दिखाई देती हो, किन्तु उसकी सीमाओं में हम अनेक दुनियाओं से साक्षात् कर सकते हैं, जो मनुष्य की अनेकानेक

छवियों को अप्रत्याशित रूप से प्रकट करती है। मनुष्य एक जैसा ही होता है, पर हर संस्कृति में मनुष्य होने का अनुभव, अपने 'स्व-रूप' की छवि एक जैसी नहीं होती। मनुष्य यदि गुणात्मक रूप से एक-दूसरे से भिन्न होता, तो एक होने की आकांक्षा ही उत्पन्न न होती और यदि पूर्ण रूप से समान होता, तो उसकी आवश्यकता महसूस नहीं होती। मनुष्यों के बीच साम्य और भिन्नता एक साथ मौजूद रहते हैं। इसलिए हर संस्कृति की मूल संवेदनाएँ एक जैसी होती हुई भी अपने प्रत्यक्षीकरण में बहुत भिन्न हो सकती हैं, जिसका साक्ष्य हम उनके साहित्य और कलाओं में पाते हैं। हर संस्कृति की विशिष्टता जहाँ उसके पार्थक्य में निहित होती है, वहाँ उसकी सार्वभौमिकता उसके सादृश्य में वास करती है। किसी संस्कृति की बनावट में ये दोनों प्रवृत्तियाँ क्रियाशील रहती हैं, एक-दूसरे की विरोधी नहीं, पूरक बनकर आती हैं। दोनों के नाज़ुक सन्तुलन में ही मनुष्य एक अविभाज्य सत्ता के रूप में अपने को धरती पर जीने का अधिकारी पाता है। भूमंडलीकरण के झंझावात में क्या यह सन्तुलन क़ायम रह सकेगा?

यह सही है कि पिछले वर्षों में सुदूर देशों के लोग जितना अधिक एक-दूसरे के सान्निध्य में आए हैं, उतना पहले कभी नहीं। दुनिया का कोई ऐसा कोना नहीं जो मनुष्य के लिए अगम्य हो। संचार-साधनों के क्रान्तिकारी विकास के कारण सम्प्रेषण की सम्भावना इतनी प्रशस्त हुई है कि कोई चाहे भी तो एक-दूसरे की परिस्थिति से बेख़बर नहीं रह सकता। दुनिया सचमुच एक 'गाँव' में सिकुड़ गई है, जहाँ घर बैठे हम सुदूर देशों में कई प्राणियों की दुःख और विपदा में प्रत्यक्ष रूप से साक्षात् नहीं कर सकते तो उसके प्रति तटस्थ भी नहीं रह सकते। प्रश्न उठता है, इस सबके बावजूद मनुष्यों, जातियों, राष्ट्रों के बीच इतना वैमनस्य और वैषम्य क्यों? इतने पास आकर भी इतनी दूरी? क्या मनुष्य के मनुष्यत्व के भीतर तो कोई विषैला कीड़ा नहीं, जो उसे जितना दूसरों के निकट लाता है,

अपने प्रति उतना ही अजनबी बना देता है? क्या कारण है कि भौगोलिक सीमाओं का अतिक्रमण करने के बाद भी मनुष्य अपनी अहंकेन्द्रितता का अतिक्रमण नहीं कर पाता। पिछले वर्षों में हमने देखा है कि कैसे हर सुन्दर मार्मिक आकांक्षा जब मनुष्य के अन्तस्तल से बाहर निकलकर इतिहास की रोशनी में चरितार्थ होती है तो अपने मौलिक स्वरूप से स्खलित होकर एक विद्रूप, एक कैरिकेचर, एक भयावह विकृति के रूप में ही प्रकट होती है। किसी भी राष्ट्र और जाति का सदस्य अपनी यात्रा, परम्परा और ऐतिहासिक पृष्ठभूमि के कारण अपनी अलग जातीय अस्मिता—आज की शब्दावली में कहें तो एथेनिक आइडेंटिटी पर गर्व कर सकता है। किन्तु क्या इसी के कारण वह एक युद्धग्रस्त, आक्रामक जाति, असहिष्णुता—एथेनिक एग्रेसिवनेस—का शिकार नहीं हो जाता, जहाँ दूसरे को नष्ट करने के लिए ही अपनी अस्मिता की रक्षा की जाती है? भूमंडलीकरण की आलोचना हम इसलिए करते हैं और ठीक ही करते हैं कि उसके वर्चस्व तले मनुष्य अपनी जातीय विशिष्टता गँवाकर एक स्मृतिहीन मशीनी मानवीय पुतला बनकर रह जाता है, हाड़-मांस का जीता-जागता विवेकशील मनुष्य नहीं, तो उसके बरअक्स अपनी जातीय अस्मिता में जीता व्यक्ति क्या सही अर्थों में अधिक उदार, उत्कृष्ट, बेहतर मनुष्य बन जाता है? हमारी दुनिया सचमुच एक गाँव (ग्लोबल विलेज) में बदल गई है। पर क्या यह वैसा ही गाँव है, जिसे गांधीजी ने अपने अन्तिम वर्षों में हिन्द-स्वराज्य का हवाला देते हुए अपनी 'कल्पना का गाँव' कहा था, जिसमें मनुष्य अपनी आत्मा के अनुरूप 'परतत्त्व और अनात्म' से मुक्त जीवन बिता सके?

मुझे लगता है, भूमंडलीकरण की बहस अधूरी रहेगी, यदि हम आज इस प्रश्न का सामना सीधे-सीधे नहीं कर पाते क्योंकि वह हमें सीधे मनुष्य की प्रकृति, उसके सत्य, उसके मनुष्यत्व, धरती पर उसके होने के अर्थ की ओर ले जाता है।

मनुष्य का आत्यन्तिक मूल स्वरूप क्या है, यह प्रश्न आज इसलिए भी महत्त्वपूर्ण हो गया है, क्योंकि पिछले तीन सौ वर्षों के दौरान पश्चिमी यूरोपीय सभ्यता ने मनुष्य की जिस छवि को गढ़ा है—एक ऐसे आत्मकेन्द्रित, आक्रामक, सेक्यूलर मनुष्य की छवि, जो समूची प्रकृति और प्राणी जगत् का प्रभुत्व प्राप्त करके अपने को समूची सृष्टि के केन्द्र में अवस्थित करता है। मनुष्य की इस एकांगी अवधारणा को— भूमंडलीकरण के नाम पर अन्य ग़ैर-यूरोपीय परम्पराओं पर आरोपित करना कहाँ तक उचित है, जहाँ मनुष्य की परिकल्पना नितान्त अलग सांस्कृतिक परिप्रेक्ष्य में की गई है?

हर संस्कृति का मूल चरित्र इस बात पर निर्भर करता है कि उसमें मनुष्य का सम्बन्ध अन्य जैविक, प्राकृतिक, दैवी सत्ताओं से किस स्तर और रूप में प्रकट होता है...और चूँकि इस अन्त:सम्बन्ध का पैटर्न हर संस्कृति में अलग रूप से विशिष्ट होता है, इसलिए उनके भीतर से आनेवाली मनुष्य की छवि भी एक ख़ास संस्कृति की छाप लिये होती है। दुनिया की साहित्यिक और कलात्मक कृतियों में जो इतने व्यापक पैमाने पर विविधता दिखाई दे रही है, उसका कारण ही यह है कि उसके सांस्कृतिक प्रेरणास्रोत एक-दूसरे से इतने भिन्न हैं...भिन्न पर अन्तर्गुम्फित भी, क्योंकि मनुष्य का रूप चाहे हर संस्कृति में बदलता रहे, उसका अस्तित्व एक समान रहता है। इसलिए हर संस्कृति की महान कलाकृतियाँ काल, देश और भाषा का अतिक्रमण करके भी हमारी शुद्ध मानवीय संवेदनाओं को इतने गहन स्तर पर आलोड़ित कर पाती हैं। सोफ़ोक्लीज़ का नायक ईडिपस हो या 'महाभारत' के धर्मराज युधिष्ठिर, हैमलेट हो या मदाम बॉवेरी, प्रेमचन्द का होरी हो अथवा काफ़्का का नायक जोसेफ़ के...ये महज़ नाटकों, महाकाव्यों, उपन्यासों के पात्र नहीं हैं, वे मनुष्य के समग्र, घनीभूत, अनुभवों का—प्रेम, रहस्य और मृत्यु की शाश्वत रहस्यमयता का विभिन्न कोणों से उद्घाटन करते हैं।

वे उन नक्षत्रों की तरह हैं, जो अपने एकान्त में मानवीय अनुभवों के सौरमंडल में जगमगाते हैं, किन्तु उनका प्रकाश हर युग और देश-जाति के यात्रा पथ को आलोकित कर देता है।

उल्लेखनीय बात यह है—जिसे मैं यहाँ रेखांकित करना चाहूँगा कि विश्व-साहित्य के ये चरितनायक किसी 'ग्लोबल' संस्कृति की प्रयोगशाला या लेबोरेटरी की उपज नहीं हैं—वे विभिन्न संस्कृतियों की लम्बी परम्परा में रसे-पगे मनुष्य की सर्वांगीण जीवन-दृष्टि से अनुप्राणित हैं, इसलिए अपनी सर्वव्यापी अर्थवत्ता में विशिष्ट भी हैं और सार्वभौमिक भी। साहित्य की ये कालजयी कृतियाँ किसी एक संस्कृति-विशेष के वर्चस्व में ढली 'भूमंडलीय ' छवि को समूची मानवता पर आरोपित नहीं करतीं। विभिन्न होते हुए भी सादृश्य; सादृश्य होते हुए भी विशिष्ट, अपनी असाधारण विलक्षणता में भी सर्व-सुलभ। यह सिर्फ़ उस परम्परा में सम्भव हो पाता है जहाँ रामचन्द्र शुक्ल के शब्दों में 'विरुद्धों का सामंजस्य' सहज रूप में मनुष्य की चेतना में क्रियाशील रहता है। साहित्य में यदि यह चेतना सहज रूप से प्रवाहित होती है तो इसका कारण उसका स्वाधीन होना है। स्वाधीन चेतना किसी पूर्व-निर्देशित नियमों या सिद्धान्तों या अवधारणाओं द्वारा अनुशासित नहीं होती, अपनी अराजक उच्छृंखलता के कारण नहीं बल्कि मनुष्य की अप्रत्याशित सम्भावनाओं के कारण, जो किसी कृति में मनुष्य का कौन-सा रूप उद्घाटित करेंगी, कहना असम्भव है।

प्राचीन पैगन संस्कृतियों में—जिसमें भारतीय संस्कृति का विशेष स्थान रहा है—धरती पर मनुष्य अकेला वास नहीं करता, वह अनेक जीव-जन्तुओं और देवी-देवताओं के सान्निध्य में प्रकृति के साथ एक आत्मीय सम्बन्ध बनाकर जीवन-यापन करता है। मनुष्य का सम्बन्ध मनुष्येतर जगत् के साथ इतना सघन और सजीव होता है कि दोनों के बीच किसी तरह की विभाजन-रेखा खींचना असम्भव है। मनुष्य की चेतना केवल 'मानवीय लोक' तक सीमित न रहकर तीनों लोकों में स्वतंत्र

विचरण करती है और इस यात्रा के दौरान जिन अनमोल अन्तर्दृश्यों को खींचकर लाती है, उन्हें अपनी कला और काव्य-कृतियों में मूर्तिमान करती है। इन कृतियों में मनुष्य अपनी लौकिक सीमाओं का अतिक्रमण कर जिन अतिमानवीय शक्तियों से साक्षात् करता है, उनमें मनुष्य के अनुभूति लोक के ऐसे पक्ष उजागर होते हैं, जिन्हें आज की वैज्ञानिक, भौतिक, सेक्यूलर सभ्यता ने अपनी अन्तश्चेतना के अँधेरे अंडरग्राउंड में फेंक दिया है। सच पूछा जाए तो प्राचीन परम्परागत संस्कृतियों के पौराणिक मिथकीय चरित्र उन अज्ञात दैवी शक्तियों के प्रतीकों के माध्यम से मनुष्य की विभिन्न प्रतिमाओं को गढ़ते हैं, जिनकी प्रच्छन्न अन्तःशक्तियों की कल्पना आधुनिक दुनिया का तर्कशील मनुष्य शायद ही कर पाएगा। पिछले तीन सौ वर्षों में यूरोपीय सभ्यता ने जिस निर्ममता से इन यूरोपेतर संस्कृतियों का विनाश किया है, वह सर्वविदित है। किन्तु यह बात बहुत कम लोग जानते हैं कि एक संस्कृति के लुप्त हो जाने से मनुष्य की एक विशिष्ट छवि भी हमेशा के लिए तिरोहित हो जाती है...स्वयं मनुष्य की अपने बारे में अन्तर्दृष्टि—जो उस संस्कृति की अनमोल निधि थी, स्मृति से ओझल हो जाती है। सुविख्यात फ्रेंच नृत्यशास्त्री लेवी स्ट्रॉस ने एक बार कहा था कि जब किसी पौधे की नस्ल नष्ट हो जाती है, तो उसे कभी पुनः जीवित नहीं किया जा सकता। वह हमेशा के लिए संसार से लुप्त हो जाता है—क्या यही बात और भी गहरी सच्चाई के साथ किसी परम्परा की अनूठी विलक्षणता पर लागू नहीं होती, जो धरती से उन्मूलित होने पर हमेशा के लिए नष्ट हो जाती है? आज धरती के नीचे न जाने कितनी संस्कृतियों के अवशेष दबे पड़े हैं...हर अवशेष के साथ मनुष्य का एक विस्मृत चेहरा दबा है, उन विस्मृत देवताओं की तरह, जिनकी खंडित मूर्तियाँ संग्रहालय में दिखाई देती हैं।

हमारा सौभाग्य कहिए या इतिहास का दुर्लभ संयोग कहिए कि अनेक आक्रमणों की विनाशलीला के बावजूद बीसवीं शती में भारतीय

संस्कृति अपनी परम्परागत स्मृतियों और आस्थाओं के साथ आज भी बची है—किन्तु किसी संस्कृति का 'बचे रहना' उसके जीवित रहने का प्रमाण नहीं बनता—वह तभी बनता है, जब वह मनुष्य के सम्बन्ध में अहंग्रस्त, चालू अवधारणाओं को चुनौती देने की सामर्थ्य जुटा सके। भूमंडलीकरण के वर्तमान दौर में, जहाँ पश्चिमी सभ्यता ने लगभग समूची मानवीय चेतना को स्वार्थग्रस्त, सुविधाभोगी मूल्यों द्वारा आविष्ट कर लिया है। भारतीय संस्कृति ही मेरे विचार में एकमात्र ऐसी वैकल्पिक दृष्टि प्रस्तुत कर सकती है, जिसके आलोक में मनुष्य अपनी उन अन्तर्हित सम्भावनाओं को उजागर कर सके, जो तेज़ी से विलुप्त होती जा रही हैं।

# धर्म और धर्मनिरपेक्षता

स्वतंत्रता के 50 वर्ष बाद यदि हमें धर्मनिरपेक्षता के अर्थ के बारे में आशय स्पष्ट है तो अवश्य ही धर्म के प्रति हमारे मन में अनेक उलझनें आज भी हैं जिनका समाधान हम नहीं कर पाए हैं। उस धर्म के बारे में हमारी अवधारणा क्या है, जिसके प्रति हम निरपेक्ष होना चाहते हैं? और जब तक हम इस प्रश्न का उत्तर नहीं देते, तब तक हमारे समाज में सेक्यूलरिज़्म की सारी बहस कोई विशेष अर्थ नहीं रखेगी। हर सभ्यता में धर्म का अपना विशेष स्वरूप और अर्थ होता है। क्रिश्चियन सभ्यता, इस्लामी सभ्यता, यूनानी सभ्यता—इन समस्त सभ्यताओं में मनुष्य का ईश्वर की लौकिक शक्तियों के साथ सम्बन्ध अलग-अलग रूपों में प्रकट होता है। भारतीय सभ्यता में धर्म क्या वह भूमिका सम्पन्न करता था, जैसा उन सभ्यताओं में जिनका ज़िक्र हमने अभी किया है? उसी धर्मनिरपेक्षता की बहस आज हमें इस प्रश्न से प्रारम्भ करनी चाहिए।

ऐतिहासिक रूप से धर्म की दो अवधारणाएँ उपस्थित रही हैं : एक वह जो मनुष्य और संस्कृति के सम्बन्ध को पवित्र मानती है और जब यह स्वीकार करती है कि मनुष्य सृजन-चेतना का संवाहक है, इससे यह निष्कर्ष निकलता है कि वह सृष्टि के केन्द्र में है। भारतीय सभ्यता महानतम स्तर पर पवित्रता के इस सार्वभौमिक बोध से अनुप्राणित होती रहेगी। सृजन-चेतना का संवाहक होने के नाते मनुष्य का एक प्रकृति के प्रति दायित्व-बोध है और दूसरे समाज के अन्य सदस्यों के प्रति। धर्म के परिवेश में मनुष्य शक्तिशाली होने के कारण शोषक नहीं, सिर्फ़ अपने दायित्व-बोध के प्रति सजग होना है। इसके विपरीत धर्म की एक दूसरी अवधारणा भी है जो अपनी वैधता किसी मसीहा की वाणी या किसी विशिष्ट पुस्तक के वचनों से प्राप्त करती है। वह एक ऐसी वैधता लिये होती है, जिस पर न सन्देह प्रकट किया जा सकता है और न जिसे चुनौती दी जा सकती है। धर्म की यह अवधारणा अपने इर्द-गिर्द सार्वभौमिक सत्य का एक दायरा खींच लेती है। इस दायरे के बाहर जो लोग हैं, प्राणी हैं, जीव-जगत् है, वे 'अन्य' की श्रेणी में आते हैं। यह अन्य तभी इस दायरे में प्रवेश कर पाता है, जब वे दायरे के भीतर रहनेवाले लोगों की आस्थाओं और विश्वासों को स्वीकार करने के लिए तैयार हों। यही कारण है कि धर्म की यह अवधारणा भारतीय परम्परा के धर्म-बोध से बहुत भिन्न है। इसमें दूसरों को केवल धर्म-परिवर्तन के द्वारा ही अपना बना सकते हैं। उन्हें तभी ग्रेस प्राप्त हो सकती है जब अपने ईश्वर को छोड़कर दूसरे के ईश्वर को अपना समझ सकें।

कहना न होगा कि पिछले 50 वर्षों में धर्मनिरपेक्षता या सेक्यूलरिज़्म का सम्बन्ध धर्म की इस दूसरी अवधारणा से सम्बन्धित था। उस अवधारणा से नहीं, जो भारतीय सभ्यता के केन्द्र में थी। यह एक ऐतिहासिक विडम्बना ही मानी जाएगी कि हमारे सत्ता गुरु शासकों ने स्वतंत्रता के बाद भारतीय जनसाधारण को एक ऐसे धर्म से निरपेक्ष होने के लिए बाध्य किया

जिसका उनसे कोई लेना-देना नहीं था और इस प्रक्रिया में उन्हें एक ऐसे सेक्यूलर समाज-व्यवस्था में रहने के लिए विवश किया जहाँ स्वयं उनकी धार्मिक आस्थाएँ एक हाशिए की चीज़ बनकर रह गईं। धर्मनिरपेक्षता इस अर्थ में एक भारतीय के लिए आत्मनिर्वासन की अवस्था बनकर रह गई।

भारतीय सभ्यता में मनुष्य और प्रकृति, मनुष्य और उसकी दुनिया एक-दूसरे से अलग नहीं थी। वहाँ मनुष्य का जीवन सेक्यूलर और धार्मिक खंडों में विभाजित नहीं था। वहाँ इस तरह का विभाजन भी कृत्रिम और अर्थहीन था। इस विभाजन के कारण ही मनुष्य का सम्पूर्णता-बोध और प्रकृति की पवित्रता, दोनों ही दूषित होते हैं। गांधीजी ने 'हिन्द स्वराज्य' में औद्योगिक सभ्यता के विकल्प में एक ऐसे समाज की परिकल्पना की थी जहाँ स्वराज्य और स्वधर्म के बीच कोई अन्तर्विरोध नहीं रहता। स्वराज्य वे तत्त्व हैं जिनमें मनुष्य सिर्फ़ राजनीतिक या आर्थिक प्राणी न रहकर एक सम्पूर्ण मनुष्य की हैसियत से भाग लेता है। स्वतंत्रता के बाद हमने जिस तथाकथित धर्मनिरपेक्ष समाज का निर्माण किया, उसमें इस सम्पूर्ण मनुष्य के लिए कोई स्थान नहीं। ऊपरी चिन्तन में हम भारतीय हैं, भीतर के (अंडरग्राउंड) अँधेरे में हम हिन्दू, मुस्लिम और सिक्ख हैं। अँधेरे में कोई विश्वास पनपता नहीं, सड़ता है इसलिए जब कभी वह बाहर आता है तो अपने सहज आत्मीय स्वरूप में नहीं बल्कि एक विकृत दमित भावना के रूप में समय-समय पर होनेवाले साम्प्रदायिक दंगे हमें उस अँधेरे की झलक दिखाते हैं जहाँ एक सेक्यूलर समाज ने धर्म को फेंक दिया है। क्या आज का भारतीय, जिसमें केवल हिन्दू, मुस्लिम, सिक्ख ही नहीं, वे लाखों आदिवासी शामिल हैं जिनके अपने निजी धार्मिक विश्वास हैं—एक आत्मनियोजित मन:स्थिति में नहीं जीता जहाँ पश्चिम की आधुनिकता में ढली सत्ता क़दम-क़दम पर उन्हें एक ऐसे परिवेश में जीने के लिए विवश करती है जिसका उनके धार्मिक भाव-बोध की मर्यादाओं से कोई सम्बन्ध नहीं है?

जीसस ने ईश्वर और सीजर के बीच जो भेद किया था, वैसा विभाजन भारतीय मानस में कभी मौजूद नहीं रहा इसलिए राजनीति तो दूर, हमारे देश का भूगोल भी पौराणिक स्मृतियों में स्पन्दित होता है। गंगा महज़ एक नदी नहीं, जैसे हिमालय सिर्फ़ एक पहाड़ नहीं, वाराणसी और वृन्दावन महज़ शहर नहीं। मनुष्य का अतीत संग्रहालयों में बन्द नहीं है, न ही उनके देवता यूनानी देवताओं की तरह किसी पौराणिक काल के स्मृति-चिह्न हैं। मिथक और पौराणिक स्मृति और वर्तमान जीवन और देवता और मनुष्य आज भी एक साथ रहते हैं। सैकड़ों विश्वासों, आस्थाओं, स्मृतियों और संस्कारों का यह संगम केवल एक ऐसी संस्कृति में सम्भव हो सकता है जिसमें सम्पूर्ण मनुष्य की परिकल्पना निहित रहती है।

अत: आज प्रश्न यह नहीं है कि राजनीति को धर्मावलम्बी होना चाहिए या धर्मनिरपेक्ष। क्योंकि दोनों संज्ञाएँ आधुनिक भारतीय की खंडित मानसिकता का बोध कराती हैं। हमारे देश में ऐसे लाखों लोग हैं जिन्हें एक समय अपने जीवन की अर्थवत्ता नानक और कबीर, विवेकानन्द, गांधी और परमहंस में मिल जाती थी। आज वही लोग साँई बाबा, भगवान रजनीश और भिंडरवाला के पास जाते हैं जिनका सम्बन्ध न आस्था से है और न धार्मिक बोध से। धर्म का झरना सूखने के कारण लोग अपनी आध्यात्मिक प्यास बुझाने के लिए सिर्फ़ गन्दे नाले के पास जा सकते हैं जो सेक्यूलर समाज के बीचोबीच बहता है।

धर्मनिरपेक्षता का सिद्धान्त प्रगति और विकास की छलनाओं के साथ जी रहा है। स्वतंत्रता के बाद हम अपने को यह सुविधाजनक छलावा देते आए थे कि अपने जीवन से धर्म को निष्कासित करने पर ही हम विकास के रास्ते पर आगे बढ़ सकते हैं। नेहरू-युग का यह सबसे सुन्दर स्वप्न था कि यदि हम पश्चिमी देशों की तरह अपने देश में विराट पैमाने पर औद्योगिकीकरण कर सकें तो देश की समस्त जातीय समस्याएँ अपने-आप हल हो जाएँगी। भारत की सब पार्टियाँ दक्षिणपंथी हों या वामपंथी,

कम-से-कम इस आर्थिक आदर्श के मामले में एकमत हैं। आज विकास की छलनाएँ हमारे सामने अपने पूरे खोखलेपन के साथ प्रकट हो गई हैं किन्तु उससे जुड़ी धर्मनिरपेक्षता की छलना से मोहभंग आज भी नहीं हो पाया है। दोनों ही हमारी मानसिक ग़ुलामी के दो पक्ष हैं। इस तरह की मानसिक ग़ुलामी और ग़रीबी हमने अंग्रेज़ी शासन के भीतर भी महसूस की थी। कम-से-कम उस समय ग़ुलामी में जीते हुए भी हमारे भीतर यह सब शक्तियाँ और आशाएँ, निष्ठाएँ जागृत हुई थीं जो हमें अपनी परम्परा के प्रति स्वाभिमानी और भविष्य के प्रति आस्थावान बनाती थीं। हमारा स्वतंत्रता-आन्दोलन इस आस्था के कारण ही लाखों लोगों को अपनी ग़रीबी और विपन्नता के बावजूद इतने व्यापक रूप से आलोड़ित कर पाया था। बीसवीं शती के आरम्भिक तीन दशकों में भारतीय जीवन के कर्म और चिन्तन के स्तर पर जो असाधारण सृजनशीलता का दौर आया था, वह आज अविश्वसनीय जान पड़ता है। गांधी, तिलक, रवीन्द्रनाथ टैगोर, श्री अरविन्द के नाम याद आते हैं। उनकी तुलना में आज हमारी आध्यात्मिक अवस्था और व्यक्तिगत कार्य-प्रणाली कितनी फूहड़, अश्लील और नक़ली हो गई है, क्या इसकी कल्पना हमारे पूर्वज कर सकते थे?

अतः आज प्रश्न धर्मनिरपेक्षता बरअक्स धार्मिक कट्टरता का नहीं है। आधुनिक युग में दोनों की ही अमानुषिक बर्बरता जीवन के हर क्षेत्र में अभिव्यक्त हुई है। यह कोई संयोग नहीं था कि हमारी शताब्दी में सेक्यूलर विचारधाराएँ कम्यूनिज़्म या फ़ासिज़्म सबसे भयानक संहार के अपराधी हैं और उनके ये अपराध उन कट्टर धार्मिक विचारधाराओं के समतुल्य ही हैं जिन्होंने क्रिश्चियनिटी और इस्लाम के विस्तार के लिए एशिया, अमेरिका और अफ्रीका की सैकड़ों संस्कृतियों को ध्वस्त कर दिया। लातिन-अमेरिका में स्पानी और क्रिश्चियन मिशनरीज़, दोनों ही वहाँ के आदिवासियों के विनाश के उत्तरदायी थे। आधुनिक युग की ये क्या उल्लेखनीय विडम्बनाएँ नहीं हैं कि ऊपर से दिखनेवाली दो विपरीत

विचारधाराएँ धार्मिक अन्धता और धर्मनिरपेक्ष राज्य-शक्तियाँ, दोनों ने ही मनुष्य को उसे आन्तरिक और आत्यंतिक सत्य से विचलित किया है? बीसवीं शताब्दी के अन्त में हमें पूछना चाहिए कि धर्म तो कैसा धर्म, किस धर्म के प्रति निरपेक्षता? जब तक हम इस प्रश्न का उत्तर नहीं दे पाएँगे तब तक हम धर्म को साम्प्रदायिकता से अलग नहीं कर पाएँगे। हिन्दुस्तान में धार्मिक परम्परा का बोध जो लोगों की जीवन-समरसता में रचा-बसा है, हमें उसे छद्‌म साम्प्रदायिकता से अलग करना होगा जो बाहर से आरोपित की जाती है। इस दृष्टि से भारतीय चरित्र के लिए धर्मनिरपेक्षता या सेक्यूलरिज़्म असहज और आरोपित है। यह बात विरोधाभास जान पड़े किन्तु एक धर्मावलम्बी भारतीय के लिए धर्म को साम्प्रदायिकता में संकुचित करना उतना ही अस्वाभाविक है जितना धर्म के प्रति निरपेक्ष रहना। साम्प्रदायिकता और सेक्यूलरिज़्म, दोनों ही सहज साम्प्रदायिक मर्यादा के अपदस्थ और भ्रष्ट रूप हैं जिनका भारतीय संस्कृति के परम्परागत मनीषा से कोई सम्बन्ध नहीं है। यदि हमारे देश के हिन्दू इस मनीषा के अधिक निकट रहे हैं तो इसलिए कि उन पर कभी ईसाई और मुसलमान की तरह किसी धर्म प्रतिष्ठान का प्रभुत्व नहीं रहा किन्तु दूसरा बड़ा कारण यह भी रहा है कि भक्तिकाल से आज तक भारतीय संस्कृति और धर्म के बीच किसी तरह का कोई अन्तराल नहीं हुआ। जब कभी भारतीय संस्कृति में ठहराव और संकीर्णता के लक्षण दिखाई दिये, तभी उसी संस्कृति के भीतर उसके विरोध में कबीर, नानक, रामकृष्ण परमहंस, विवेकानन्द और गांधीजी ने हिन्दू धर्म को आत्मदूषित संकीर्णता से उबारकर एक तरह भारतीय परम्परा से जुड़ने के लिए उत्प्रेरित किया।

हम अक्सर अल्पसंख्यक या बहुसंख्यक साम्प्रदायिकता की बात करते हैं, मुझे यह बात ही विचित्र लगती है। प्रश्न सम्प्रदायों की छोटी-बड़ी संख्या का नहीं बल्कि एक ऐसी धर्मसम्पन्न संस्कृति का है जिसमें सिक्ख, हिन्दू, मुसलमान ही नहीं, हज़ारों-लाखों आदिवासी भी रहते हैं।

ये सब सम्प्रदाय और जातियाँ हज़ारों वर्षों से एक विशिष्ट भौगोलिक परिवेश में रहते आए हैं—सिर्फ़ रहते नहीं आए बल्कि इन्होंने एक-दूसरे के जातीय, सामाजिक और धार्मिक चरित्र को लेन-देन के सहिष्णु व्यवहार से अद्‌भुत रूप से समृद्ध बनाया है। यदि भारत की भौगोलिक अखंडता के प्रति मेरा इतना गहरा लगाव है तो महज़ देश-भक्ति या राष्ट्र-भावना के कारण नहीं बल्कि इसलिए कि बिना इस भौगोलिक परिवेश के ये उप-जातियाँ, विविध धर्म-सम्प्रदाय संस्कृतियाँ एकसूत्रित समूह का अंग न हो पातीं, जिसे हम भारतीय सभ्यता का नाम देते हैं। आज जब दूसरे देश में धर्म के फंडामेंटलिज़्म जोश में एक इस्लामी देश ईरान में मुसलमानों का ही संहार होता है, भूतपूर्व कम्यूनिस्ट देशों में केन्द्रीय सत्ता छोटे-छोटे राष्ट्रों की संस्कृति और भाषा को नष्ट करती थी, पश्चिमी देशों में जहाँ 18वीं-19वीं शताब्दी में एशियाई-अफ्रीकी संस्कृतियों को भ्रष्ट किया है, वहाँ आज भी एक 'पिछड़ा हुआ' देश है जिसके भौगोलिक परिवेश में अनेक धर्मावलम्बी आदिवासी सम्प्रदाय और भाषाएँ एक साथ जीवित रह सकती हैं, मेरे लिए यह अनमोल और मूल्यवान सत्य है। चूँकि इस सभ्यता में हिन्दू बहुसंख्यक हैं तो क्या इसकी रक्षा करना केवल हिन्दुओं का कर्तव्य है? सच्ची बात तो यह है कि हम इसे किसी भी नाम से कहें—हिन्दुस्तानी संस्कृति, सनातन धर्म या भारतीय सभ्यता—किसी अन्य धार्मिक ढाँचे के भीतर इस तरह का अद्‌भुत सहअस्तित्व सम्भव नहीं हो सकता था।

स्वतंत्रता के बाद हमारे सत्तारूढ़ वर्ग ने जो नीतियाँ बनाईं, वे भारतीय सभ्यता की इसी सांस्कृतिक परम्परा के प्रति घोर अवज्ञा और अज्ञान का परिणाम थीं। दुनिया में शायद ही किसी देश में बौद्धिक दिवालियेपन और आत्मविस्मृति की मिसाल कहीं देखने को मिले जो हमें भारत में दिखाई देती है। अपने तथाकथित 'धर्मनिरपेक्षी' (जिसे धर्म-अज्ञान कहना अधिक उचित होगा) उत्साह में इस सत्तारूढ़ वर्ग ने

पश्चिम की भोंडी नक़ल करते हुए भारत के सार्वजनिक जीवन से इस परम्परागत सभ्यता-बोध को प्रतिक्रियावादी और पिछड़ा हुआ मानकर बहिष्कृत कर दिया। शायद 19वीं शताब्दी के वे क्रिश्चियन मिशनरी भी यह देखकर हैरान रह जाते कि जिस धर्मबोध को वे भारतीय मनीषा से निष्कासित करने में असफल रहे थे, उसे स्वतंत्रता के बाद हमारे राजनेताओं ने किस हिक़ारत और वितृष्णा से तिरस्कृत कर दिया। इससे ज़्यादा भयंकर और त्रासद घटना क्या हो सकती है कि जिस राष्ट्रीय चेतना को गांधीजी, श्री अरविन्द, तिलक और विवेकानन्द जैसे मनीषियों ने धर्म का आधार बनाया था, उन्हीं को एक ऐसे समय में भुला दिया गया जब भारत एक विशिष्ट सांस्कृतिक इकाई की हैसियत से पश्चिम की स्वार्थग्रस्त भौतिक सभ्यता को चुनौती दे सकता था? लेकिन अगर ध्यान से देखें तो यह कोई विशेष आश्चर्य की बात भी नहीं थी। यह एक तरफ़ अन्धाधुन्ध औद्योगिकीकरण करने की लिप्सा और दूसरी ओर एक संस्कृति-शून्य परम्परा-बोध से रिक्त सेक्यूलर व्यवस्था का निर्माण करने की अनिवार्य परिणति थी। जिस तरह विकास के नाम पर इस वर्ग ने मनुष्य और प्रकृति के सहज सम्बन्ध को खंडित किया, ठीक उसी तरह एक तथाकथित सेक्यूलर राज्यसत्ता के नाम पर उसने एक भारतीय के धर्म-संस्कार और उसके सभ्यता-बोध के बीच जो सम्बन्ध सदा से चल रहा था, उसे भी खंडित किया। यदि आर्थिक स्तर पर प्रकृति मनुष्य के शोषण का साधन बनी तो राष्ट्रीय स्तर पर मनुष्य की धार्मिक आस्था का शोषण हर सेक्यूलर पार्टी अपने निहित स्वार्थों के लिए कर सकती थी। अल्पसंख्यकों को राष्ट्र के भीतर हमेशा अल्पसंख्यक रखना ताकि वे अपने को हमेशा असुरक्षित महसूस करते रहें और इस असुरक्षा-बोध को अपनी वोटों से भुनाते रहें जिसका परिणाम आज हम भुगत रहे हैं। ये संरक्षण और सुरक्षा के नाम पर भारत के सामाजिक-राजनीतिक जीवन को हमेशा के लिए विभाजित रखने की ही स्वार्थपरक मानसिकता थी।

अक्सर यह तर्क दिया जाता है कि धर्मनिरपेक्षता की नीति भारत को एक राष्ट्रीय राज्यसत्ता (नेशन स्टेट) में परिणत करने के लिए आवश्यक थी, किन्तु क्या धर्म के आधार पर भारतीयों को अल्पसंख्यक और बहुसंख्यक में विभाजित करने की नीति किसी सशक्त राष्ट्रीय अस्मिता को जन्म दे सकती है? हमें यह नहीं भूलना चाहिए कि स्वतंत्रता-आन्दोलन के कर्णधारों के सामने राष्ट्रीय राज्य-व्यवस्था का महत्त्व कोई कम था किन्तु उनकी राष्ट्र की अवधारणा पश्चिम के राष्ट्रों से सर्वथा भिन्न थी जिन्होंने अनेक छोटी जातियाँ, उपजातियाँ और लोक-संस्कृतियों को नष्ट करके ही अपनी राष्ट्रीय अस्मिता स्थापित की थी। इसके विपरीत भारत की राष्ट्रीय अस्मिता दूसरों के विनाश पर नहीं, अपनी सभ्यता के विविध चरित्र से बनी हैं किन्तु भारतीय संस्कृति का बहुलवादी 'प्लूरिस्टिक' चरित्र हमारे धर्मनिरपेक्षीय नेताओं के दृष्टिकोण से बहुत अलग है जिसके अनुसार भारतीय एकता को सिर्फ़ अनेकता में देखा जाता है। अनेकता के भीतर अन्तर्निहित जो एकनिष्ठ सभ्यता-बोध है, उसे अनदेखा कर दिया जाता है। यह कुछ वैसा ही है कि हम किसी वृक्ष की विभिन्न शाख़ाओं को तो देखें लेकिन इन शाख़ाओं को प्रश्रय देनेवाली मूल शक्ति को भुला दें। क्या है यह मूल शक्ति भारतीय सभ्यता की? यह मूल शक्ति इस विषय में निहित है कि सत्य को पाने के लिए अनेक रास्ते हो सकते हैं, लेकिन कोई एक रास्ता सत्य को अपनी बपौती मानकर दूसरों का तिरस्कार नहीं कर सकता। यही कारण है कि भारतीय सभ्यता में सैकड़ों देवी-देवता हैं, उपनिषद् और महाकाव्य हैं, साधू-संत और ऋषि-महात्मा हैं लेकिन कोई एकमात्र 'धर्म पुस्तक' या धर्म संस्था ऐसी नहीं है जो अपने सत्य को बलपूर्वक दूसरों पर आरोपित करने का दावा कर सके। ये एक ऐसी सभ्यता है जिसे अपनी लोकतांत्रिक मनीषा के लिए पश्चिम की सेक्यूलर व्यवस्थाओं पर निर्भर नहीं रहना पड़ता, वह सहज रूप से उसके स्वभाव में पहले से ही अन्तर्निहित है।

स्वतंत्रता के पचास वर्ष बाद हम जिन कटु अनुभवों से गुज़रे हैं, उनके आधार पर हमें इसलिए धर्म और सेक्यूलरिज़्म की अवधारणाओं का बुनियादी परीक्षण करना होगा और यह तभी सार्थक होगा जब हम इसे अपने परम्परागत सभ्यता-बोध के आधार पर करने का साहस जुटा सकें। धार्मिक फंडामेंटलिज़्म तो बुरा है ही, सेक्यूलर फंडामेंटलिज़्म उससे भी बुरा है, क्योंकि ये पश्चिमी बुद्धिवाद (रेशनलिज़्म) की आड़ में एक तरह की अन्धविश्वासी कट्टरता उत्पन्न करता है और जिसका सामना आधुनिक दुनिया में इसलिए करना मुश्किल हो जाता है क्योंकि इसमें विज्ञान और प्रगति की विचारधाराएँ इतनी शक्तिशाली हैं। साम्यवाद एक ऐसी ही प्रलोभन-भरी आकर्षक विचारधारा थी।

क्या यह अपने में एक आश्चर्यजनक चीज़ नहीं है कि कम्यूनिज़्म के विघटन होने के बाद हमारे देश के सभी वामपक्षी बुद्धिजीवी और राजनेता रातों-रात सेक्यूलरिस्ट बन गए? कम-से-कम हमारे देश के साम्यवादियों को तो इतिहास से थोड़ी शिक्षा ग्रहण करनी चाहिए थी क्योंकि उन्होंने ही धर्म के आधार पर जिन्ना साहब की दो नेशन सिद्धान्त जैसी घातक विचारधारा का समर्थन किया था जिसका परिणाम देश के विभाजन में हुआ था।

स्वतंत्र भारत में विभाजन की ये प्रक्रिया इसलिए जारी रखना कि उससे चुनावों में वोट हासिल हो सकते हैं, कुछ समय के लिए तो लाभप्रद हो सकती है लेकिन देश के हितों के लिए इससे अधिक भयानक, आत्मघाती नीति शायद कोई और नहीं हो सकती। पाकिस्तान का निर्माण देश के लिए दुर्भाग्य तो था ही, स्वयं भारतीय मनुष्य के लिए सबसे बड़ा अभिशाप था क्योंकि विभाजन से एक खंड के मनुष्यों को धर्म के आधार पर दूसरे खंड के मनुष्यों के अतीत, भाषा और इतिहास से बाँट देना न केवल अप्राकृतिक था बल्कि असम्भव भी। ज़मीन को बाँटा जा सकता है, इतिहास और अतीत की सामूहिक सम्पदा को नहीं और इस तरह

का जब नक़ली बँटवारा होता है तो उसका घाव उस जाति की आत्मा में नासूर की तरह रह जाता है। इससे बड़ी विडम्बना क्या होगी कि कश्मीर की संस्कृति और इतिहास को आज पुनः धर्म के आधार पर भारतीय सभ्यता से अलग करने का प्रयास किया जा रहा है? कश्मीर, जो हमेशा से भारतीय संस्कृति और सभ्यता का अंग रहा है, क्या उसे केवल इस आधार पर बाक़ी देश से अलग किया जा सकता है कि उसमें मुसलमान बड़ी संख्या में रहते हैं? भारतीय सभ्यता-बोध को यह श्रेय जाता है कि उसने विभाजन के बाद भी पाकिस्तान की नक़ल में भारत को हिन्दू राष्ट्र घोषित नहीं किया। आज प्रश्न यह है कि क्या हम स्वतंत्र भारत में इस सभ्यता-बोध को राष्ट्र-निर्माण का आधार बना सकते हैं? हमने पिछले पचास वर्षों में जिस समाज-व्यवस्था को प्रगति, औद्योगिकीकरण और धर्मनिरपेक्षता के आधार पर निर्मित किया दुर्भाग्यवश वह उस आदर्श से बहुत दूर है जिसे कभी इस शताब्दी के आरम्भ में हमारे धार्मिक और राजनीतिक मनीषियों ने देखा था। आज हालत यह है कि हमारा समाज 'धर्मनिरपेक्ष' नहीं, इन सब मानवीय, आस्थावान, जीवनदायी मूल्यों के प्रति निरपेक्ष है जो भारतीय सभ्यता का मूल लक्षण था। जिस तरह धर्म का निकृष्ट रूप संकीर्ण साम्प्रदायिकता है, उसी तरह धर्मनिरपेक्षता का विकृत रूप उनकी स्वार्थपरक मूल्यहीनता। दोनों ही सांस्कृतिक मूल्यों से रिक्त और परम्परा-शून्य हैं। पिछले पचास वर्षों में भारत में जिस भौतिक परजीवी आधुनिक जीवन-शैली का विकास हुआ है, वह विकास और प्रगति की तरफ़ नहीं जाते बल्कि स्वयं उसके भीतर साम्प्रदायिक असहिष्णुता और धर्मनिरपेक्षी मूल्यहीनता के विषैले तत्त्व जन्मे और पनपे हैं। क्या हम एक ऐसे राज्य-तंत्र का निर्माण कर सकेंगे, जिसमें भारतीय परम्परा का बोध—जिसे हमने भारतीय सभ्यता का धार्मिक भाव-बोध माना है—उसे अपनी मांस-मज्जा में रूपायित कर सकें?

# नर्मदा : एक सांस्कृतिक परिक्रमा

बहुत साल पहले मैंने पुणे से प्रकाशित होनेवाली पत्रिका 'राष्ट्रवाणी' में मराठी लेखक की पर्यटन कथा पढ़ी थी—उपन्यास और यात्रावृत्त का अद्भुत सम्मिश्रण—जिसमें एक नदी के किनारे बसनेवाले लोगों की जीवनगाथा बुनी गई थी। नदी का प्रवाह और मनुष्य की नियति—दोनों कुछ इस प्रकार जुड़े थे कि एक को दूसरे से अलग करना असम्भव था। कुछ ऐसा ही अविस्मरणीय अनुभव शोलोखोव के अमर उपन्यास 'और चुपचाप डान बहती रही' पढ़कर हुआ था। इन पुस्तकों को पढ़ते हुए मैं सोचा करता था कि अब तक अपनी हिन्दी में इस तरह की 'नदी गाथा' पढ़ने को नहीं मिली जो उपन्यास की तरह लोगों के जीवन को अपने चिरन्तन प्रवाह में प्रतिबिम्बित कर सके।

तब मुझे क्या मालूम था कि मेरी यह प्रच्छन्न आकांक्षा भोपाल की एक उनींदी दुपहर में अचानक पूरी हो जाएगी! याद नहीं आता, कौन मुझे वह छोटी-सी दुबली-पतली किताब दे गया जिसके पन्नों पर

कहीं-कहीं रेखाचित्र खिंचे थे, किन्तु जो चीज़ आज भी याद रह गई है, वह था, पुस्तक का प्रांजल विनोद भरा, स्वच्छ प्रवाह, प्रवाह में बहता गद्य। मानो जिस नदी का जादू भरा विवरण उसमें था, स्वयं उस नदी का स्पर्श लेखक की कलम को एक अजीब-सी पवित्रता प्रदान कर गया हो।

हिन्दी में यात्रावृत्त पहले भी पढ़े थे, पर अमृतलाल बेगड़ की नर्मदा गाथा की रसमयता का स्वाद कुछ अनोखा ही था। यह एक अनूठा अनुभव था, जहाँ देखनेवाली आँख और दिखाई देनेवाला परिदृश्य इस तरह एकात्म हो जाते थे कि पता नहीं चलता था कहाँ लेखक के शब्द पढ़ते हुए हम स्वयं नर्मदा की स्वर-लहरी में उसकी अपनी आत्मगाथा सुनने लगते हैं।

यह यात्रावृत्त कदाचित् बेगड़जी की नर्मदा यात्रा का पहला चरण था। इसके बाद जब कभी पत्र-पत्रिकाओं में किसी यात्रालेख या संस्मरण पर बेगड़जी का नाम दिखाई दे जाता, मैं उसे एक साँस में आद्योपान्त पढ़कर ही दम लेता। जिस तरह बेगड़जी को नर्मदा परिक्रमा करते हुए खोए हुए यात्री मिल जाते थे, वैसे ही हर अन्तराल के बाद मैं भी एक अदृश्य तट यात्री की तरह चुपचाप उनके साथ हो जाता। क्या वह विश्वास करेंगे कि जब वह नदी के किनारों पर गिरते-पड़ते चल रहे थे, दुर्गम चट्टानों को पार कर रहे थे, ठंडी रातों में किसी मन्दिर के आँगन में लेटे हुए आकाश में टिमकते हुए तारों को निहार रहे थे—मैं उनके साथ था!

एक अच्छी यात्रा-पुस्तक का यह लक्षण है—उसका जादुई चमत्कार—कि लेखक के साथ सिर्फ़ उसके सहयात्री ही नहीं, पाठकों का एक लम्बा क़ाफ़िला भी साथ हो लेता है, और यदि रास्ता दिखानेवाला बेगड़जी जैसा गाइड हो, तब तो सोने में सुहागा है क्योंकि तब वह नर्मदा के अतुल सौन्दर्य—को उसके झरनों, प्रपातों, चट्टानों को—एक निपट नई निगाह से देखने लगता है। क्या कभी हमने सोचा था :

> प्रवाह नदी का प्रयोजन है? अपने अस्तित्व के लिए उसका बहना ही उसकी अनिवार्यता है, लेकिन प्रपात उसका ऐश्वर्य है, उसका अतिरिक्त प्रदाय है...यह अतिरिक्त प्रदाय ही किसी चीज़ को सौन्दर्य प्रदान करता है। जहाँ प्रयोजन समाप्त होता है, वहाँ सौन्दर्य शुरू होता है। (ज़ोर मेरा)

यह प्रपात के अनुपम सौन्दर्य का बखान तो है ही, स्वयं 'सौन्दर्य' की अवधारणा के बारे में एक उज्ज्वल अन्तर्दृष्टि देता है, जो शायद हमारे साहित्य के 'प्रयोजनवादी' आलोचकों को कुछ सिखा सके। बेगड़जी के यात्रा-संस्मरणों में सहज ज्ञान और समझदारी के इस तरह के अनमोल रत्न हर जगह बिखरे दिखाई दे जाते हैं और तब पता चलता है कि नर्मदा हो या हिमालय, जो लोग प्रकृति के सान्निध्य में रहते हैं, उन्हें जीवन के गहन सत्य बूझने के लिए किसी कॉलेज, विश्वविद्यालय में जाने की ज़रूरत नहीं...उन्हें पत्थरों में पारस, 'सर्मन्स ऑन द स्टोन' मिल ही जाते हैं।

नदी, पहाड़, झरने अपने में ही सुन्दर नहीं होते, वे अपने 'होने' से आसपास की दुनिया को भी एक अलौकिक आभा से आलोकित कर देते हैं। दिन-भर की यात्रा के बाद जब बेगड़जी थके-माँदे किसी धर्मशाला या मन्दिर के बरामदे में लेट जाते थे तो भी प्रकृति का सम्मोहन उनका पीछा नहीं छोड़ता था। मुझे वे स्थल विशेष रूप से प्रिय लगते हैं जब बेगड़जी की नींद-भरी आँखों पर आकाश अपनी सौन्दर्य छटा लेकर उतर आता था।

> वैसे तो सर्वव्यापी चाँदनी में सब कुछ दिखाई दे रहा था, नदी का प्रवाह, सामने का किनारा, कुंड में गिरते प्रपात, पर धवल कुंड की बात कुछ और थी, वह किसी प्रकाश-पुंज की तरह चमक रहा था। धावली कुंड में पूर्णिमा की रात को चाँद डोली से उतरता है और सवेरा होते ही चला जाता है।

बेगड़जी के यात्रावृत्त पढ़ते हुए एक और बात मन में आती है—केवल भारतीय परम्परा में रसा-पगा व्यक्ति ही प्रकृति की नैसर्गिक सत्ता को इतने आत्मीय सगेपन और श्रद्धा से देख सकता है। नदी, पहाड़, झरने सिर्फ़ भूगोल के उपमान मात्र नहीं हैं, वे मनुष्य के समूचे मिथक-संस्कारों को अपने में प्रतिबिम्बित करते हैं। दुनिया में किस नदी को यह सौभाग्य प्राप्त है जिसकी परिक्रमा करने में यात्री स्वयं अपने भीतर एक तरह की अटल पवित्रता का स्पर्श पा लेते हैं। रामकृष्ण परमहंस कहा करते थे, हिमालय अटल रहता है, ताकि उससे निकली हुई नदियाँ प्रवहमान रह सकें। एक की शाश्वत अटलता, दूसरे की चिरन्तन प्रवाहमयता, दोनों ही एक भारतीय के लिए 'पवित्रता की ऐसी स्पेस' निर्मित करते हैं, जिन्हें हम 'तीर्थस्थल' कहते हैं—पृथ्वी पर 'परम' का आवास-स्थल।

इसीलिए बेगड़जी की नर्मदा-यात्रा सिर्फ़ एक नदी की परिक्रमा नहीं है, वह एक पुरातन संस्कृति की अटलता को उसकी सतत प्रवाहमयता में आँकने का 'आँखों-देखा' वृत्तान्त भी है। पुस्तक पढ़ते हुए मुझे गांधीजी की बात याद आती रही कि पश्चिमी सभ्यता ने सिर्फ़ भारत के नगरीय कगारों को ही कलुषित किया है, उसके अन्दरूनी हृत्स्थल को नहीं, जहाँ उसकी आत्मा बसती है। हमें बार-बार इस 'आत्मा' के दर्शन उन सैकड़ों परिक्रमावासियों में होते हैं जो घर-बार की सुख-सुविधाओं को त्यागकर आए हुए वानप्रस्थी, गृहस्थ, साधु, भिक्षुक, देश के सुदूर कोनों की भाषाओं को बोलते हुए ग़रीब, अमीर तीर्थयात्री, नदी की धारा के साथ बहता हुआ एक लम्बा जुलूस जिसके अलग-अलग चेहरों, विभिन्न भाव और भंगिमाओं, आचार-व्यवहारों को बेगड़जी ने अपनी औपन्यासिक उत्सुकता और कलात्मक सुघड़ता से उकेरा है। एक चलती-फिरती पूरी 'पोर्ट्रेट गैलरी' सामने से गुज़रती दिखाई देती है। कभी-कभी तो लगता है कि बेगड़जी पुस्तक में अपने रेखाचित्र न भी दें, तो भी कुछ ख़ास नहीं बिगड़ेगा क्योंकि जो वे दिखाना चाहते हैं, वह तो अपनी हाड़-मांस

की जीवन्तता में इतनी सजीव उच्छलता के साथ उनके 'शब्दचित्रों' में भी उतर आया है। उनकी अन्तर्भेदी, संवेदनशील दृष्टि के उजाले में हम घर बैठे न जाने कितनी विचित्र विभूतियों के सम्पर्क में आ जाते हैं : डोंगर गाँव के परमहंसी साधु, गाय और उनके बछड़ों को भी अपने साथ ले जानेवाले परिक्रमावासी, स्कैंडेनेवियन वृद्ध महिला, जो रोज़ सात किलोमीटर चल लेती थीं, जिनका विदेशी साधु गाइड उनके पैसे और पासपोर्ट चुराकर ग़ायब हो गया और वह क्षण भर के लिए भी विचलित नहीं हुईं। पुतलीखोह की चट्टानों के चित्र, नर्मदा के घाटों पर भजनों, लोकगीतों, कथा-कहानियों का अन्तहीन, अविस्मरणीय ख़ज़ाना। बेगड़जी से गहरी ईर्ष्या होती है कि उन्होंने एक यात्रा में भारत की कितनी छवियाँ, दृश्य, लोग—एक समूची संस्कृति की रासलीला का अमृतरस छक लिया है। किन्तु आदमी भरपूर छक सके, उसके लिए सच्ची प्यास होनी चाहिए—ऐसी अकथ प्यास जो बेगड़जी को बार-बार नर्मदा की ओर खींच ले जाती थी। नर्मदा के नदी कगारों, उत्ताल तरंगों, बीहड़ मोड़ों को देखकर जिस तरह बेगड़जी की काव्य-चेतना जाग जाती थी, वैसे ही नर्मदा के परिक्रमावासियों, तीर्थयात्रियों, साधु-संन्यासियों को देखकर उनका कहानीकार आँखें खोल देता था। दोनों का अद्‌भुत मिलन ही बेगड़जी को न केवल हिन्दी का अनूठा पर्यटक और यात्रा-लेखक बना देता है, बल्कि भारतीय लोक-संस्कृति का घूमता-फिरता सन्देशवाहक भी।

एक तीर्थयात्री को नर्मदा इससे अधिक सुन्दर उपहार और क्या दे सकती है?

अमृतलाल बेगड़जी ने नर्मदा परिक्रमा का अन्तिम चरण सत्तर वर्ष की आयु में पूरा किया था। 2624 किलोमीटर की लम्बी यात्रा पूरी करने के बाद बेगड़जी को शायद वैसी ही कुछ अनिर्वचनीय अनुभूति हुई होगी, जैसी जर्मन पर्वतारोही हरजौग को अन्नपूर्णा के शिखर पर पहुँचकर हुई थी :

"मुझे लगा, जैसे मैं और पर्वत अलग नहीं हैं, मैं ही अन्नपूर्णा हूँ, जैसा अन्नपूर्णा मुझमें है।" ऐसा दुर्लभ अद्वैतिक, अलौकिक अनुभव यदि एक विदेशी को हो सकता है तो एक भारतीय यात्रिक के लिए तो वह सहज सुलभ ही होगा—क्या हम बेगड़जी को नर्मदा से और नर्मदा को बेगड़जी से अलग करके देख सकते हैं?

बेगड़जी की पुस्तक पढ़कर मुझे लगा, जैसे मैं भी एक अदृश्य और अनिमंत्रित यात्री की तरह बराबर बिना उनके जाने, उनके साथ नदी, नाले, चट्टानें पार करने का सुख उठाता रहा हूँ। यदि गणेशजी अपने माता-पिता के इर्द-गिर्द घूमकर धरती की परिक्रमा कर सकते हैं तो क्या हम बेगड़जी की पुस्तक के पन्नों पर 'चलते' हुए घर की चौखट से बाहर क़दम रखे बिना, नर्मदा माई की परिक्रमा करने का पुण्य-लाभ नहीं उठा सकते?

# कथ्य की खोज

# लिखने के स्रोत

कितना मुश्किल है अपने 'लिखने' के स्रोतों को ढूँढ़ पाना!

दीवार की किसी खोखल में पीपल का पत्ता उड़ता हुआ बैठ जाता है और किसी को पता भी नहीं चलता—कहाँ से हवा आई थी, ईंटों की किस दरार में एक बीज उड़ता हुआ दुबक आया था, मिट्टी और गारे के भीतर एक हल्की-सी सिहरन उठी थी और महीनों बाद—घरवाले देखते हैं, जहाँ टूटी दीवार थी, वहाँ एक पौधा लहरा रहा है।

वर्षों बाद वहाँ एक पेड़ दिखाई देता है—और पीपल के पत्ते—जिनके बारे में कहा जाता है, हर पत्ता धूप में सबसे अलग चमकता है।

क्या किताबें भी ऐसी होती हैं, एक लेखक की कल्पना से उपजी हुई, पर एक-दूसरे से अलग अपनी आभा में चमकती हुई।

मुझे याद नहीं, कब लिखने का बीज मेरे भीतर पड़ा, सिर्फ़ अनुमान लगा सकता हूँ, वह हवा के किन थपेड़ों से लुढ़कता-पड़ता मेरे भीतर आया होगा, जबकि मुझे उसकी कोई ख़बर नहीं थी।

सिर्फ़ कुछ दृश्य याद हैं, जो मुझे आज भी स्तब्ध कर देते हैं। शिमला की एक शाम जब मैं अपने मित्रों के साथ फुटबॉल खेल रहा था, अचानक मैं ठिठक गया। मैंने देखा, सूरज डूब रहा है और पहाड़ों पर एक अद्भुत लालिमा फैल गई है। मैं तब बहुत छोटा रहा हूँगा, लेकिन वह दृश्य मेरे लिए आदिम स्मृति की तरह गड़ा रह गया, जैसे वह पहला सूर्यास्त था, जिसे मैंने पृथ्वी पर आने के बाद देखा था। पता नहीं, मैं कितनी देर उसे देखता रहा था...वर्षों बाद जब मैंने इलाहाबाद के कुम्भ मेले में संगम पर उठते हुए सूरज को देखा तो कुछ वैसा ही विस्मयकारी अनुभव हुआ...।

जीवन में दो अन्तर्मुखी अनुभव समय के सुदूर कूलों से उठकर बहते हुए जब एक-दूसरे से मिलते हैं तो एक तीसरी सृष्टि का जन्म होता है—एक व्यक्ति के भीतर 'लेखक' का जन्म शायद इसी सृष्टि में होता है।

शिमला में हमारा घर दूसरी मंज़िल में था। एक शाम खेल के बाद मैं सीढ़ियाँ चढ़ रहा था, तभी किसी की आवाज़ सुनाई दी—रवीन्द्रनाथ ठाकुर की मृत्यु हो गई। मेरे पाँव सहसा सीढ़ियों पर ठिठक गए। याद नहीं आता, मैंने उनकी कविता या कहानी पढ़ी थी—किन्तु इस ख़बर में कुछ ऐसी त्रासदायी चीज़ रही होगी, जिसे आज तक नहीं भूल पाया हूँ। वर्षों बाद जब उनकी 'गीतांजलि' पढ़ी, तो वह एक अनिर्वचनीय अनुभव था। उनकी गद्य कविताओं ने मेरे भीतर के कितने बन्द द्वार खोले थे! उनका नशा बहुत गहरा रहा होगा, क्योंकि हायर सेकेंडरी की परीक्षाओं के बाद जब मैं अपने तीन मित्रों के साथ श्रीनगर गया, तो भी वह पुस्तक मेरे साथ थी। हमने कुछ दिनों के लिए एक 'हाउस-बोट' किराए पर ली थी; मुझे याद है, जब दूसरे मित्र नीचे सोए रहते थे,

मैं कॉपी लेकर 'हाउस-बोट' की छत पर चला जाया करता था। चारों तरफ़ डल झील का विस्तार...पानी पर तैरते हुए बजरे; मैंने अपने जीवन की पहली कविताएँ उसी कॉपी पर लिखी थीं—बिलकुल 'गीतांजलि' की तर्ज़ पर। नाश्ते के समय जब मैं नीचे उतरा करता था, तो कॉपी के कई पन्ने रँग चुका होता था।

उसके बाद कभी कश्मीर जाना नहीं हुआ।

कविताओं की वह नोटबुक न जाने कहाँ लुप्त हो गई! वे मित्र अब कहाँ हैं, कुछ भी नहीं मालूम।

पर वर्षों बाद आइसलैंड के एक सुदूर गाँव में जब मैं गया, तो एक किसान गृहिणी मुझे देखकर हैरान रह गईं। उन्होंने पहली बार जीवन में किसी 'इंडियन' को देखा था।

"लेकिन मैं एक और इंडियन को जानती हूँ, जिनकी किताब मुझे बहुत पसन्द है।" उन्होंने हँसते हुए कहा और भागती हुई भीतर से एक पुस्तक उठा लाईं, "मैं इसे बाइबल की तरह रोज़ पढ़ती हूँ।"

उनके हाथों में 'गीतांजलि' का आइसलैंडी अनुवाद था, जो वह मुझे खुरदरे, किसानी हाथों से दिखा रही थीं। जब मुझसे कोई लिखने के बारे में पूछता है, तो मुझे यही किताबें याद आती हैं, जिन्होंने मुझे 'तीसरी सृष्टि' से साक्षात् कराया था।

उन दिनों हमारे घर की निचली मंज़िल में एक कुमाऊँनी परिवार रहता था—शिमला के जिस मोहल्ले में हम रहते थे, वहाँ कुमाऊँ क्लर्कों की कमी नहीं थी। सभी पढ़े-लिखे लोग और उनकी सुन्दर पहाड़ी चेहरोंवाली लड़कियाँ! हम उन्हें देखकर मंत्रमुग्ध-से रह जाते थे।

पर जो परिवार हमारे घर की निचली मंज़िल में रहता था, वह कुछ अलग था। हम माँ-बाप से अपरिचित थे, सिर्फ़ उनकी बिटिया को जानते थे, जिसे सब 'बच्ची' कहकर बुलाते थे। दरअसल वह मेरी नहीं, मेरी छोटी बहन की सहेली थी। एक दिन मेरी बहन ने आकर कहा,

"चलो नीचे, बच्ची ने लाइब्रेरी खोली है, तुम कोई भी किताब ले सकते हो।"

मैं जैसे आसमान से गिरा...स्कूल की लाइब्रेरी तो देखी थी, जहाँ हर शनिवार को हमारे शास्त्रीजी हमें सता-सताकर किताबें बाँटते थे—प्रेमचन्द और सुदर्शन की कहानियाँ सिर्फ़ उन लड़कों को मिलती थीं, जिन पर उनकी कृपा-दृष्टि पड़ती थी—बाक़ी लड़के तरसते रह जाते थे। अब वैसी ही लाइब्रेरी घर के नीचे—और उसकी मालकिन हमारी जानी-पहचानी बच्ची! आकाश से और कैसे नीचे गिरा जाता है!

हम भागते हुए नीचे गए। कुर्सी पर बच्ची बैठी थी—सामने डेस्क पर मोटी कॉपी। दीवार से सटी किताबों की ठसाठस भरी अलमारी। और नीचे फ़र्श पर बैठे पड़ोस के लड़के-लड़कियाँ, जो हमारी ही तरह लस्तम-पस्तम, जैसे थे, वैसे ही भागते चले आए थे।

बच्ची अगर हमारे साथ खिलवाड़ कर रही थी, तो उसके चेहरे पर उसका चिह्न मात्र भी दिखाई नहीं देता था। उसका गोल कुमाऊँनी चेहरा अब भी वर्षों बाद मुझे याद रह गया है। गम्भीर भाव-मुद्रा में उसने एक निगाह हम पर डाली और अलमारी से अपनी मनचाही कोई किताब चुनने के लिए कहा। बच्ची हर चुनी हुई किताब का टाइटल अपनी कॉपी पर नोट करती और हमें उसके आगे अपना नाम लिखना पड़ता।

पूरे एक हफ़्ते तक वह किताब हमारे पास रह सकती थी।

मुझे याद है, बच्ची की लाइब्रेरी से ही मैंने पहली बार गोर्की की 'माँ' पढ़ी थी। उपन्यास के आख़िरी पन्ने पर आकर मुझे लगा, उसका अभी समाप्त होना बाक़ी है। बच्ची की लाइब्रेरी में उसका 'दूसरा भाग' दिखाई नहीं दिया। वर्षों तक मैं गोर्की के उपन्यास का 'शेषांश' ढूँढ़ता रहा और बहुत निराश हुआ, जब पता चला कि उपन्यास का वही अन्त अन्तिम अन्त था, जो मैंने बच्ची की लाइब्रेरी से लेकर पढ़ा था। चेख़ॅव और टॉल्स्टॉय की कहानियों का हिन्दी अनुवाद भी उन्हीं दिनों पढ़ा और

कुप्रिन का 'गाड़ीवालों का कटरा', जिसे पढ़कर पहली बार वेश्याओं के दारुण जीवन का चित्र दिल को दहला-सा गया।

बच्ची की छोटी-सी लाइब्रेरी धीरे-धीरे मेरी 'यूनिवर्सिटी' बनती गई, जिसमें मैंने साहित्य के जादुई संसार का 'पाठ' पढ़ना सीखा था।

जब कुछ लोग मेरे 'हिन्दू-संस्कारों' के बारे में पूछते हैं तो मुझे अपने दादा का चेहरा याद आ जाता है। उन्होंने ग़रीबी और अभाव के मुश्किल दिनों में अपने दोनों लड़कों—मेरे तायाजी और मेरे बाबूजी—को बी.ए. तक पढ़ाया था, जो उन दिनों बहुत बड़ी बात मानी जाती थी। ख़ुद ज़्यादा पढ़े-लिखे नहीं थे, पर किताबों और पत्रिकाओं से गहरा लगाव था। कट्टर सनातनी थे। हम भाई-बहन कभी-कभी उन्हें चिढ़ाने के लिए स्वामी दयानन्द की तारीफ़ों के पुल बाँधा करते थे। उनका ग़ुस्सा और तमतमाया चेहरा देखकर हम डर जाते और इससे पूर्व कि वह कुछ कर बैठें, हम उनका मन दूसरी बातों की ओर लगा देते।

बाबा की आँखें कमज़ोर थीं, इसलिए वह अक्सर मुझसे 'कल्याण' पत्रिका के लेख पढ़ने को कहा करते थे। एक लेख या कहानी पढ़ने का पारिश्रमिक एक आना होता था, जो उन दिनों हमारे लिए एक ख़ज़ाने से कम नहीं था। मुश्किल यह थी कि मैं पढ़ते-पढ़ते पत्रिका में इतना रम जाता कि सारा हिसाब भूल जाता...कितना ही क्यों न पढ़ूँ, मिलती इकन्नी ही थी।

उस एक इकन्नी के एवज़ में मैं 'रामायण', 'महाभारत' और पुराणों की कितनी कहानियाँ पढ़ गया, क्या आज उनकी गणना कर सकता हूँ? मैं और बाबा अपने मकान के छज्जे पर बैठे रहते—वह आरामकुर्सी पर,

मैं मूढ़े पर—बाहर पहाड़ों पर गिरती धूप और ऐनन डेल का रेसकोर्स मैदान—यह एक ऐसा दृश्य है, जो मैं साठ साल के बाद भी याद कर सकता हूँ।

कुछ वर्ष पहले जब मैं पहली बार मथुरा-वृन्दावन गया था, तो सहसा 'कल्याण' के रंगीन चित्र मेरी आँखों के सामने घूम गए। गोवर्धन, कालिया नाग का सरोवर, वृन्दावन के वृक्ष, कुंज और जमुना की क्षीण, दुर्बल धारा—हम दिन भर मन्दिरों, मठों और आश्रमों में चक्कर काटते रहे। मेरे साथ कमलेश और रामू गांधी भी थे। शाम घिरते ही हम अपनी धर्मशाला की ओर लौटने लगे। जमुना की धारा अँधेरे में खो गई, चारों तरफ़ रेत के विस्तार के अलावा कुछ भी दिखाई नहीं देता था। अचानक पता चला कि हम शहर लौटने का रास्ता भूल गए हैं। कुछ देर इधर-उधर भटकते रहे...फिर अचानक दो बालक दिखाई दिये—हँसमुख, रेत में धूल-धूसरित...खेलते हुए। रास्ता पूछने पर वे दोनों हमारे साथ हो लिये... बातें करते हुए हमारे साथ चलते रहे, जब तक हमें शहर की पहचानी सड़कें नहीं दिखाई दे गईं। हमने मुड़कर उन्हें धन्यवाद देना चाहा, तो पाया, दोनों ही वहाँ नहीं हैं। बहुत देर तक ढूँढ़ने पर भी जब वे नहीं मिले, तो रामू ने कहा, "कृष्ण और बलराम रहे होंगे—हमें रास्ता दिखाने आए थे—पहचाना नहीं?"

पहली बार मैंने यथार्थ को फ़िक्शन में बदलते देखा था।

उन दिनों शिमला में सुदूर कोनों से विचित्र लोग आया करते थे...या शायद सर्दी की सूनी दुपहरों में हमारा अकेलापन स्वयं एक 'दुनिया' रच लेता था। वहाँ चीनी व्यापारी आते थे, सिर पर कपड़ों की गठरी थामे।

मेरी माँ और बहनें घंटों मोलभाव का खेल खेलती थीं। किसी दुपहर तिब्बत की सुदूर ऊँचाइयों से लम्बी जटाओंवाले तिब्बती मसाले, दवाएँ और जड़ी-बूटियाँ लाते थे...हम उन्हें 'लामा सिप्पी' कहकर बुलाते थे। लामा तो ठीक है, पर 'सिप्पी' क्यों, इसका भेद आज तक नहीं मालूम हो सका। क्या तिब्बत के प्रति मेरा लगाव उन थके-माँदे चीथड़ों से लदे लामाओं की धूमिल स्मृति से तो नहीं उपजा है?

एक मुस्लिम साँई, सूफ़ी फ़क़ीर की याद अब भी कहीं भीतर बसी है। वह अक्सर लम्बा ओवरकोट पहनकर सर्दियों में आया करते थे। लम्बी कत्थई रंग की दाढ़ी किसी प्राचीन युग के मसीहा की याद दिलाती थी। एक-दो महीना हमारे घर ठहरते थे। हम भाई-बहनों के लिए उनके बिस्तर पर उनकी गोद में बैठना, अनेक विचित्र गन्धों के बीच, उनकी बहुत धीमी आवाज़ को सुनना, उन्हें खाते हुए देखना—सबसे बड़ा सुखदायी अनुभव था। कुछ दिनों बाद वह जैसे अचानक आते, वैसे ग़ायब हो जाते...।

पहाड़, भिक्षुक, लामा, फ़क़ीर, सूनी दुपहरें—ये ऐसे बिम्ब हैं, जिनके बीच मेरी कल्पना ने अपना परिवेश निर्मित किया था...बचपन के बिम्ब, जिन्हें शब्दों में ढालते हुए समूचा जीवन बीत जाता है और फिर भी लगता है, जो कुछ बना है, उससे बहुत कम है, जो अछूता, बंजर, आकारहीन पड़ा है।

मृत्यु की छाया बहुत पहले से एक अनलिखी लिपि की तरह मेरे लिखे शब्दों के बीच मँडराती रही। स्कूल में एक सहपाठी से मैंने एक शर्त बदी थी—हम दोनों तीन दिनों बाद एक-एक कहानी लिखकर लाएँगे।

उसका नाम था अमृत। उसका गोल-मटोल चेहरा अब भी मेरे स्मृति-पटल पर अंकित है। वह फुटबॉल का असाधारण खिलाड़ी था। हम शाम के समय स्कूल के मैदान में फुटबॉल खेलते थे।

जिस दिन कहानी दिखाने का वादा था, उस दिन वह स्कूल नहीं आया। मैंने सोचा, शायद बीमारी का कोई बहाना बनाकर न आया हो। ज़रूरी नहीं, फुटबॉल के खिलाड़ी कुशल कहानीकार भी हों!

पर वह अगले दिन भी नहीं आया और न उससे अगले दिन। दिन बीतते गए और मैं उसकी अनुपस्थिति का आदी हो चला।

फिर एक दिन बारिश शुरू हुई—शिमला की बारिश, मूसलाधार, टिन की छतों पर गोलियाँ बरसाती हुई। मैं उस दिन स्कूल नहीं गया, किन्तु किसी ने फ़ोन पर ख़बर की...किसी पड़ोसी के घर फ़ोन आया और हमें ख़बर भिजवाने के लिए कहा था...किसी लड़के अमृत को जानते हो? वह मर गया। आख़िर तक पता नहीं चला, सन्देश किसने भेजा था और मृत्यु कैसे आई!

मेरी कहानी का क्या हुआ, मुझे नहीं मालूम...पर आज भी बारिश गिरते देखता हूँ, तो शिमला की वह धुँधली दुपहर याद आ जाती है।

तब मैं बारह वर्ष का रहा हूँगा। मेरी स्मृति में अमृत अब भी मेरा सहपाठी है। उसका हँसता हुआ चेहरा उतना ही किशोर और ताज़ा है, जितना तब, जब मैंने उसे स्कूल में देखा था। किन्तु यदि वह मुझे आज देखेगा तो पहचान भी नहीं पाएगा।

इतनी कहानियाँ लिखने के बाद भी मैं अधूरा हूँ।

वह बिना कुछ लिखे भी कितनी जल्दी 'पूरा' हो गया है!

मृत्यु की एक और स्मृति है—कहानी लिखने से जुड़ी हुई।

मैं उन दिनों सेंट स्टीफेंस कॉलेज में था। पता नहीं, किसने कॉलेज की हिन्दी पत्रिका की सम्पादिका को यह ख़बर दी कि मैं भी लिखता हूँ। वह उन दिनों उसी कॉलेज से संस्कृत में एम.ए. कर रही थीं।

उनसे मिलकर पता चला कि वह मेरे घनिष्ठ मित्र की कजिन हैं...वह कश्मीरी पंडित थीं, मिस राजदान। उन्होंने एक दिन मुझे अपने पास बुलाया और पूछा, क्या मैं उन्हें कोई कहानी लिखकर दे सकता हूँ?

मैंने उन्हें बताया कि मेरे पास कोई कहानी नहीं है।

"तुम लिख तो सकते हो...अभी तीन महीने पड़े हैं।" उन्होंने बड़ी बहन की तरह मुझे फुसलाने की कोशिश की।

मैंने उन्हें देखा—वह बहुत ही दुबली-पतली लड़की थीं। ऐनक पहने थीं। चेहरे पर छोटी-सी मुस्कराहट थी। उन्होंने अपने कजिन का हवाला देते हुए कहा, "उसने बताया था, तुम कहानियाँ लिखते हो। इस बार हिन्दी सेक्शन में कोई कहानी नहीं गई, तो हमारी कितनी भद्द उड़ेगी!"

मैं मान गया।

मैंने जीवन में पहली बार कहानी लिखी थी, जो उन्होंने कॉलेज मैगजीन में प्रकाशित की थी। बाद के वर्षों में उनके कजिन से पता चला, वह मिरांडा कॉलेज में संस्कृत की प्राध्यापिका नियुक्त हो गई हैं। यह भी सुनने में आया कि संस्कृत की वह सबसे मेधावी प्रोफ़ेसर हैं।

फिर वह बीमार रहने लगीं और कॉलेज से छुट्टी ले ली।

और एक दिन उनके कजिन से पता चला, वह नहीं रहीं।

वर्षों बाद जब कोई मुझसे पूछता है—आपके लिखने के प्रेरणा-स्रोत क्या रहे, तो मैं एकाएक जवाब नहीं दे पाता—हवा में ताकता रहता हूँ। किताबें, यात्राएँ, चेहरे; बीते हुए लोग और शहर; बचपन के दोस्त और टीचर...क्या कोई एक काँटा है जिसे पकड़कर कह सकूँ—इसकी चुभन और टीस ने मेरे भीतर सोए कहानीकार को पहली बार जगाया था?

# साहित्य के प्रासंगिक प्रश्न

पिछले अनेक वर्षों से हिन्दी आलोचना में 'प्रासंगिकता' के प्रश्न पर बहस चलती रही है। आज यह चीज़ कुछ अजीब और हास्यास्पद-सी जान पड़ती है कि साहित्य में 'प्रासंगिकता' खोजते हुए हम इस मूलगामी प्रश्न को आँखों से ओझल कर देते हैं कि आज के युग में क्या स्वयं साहित्य अपनी प्रासंगिकता नहीं खोता जा रहा है? जिस युग में हम रह रहे हैं—टी.वी., मास मीडिया, इंटरनेट, संचार-साधनों के विकास के अभूतपूर्व प्रगति-दौर में—वहाँ क्या स्वयं लिखित शब्द की प्रासंगिकता पर ही प्रश्न नहीं लग गया है? या शायद आनेवाले युग में वही साहित्य हमारे लिए कोई अर्थ रखेगा, जो नवीन परिवर्तनों के अनुरूप स्वयं को बदल सके—यानी अपने लिए एक ऐसी 'पहचान' गढ़ सके, जिसका नाता अपने पूर्ववर्ती साहित्य से उतना ही हो कि वह भी भाषा में रचा गया है, किन्तु जहाँ 'शब्द' का प्रयोजन बदल गया है, वह अब महज़ सम्प्रेषण का माध्यम हो, जो सम्प्रेषित किया जा रहा है, इस ओर से निपट उदासीन।

क्या यह अजीब विडम्बनामय स्थिति नहीं होगी कि आनेवाले समय में हम जिस चीज़ को साहित्य समझ रहे हों, वह कुछ और हो...शब्दों की बनी काया, जिसमें कोई साहित्येतर 'जीव' साँस ले रहा हो? जिसे हम साहित्य समझ रहे थे, उसके भीतर किसी और की प्रेत-छाया छिपी हो?

यह प्रश्न हमें सीधा-सीधा आज के विषय की ओर ले आता है... साहित्य के कौन-से प्रश्न प्रासंगिक हो सकते हैं, इस पर सार्थक विचार तभी हो सकता है जब हम साहित्य के असली स्वरूप को पहचान पाने की असली क्षमता जुटा सकें...तभी हम साहित्य की वेशभूषा में अभिनीत होते लेखक के पीछे उसके असली चेहरे को पहचान सकते हैं...छद्म साहित्य को साहित्य की मूल संवेदना से अलग करने का विवेक पा सकते हैं।

यह काम आज इतना जटिल हो गया है कि लगता है, कहीं यह व्यर्थ की दौड़ तो सिद्ध नहीं होनेवाला? आज के युग में शब्दों का प्रयोग इतनी विभिन्न विधाओं में होता है कि हमेशा ही यह आसान नहीं होता कि हम साहित्यिक अनुभव को उसकी सम्पूर्ण शुद्धता में परिभाषित कर सकें। यदि हर उपन्यास, कहानी और कविता हमें अनूठा स्वाद तथा रस और आनन्द देती है, तो उनके बीच एक सामान्य केन्द्रीय तत्त्व अवश्य ही होगा, जो उसे कला का दर्जा देता हो। यह सामान्य तत्त्व क्या है, इसे खोज पाना आसान नहीं है, किन्तु एक बात तो अपेक्षाकृत अधिक विश्वास और स्पष्टता से कही जा सकती है, वह यह कि इस तत्त्व का प्रादुर्भाव ही अनुभूति की उर्वरा धरती पर होता है। हम अक्सर सोचते हैं कि अनुभूति महज़ हमारी किन्हीं भावनाओं और संवेदनाओं का क्षेत्र है... किन्तु यह उसकी बहुत सीमित और संकीर्ण समझ है। अनुभूति के मूल में मनुष्य का अनुभव रहता है जो अनेक दरवाज़ों से बहता हुआ आता है—ज्ञान, बुद्धि, तर्क, मुक्ति, विवेक, नैतिक बोध—कोई भी चीज़ मनुष्य के अनुभव के लिए परायी नहीं है। विभिन्न दिशाओं से आते हुए अनुभव

मनुष्य की अनुभूति में समाहित हो जाते हैं...और अब मैं दिशाओं की बात कर रहा हूँ, तो केवल स्थान और स्पेस के अर्थ में नहीं, बल्कि काल-बोध के अर्थ में भी, जहाँ समय के अतीत और वर्तमान के बीच के सारे ऐतिहासिक विभाजन ढह जाते हैं। अनुभूति का लोक इतना उर्वर, इतना व्यापक और यदि आप इजाज़त दें तो कहूँ—इतना धुँधला और कुहासे भरा होता है, जिसमें दृश्य का अस्तित्व उतना ही ठोस है जितना अदृश्य का। दोनों एक-दूसरे को अपने में प्रतिबिम्बित करते हैं।

अत: साहित्यिक कृति में अदृश्य का अनुभव दृश्य के पर्दे पर गोचर होता है...और यह समूचा चमत्कार शब्दों के भीतर उद्घाटित होता है, अत: साहित्य का परम प्रासंगिक प्रश्न स्वयं अपने से होता है—या होना चाहिए—भाषा के साथ उसका अनूठा और विशिष्ट सम्बन्ध, जहाँ सम्प्रेषण का उद्‌देश्य आत्मान्वेषण के रास्ते से होकर सम्पन्न होता है। यह चीज़ साहित्यिक कृति को बाक़ी समस्त भाषायी माध्यमों से अलग करती है...हर अनुभव भाषा के माध्यम से ही सम्प्रेषित होता है, किन्तु हर सम्प्रेषित होनेवाला अनुभव साहित्यिक अनुभव नहीं होता।

हमारे विश्वविद्यालयों में अनेक ऐसे विभाग हैं, जहाँ समाज-सम्बन्धी विषय पढ़ाए जाते हैं—समाजशास्त्र, इतिहास, अर्थशास्त्र, मनोविज्ञान आदि। मुझे हमेशा आश्चर्य होता है कि साहित्य की गणना भी इन्हीं समाज-सम्बन्धी अनुशासनों में की जाती है, जबकि वह अपनी प्रकृति में उनसे मूलत: भिन्न है। ऊपरी दृष्टि से देखें तो अन्य अनुशासनों की तरह साहित्य में भी अध्ययन-विश्लेषण का मुख्य विषय 'मनुष्य' ही है—जैसा वह समाज में पीढ़ी-दर-पीढ़ी जीता, रहता आया है...अन्तर इतना ही है कि जहाँ अन्य शास्त्रों में मनुष्य एक 'अन्य' है, एक ऑब्जेक्ट—जिसे मैं बाहर से देखता-परखता हूँ, वहाँ साहित्य में देखने-परखनेवाला व्यक्ति स्वयं 'मैं' हूँ, एक सब्जेक्ट, जो साहित्य में एक ऑब्जेक्ट की तरह अपने को प्रतिबिम्बित होता हुआ पाता है। मेरे लिए साहित्य में आना

ही एक तरह से ऐसे कक्ष में प्रवेश करना है...जहाँ चारों तरफ़ आईने लगे हैं, hall of mirrors, जिसमें मेरे 'मैं' की एक अखंडित सत्ता अनेक छवियों में विभाजित होती जाती है—मैं ही हेमलेट हूँ और किंग लियर भी...'महाभारत' का कर्ण भी मैं हूँ और कुन्ती भी...साहित्य में मेरे व्यक्तित्व की समस्त प्रच्छन्न सम्भावनाएँ चरितार्थ हो पाती हैं, जो वास्तविक जीवन में केवल भ्रूण अवस्था में रहने के लिए बाध्य हैं... कहानी और उपन्यास में सम्भाव्य की सत्ता उतनी ही प्रामाणिक है, जितनी यथार्थ की...सच पूछें, तो यथार्थ की सही और सम्पूर्ण परिकल्पना तभी हो सकती है जब हम 'होने' में उसे भी जोड़ते हैं, जो हुआ नहीं है, बल्कि हो सकता है, 'न होने' का आकाश यदि ऊपर न हो, तो होने की धरती अधूरी और बंजर पड़ी रहती है। साहित्य वह प्रमाण है, जिसे प्रत्यक्ष के सहारे की कोई ज़रूरत नहीं...क्योंकि वहाँ न होने का प्रत्यक्ष सबसे अधिक सघन रूप से अनुभूत होता है। असली जीवन में हमारे भीतर के अनेक कपाट बन्द पड़े रहते हैं, जिन्हें हम खोलने का साहस नहीं कर पाते। साहित्य जब अपनी चाभी से उनके बन्द ताले खोलता है, तो हमें एक अजीब-सा आश्चर्य होता है, जब हम अपनी दबी-छिपी आकांक्षाओं को उनसे बाहर निकलता हुआ पाते हैं। वे हमारे जिए हुए, भोगे हुए अनुभव न भी हों, तो भी हमारे अनुभूति-क्षेत्र में उनका अस्तित्व उतना ही ठोस और जीवन्त है, जितना हमारे नींद के स्वप्न, जो हमारी जागृतावस्था की ही उपज हैं। आइसबर्ग की तरह मनुष्य का एक छोटा-सा अंश ही हमें पानी के ऊपर उजाले में दिखाई देता है, बाक़ी हिस्से चूँकि सतह के नीचे डूबे रहते हैं, उससे उनका अस्तित्व नकारा नहीं जा सकता। वे अदृश्य होते हुए भी हमारी दृश्य जीवन-लीला में हस्तक्षेप करते रहते हैं। वे हमारे अनुभूत यथार्थ की सीमाओं पर प्रश्नचिह्न लगाते हैं, मानो पूछ रहे हों, क्या इनमें मनुष्य का पूरा सत्य समा सकता है?

यह उल्लेखनीय है कि साहित्य में अस्तित्व से जुड़े प्रश्न—जिन्हें हम चाहें तो 'आध्यात्मिक' प्रश्न भी कह सकते हैं—आस्था से उत्प्रेरित न होकर संशय की प्रश्नाकुलता से जन्म लेते हैं, दोस्तोएव्स्की और टॉल्स्टॉय के उपन्यास यदि हमें आध्यात्मिक अनुभव के चरमोत्कर्ष तक ले जाने में समर्थ होते हैं, तो इसलिए कि उनमें ईश्वर के होने, न होने की संशय-पीड़ा सबसे अधिक मनुष्य को सालती है—क्या यह अजीब विडम्बना नहीं कि पिछले वर्षों से हमारा अधिकांश कथा-साहित्य उन प्रश्नों को अप्रासंगिक मानता रहा है, जिनके बिना स्वयं मनुष्य का 'मनुष्यत्व' एकांगी, अधूरा और बंजर पड़ा रहता है? यथार्थवाद के नाम पर हमने मनुष्य को उस 'यथार्थ' से विगलित कर दिया जो उसके जीवन और मृत्यु के प्रश्नों को अर्थ प्रदान करता है। जैनेन्द्र और अज्ञेय के उपन्यासों के बाहर शायद ही किसी लेखक ने मनुष्य की अस्तित्वगत विडम्बनाओं को अपने कथा-साहित्य में जगह देना ज़रूरी समझा हो।

यह चीज़ हमें एक दूसरे प्रश्न की ओर ले जाती है। साहित्य में जीवन का यथार्थ क्या वैसे ही प्रकट होता है, जैसा जीवन में? दैनिक जीवन में जो अनुभव हमें नितान्त मायावी, असंगत और अस्वाभाविक जान पड़ते हैं, साहित्य में वे एक आश्चर्यजनक अनिवार्यता और विश्वसनीयता प्राप्त कर लेते हैं। मार्क्सवादी आलोचक जॉर्ज लूकाच ने टॉमस मान के उपन्यासों की तुलना में काफ़्का की रचनाओं को ग़ैर-यथार्थवादी करार कर दिया था, किन्तु हंगरी पर रूसी सेनाओं के आक्रमण के बाद जब उन्हें रोमानिया के दूतावास में शरण लेनी पड़ी तो उन्हें लगा कि जो कुछ वह भोग रहे थे, वह कुछ इतना अतार्किक और एब्सर्ड था कि उन्हें पहली बार काफ़्का के उपन्यासों का यथार्थ उसके युग के लिए सबसे अधिक प्रासंगिक जान पड़ा। यहाँ प्रश्न यथार्थ को नकारने का नहीं है, उसे 'यथार्थवाद' के सींकचों से मुक्त करने का है, जिसके पिंजरे में हमारे आलोचकों ने उसे पंगु और अपाहिज़ बनाकर छोड़ दिया है।

'परती : परिकथा' में रेणु ने एक ऐसे अनोखे, असाधारण चरित्र का निर्माण किया है—भिम्मल मामा—जो ऊपर से एक गँवई-गाँव के 'विलेज इडियट' जान पड़ते हैं, लेकिन जिनके ऊल-जलूल से दिखनेवाले एकालाप में जीवन-सत्यों के जो अनमोल रत्न छिपे हैं, क्या वे कभी हमें सम्भ्रान्त व्यक्तियों की ड्राइंगरूम बहसों में मिल सकते हैं? एक छोटे हिन्दुस्तानी क़स्बे की विसंगतियों का बखान जो हमें विनोद कुमार शुक्ल के उपन्यासों में मिलता है, क्या वह उसी 'लघु' मानव की संवेदन-कथा नहीं है, जिसे आज तक हम मानव-मुक्ति के उदात्त आदर्शों की ओट में अनदेखा करते आए थे? यह एक साहित्यिक विडम्बना ही मानी जाएगी कि जो आलोचक असली 'भारतीयता' तथाकथित सामाजिक यथार्थवादी उपन्यासों में देखते आए थे, उनका कथ्यात्मक ढाँचा हमने यूँरोप के तथाकथित यथार्थवादी उपन्यासों से आयातित किया था...जबकि अमूर्त-सी दिखनेवाली रूपवादी रचनाएँ, जिन पर विदेशी प्रभाव का आरोप अक्सर लगाया जाता है। अक्सर भारतीय अनुभव के बीहड़पन को अधिक अन्तरंगता से अभिव्यक्त कर पाती हैं। यथार्थवाद की समूची बहस जो प्रेमचन्द की परम्परा के नाम पर पिछले पचास वर्षों से हिन्दी में चल रही है, क्या आज बिलकुल अप्रासंगिक नहीं हो गई है?

मैंने अभी 'भारतीयता' का ज़िक्र किया था। पिछले कुछ वर्षों में सहसा हिन्दी में और—मेरे ख़याल में—समूचे भारतीय साहित्यिक विमर्श में 'भारतीयता' के प्रश्न ने एक जीवन्त और ज्वलन्त बहस को जन्म दिया है। रचना की गुणवत्ता को आँकने के जो भी आलोचनात्मक निकष निरूपित किये जाते हैं, उनमें भारतीयता के मापदंड ने एक ऐसा केन्द्रीय महत्त्व प्राप्त कर लिया है, जो शायद पहले कभी न था। यह बात कुछ अजीब लग सकती है कि जब हमारे देश का आधुनिक साहित्यकार सच्चे अर्थों में अपने परम्परा-बोध और संस्कारों में 'भारतीय' था—बंगाल में रवि ठाकुर, मराठी में खांडेकर, तमिल में भारती,

हिन्दी में प्रसाद, प्रेमचन्द, निराला—तब 'भारतीयता' की चर्चा बहुत कम होती थी। यह शायद इसलिए कि जब लेखक सहज रूप से अपनी जड़ों से जुड़ा होता है, तो वह अलग से अपनी जातीय अस्मिता का ढिंढोरा नहीं पीटता। न ही वह तथाकथित 'अभारतीय' या ग़ैर-भारतीय तत्त्वों के काँटों को चुन-चुनकर अपनी साहित्य-वाटिका से हटाने-बुहारने का उपक्रम करता है। जो हमारे पूर्वजों के लिए अपेक्षाकृत महत्त्वहीन प्रश्न था, कैसे वह आज हमारे लिए सहसा इतना प्रासंगिक हो चुका है कि उसे हम कविता, कहानी, उपन्यास के मूल्यांकन में एक ऐसी कसौटी की तरह नहीं, एक लाठी की तरह इस्तेमाल करने लगते हैं, तो उसकी प्रामाणिकता पर सन्देह होना स्वाभाविक हो जाता है।

यह नहीं कि भारतीयता का प्रश्न गौण या ग़लत है...दो सौ वर्ष की औपनिवेशिक दासता ने जिन गहन स्तरों पर हमारी मानसिकता, वैचारिक स्वायत्तता, काल-बोध और जीवन-शैली को प्रभावित किया है, उसके कारण हम अपनी 'पहचान' के बारे में शंकालु हो गए हैं। हम जो कुछ हैं, उसे भूलकर कुछ और होने का प्रयास करते हैं...और यह उपक्रम संस्कृति के हर क्षेत्र में होता रहा है...विदेशी भाषा में दी गई शिक्षा-पद्धति में, कला के सौन्दर्य-बोध में, मूल्यांकन के मापदंडों में, जिसके कारण हमने उस जातीय चेतना को भी गँवा दिया है, जो हमें अपनी संस्कारगत परम्परा से प्राप्त थी। सही अर्थों में भारतीयता का प्रश्न एक लेखक और विचारक के लिए ही नहीं, बल्कि हर संवेदनशील भारतीय के लिए अपनी खोई हुई पहचान को ऐतिहासिक विस्मृति के कुहासे से निकालकर दिन के उजाले में लाना है, ताकि हम अपने 'चेहरे' को वैसा ही देख सकें, जैसा वह है...।

इस दृष्टि से असली अर्थों में भारतीयता की खोज कोई पुनरुत्थानवादी प्रयास न होकर स्वयं अपनी चेतना से विस्मृति की धूल पोंछने का प्रयास है। आधुनिक भारतीय कविता और उपन्यासों में 'रामायण', 'महाभारत'

की स्मृतियों, पौराणिक कथाओं और मिथकों का योगदान इतना महत्त्वपूर्ण है, क्योंकि ये एक संस्कृति के स्मृति-चिह्न हैं, जिनके सहारे एक लेखक अपने भीतर के अतीत को अपने वर्तमान से जोड़कर एक ऐसे पैटर्न में एकसूत्रित कर पाता है, जहाँ उसके विशृंखलित अनुभव एक तरह की अर्थवत्ता प्राप्त कर सकें। एक कवि और उपन्यासकार एक उपक्रम कोई सचेत रूप से नहीं करता, किन्तु उसके रचना-लोक के परिवेश में ये स्मृति चिह्न अदृश्य रूप से व्याप्त होते हैं। यह वह हवा है, जिसमें एक रचना साँस लेती है, किन्तु उसके प्रति सचेत नहीं होती। यदि आज हम अपनी 'भारतीयता' के प्रति अत्यधिक सचेत हो सकते हैं, तो इसलिए कि वह हमारी सृजन-चेतना के भीतर न रहकर हमसे दूर छिटक गई है। हम उसके अलगाव की विरह-वेदना में जीते हैं...और यह कोई बुरी चीज़ नहीं है। यदि साहित्य का क्षेत्र अनुभूति है, जैसा हमने ऊपर कहा था, तो परम्परा और स्मृति से अलगाव की वेदना भी इसी अनुभूति क्षेत्र का अंश है, जो हमारे साहित्य को विशिष्ट ढंग से 'भारतीय' बनाती है...।

सच बात तो यह है कि जिस क्षण कोई भारतीय लेखक अपनी भाषा में कविता या उपन्यास लिखने का निश्चय करता है, उस क्षण वह सहज रूप से ही अपनी परम्परा और जातीय स्मृति के मूल स्रोतों से सम्पृक्त हो जाता है। उसे अलग से अपनी भारतीयता का पासपोर्ट दिखाने की ज़रूरत नहीं पड़ती। हम अपनी कहानी, उपन्यास के लिए कितना ही आधुनिक अथवा वैश्विक विषय क्यों न चुनें, उसकी मांस-मज्जा में जिस 'लोक' का अवतरण होगा, उसमें भाषा में प्राचीनतम संस्कार अनुगुंजित होते रहेंगे। हम सोचते हैं कि शब्दों का चुनाव हम कर रहे हैं, जबकि शब्द अपनी सत्ता-मात्र से हमें एक ऐसे विशिष्ट संवेदन-तंत्र से जोड़ देते हैं, जिसकी 'लय' हमारे समूचे कल्पना-विधान को अनुप्राणित करती है। हम चाहे किसी देश या काल में लेखकों के कृतित्व से प्रेरणा प्राप्त करें, अपनी भाषा में उनका 'प्रभाव' अवतरित

होते ही एक तरह का कायाकल्प कर देता है—निराला के भीतर कितने प्रभाव गुम्फित हैं—उनमें तुलसीदास वैसे ही मौजूद हैं, जैसे रवि ठाकुर और रामकृष्ण परमहंस, इंग्लैंड के रोमांटिक कवि और अवध की लोकगाथाएँ—किन्तु जिस सम्मिश्रण से निराला की काव्यधारा फूटती है, उसका रस और रूप का आधार केवल उनकी कविता में ही हो सकता है। विदेशी प्रभावों से आतंकित हमारे आलोचक हैं, हिन्दी लेखकों और कवियों ने कहीं किसी ओर से अपने कपाट बन्द नहीं किये। जिस लेखक की जड़ें अपनी भाषा में हैं, वह सब दिशाओं से आनेवाली हवाओं का स्वागत करता है। हिन्दी साहित्य में विदेशी प्रभाव का प्रश्न मेरे विचार में एक अप्रासंगिक प्रश्न है, जिसे हम जितना जल्दी छोड़ें, उतना ही हमारे स्वास्थ्य के लिए अच्छा है।

मैंने यहाँ भाषा का प्रश्न इसलिए भी स्पर्श करना ज़रूरी समझा क्योंकि वह केवल साहित्य-सृजन का ही प्रश्न नहीं है—वह हमारी समूची सांस्कृतिक मनीषा के साथ जुड़ा है। क्या इस मनीषा की महीन बुनावट किसी भाषा में परिलक्षित हो सकती है, जिसमें हमारे भारतीय संस्कार और स्मृतियों का निपट अभाव है? यदि स्वतंत्रता के पचास वर्षों बाद विदेशी प्रभावों का प्रश्न अचानक इतना प्रासंगिक हो गया है तो इसका कारण हमारे शिक्षा-संस्थानों, संचार-साधनों, सांस्कृतिक संस्थाओं पर बढ़ता हुआ अंग्रेज़ी भाषा का प्रभुत्व है, जिसकी हमने कभी कल्पना नहीं की थी। इससे अधिक विडम्बनाजनक स्थिति क्या होगी कि आज पश्चिमी देशों में केवल अंग्रेज़ी में रची भारतीय लेखकों की रचनाएँ भारतीय साहित्य का प्रतिनिधित्व करने लगी हैं, जबकि स्वयं भारतीय भाषाओं का साहित्य महज़ 'क्षेत्रीय' बनकर रह गया है। यह नहीं कि अंग्रेज़ी भाषा में उत्कृष्ट उपन्यास या कविताएँ नहीं लिखी जा सकतीं, किन्तु उनकी 'उत्कृष्टता' की सही जाँच तभी हो सकती है, जब उनका आकलन समूचे भारतीय साहित्य के प्ररिप्रेक्ष्य में किया जा सके।

अंग्रेज़ी में अनूदित भारतीय कविताओं और उपन्यासों के आधार पर यह आकलन असम्भव है क्योंकि अनुवाद की प्रक्रिया में जिस चीज़ को तात्कालिक ठेस पहुँचती है, वह किसी रचना की भाषागत विशिष्टता है, जिसके भीतर से उसकी अपनी आत्मा की आवाज़ ध्वनित होती है। अंग्रेज़ी अनुवाद में रेणु दोयम दर्जे के विक्रम सेठ ही दिखाई देंगे।

यदि अपने इस वक्तव्य में मैंने भाषा के महत्त्व को इतने विस्तार से रेखांकित करना ज़रूरी समझा तो इसलिए कि पिछले वर्षों में हम लेखकों ने स्वयं उसके प्रति एक अजीब उदासीन-सा रवैया अपना लिया है, मानो भाषा पर बात करना एक रूपवादी, कलावादी शग़ल हो, जबकि सृजन का समूचा व्यापार भाषा के भीतर ही होता है। पिछले दशकों में हम लेखकों की प्रतिबद्धता पर धुआँधार बहसें करते रहे हैं—समाज के प्रति, किसी दल-विशेष के प्रति, विचारधारा के प्रति—किन्तु उसके बारे में अक्सर चुप्पी साध लेते हैं, जो शून्य के भीतर से लेखक का रचना-संसार निर्मित करती है—भाषा के प्रति प्रतिबद्धता, जिसमें रचना का सत्य और सौन्दर्य अन्तर्निहित है। यह सत्य यद्यपि किसी विशेष नीतिशास्त्र, फ़लसफ़े या धार्मिक दृष्टिकोण से उत्पन्न नहीं होता, किन्तु एक साहित्यिक कृति में इन सबके तत्त्व अदृश्य रूप से विराजमान रहते हैं। वह भले ही मनुष्य के किसी एक विशेष पक्ष या अनुभव-खंड को व्यक्त करती हो, किन्तु उसमें मनुष्य के समूचे अस्तित्व का पुंजीभूत रहस्य उजागर हो जाता है। एक कविता और कहानी भाषा का वह मोनोलॉग, एकालाप है जो वह अपने संसार से करती है, किन्तु उसमें हर पाठक का संसार वाणी पा लेता है। लेखक महज़ एक माध्यम है—भाषा के इस मोनोलॉग को अपनी रचना में दर्ज करने का, जिसे वह एक ईव्स ड्रॉपर की तरह दरवाज़े के पीछे से सुनता है।

इससे एक लेखक की ज़िम्मेवारी दुहरी हो जाती है—न केवल भाषा के प्रति, बल्कि अपने प्रति भी। एक मीडियम या माध्यम के तौर

पर वह जितना अपने अहं के पूर्वग्रहों से मुक्त होगा, उतना ही रचना का सत्य बिना किन्हीं मतवादी आग्रहों से दूषित हुए अपनी नग्न उज्ज्वलता और पवित्रता के साथ प्रकट हो सकेगा। हर व्यक्ति के अनुभव-सत्य को दर्शाने के लिए स्वयं लेखक को अपनी कविता-कहानी में निर्वैयक्तिक होना पड़ता है। इस दृष्टि से एक लेखक और संन्यासी के बीच भेद बहुत कम रह जाता है—दोनों को अपनी साधना का फल प्राप्त करने के लिए अपने अहं के दुराग्रहों से मुक्त होना पड़ता है। अपने युग के प्रति लेखक की प्रासंगिकता इससे सिद्ध नहीं होती कि वह किन तात्कालिक विचारधाराओं को अपनी रचनाओं में व्यक्त करता है, किन दलित दलों के हितों का डंका बजाता है, बल्कि इसमें निहित होती है कि किस हद तक वह अपने भीतर की दमित वर्जनाओं से मुक्ति पाकर जीवन के उन सार्वभौमिक सत्यों को उजागर कर सके, जो हर समय और समाज के सन्दर्भ में प्रासंगिक होते हैं। यह एक विचित्र विरोधाभास ही माना जाएगा कि हम बाहर से आरोपित प्रतिबद्धताओं से मुक्ति पाकर ही अपने साहित्यिक दायित्व को निभा पाते हैं। चेख़ॅव ने एक बार अपने मित्र को पत्र लिखते हुए कहा था, कैसे उन्होंने भीतर दबी ग़ुलामी को बूँद-बूँद निचोड़कर बाहर निकाला था और एक दिन अचानक पाया था कि उनकी धमनियों में ग़ुलाम का रक्त नहीं, स्वाधीन चेतना का अहसास प्रवाहित हो रहा है। शायद यह साहित्य का सबसे शाश्वत प्रासंगिक सत्य है कि अपने युग और समाज की असली आन्तरिक आकांक्षाओं को केवल वे ही साहित्यिक कृतियाँ अभिव्यक्त करने की क्षमता प्राप्त करती हैं, जिनमें लेख़क की स्वाधीन चेतना सबसे अधिक सजग रूप से क्रियाशील रहती है।

आज जिस लेखक की स्मृति में मुझे यह व्याख्यान देने के लिए आपने कृपापूर्वक आमंत्रित किया है, मेरे विचार में वह इस स्वाधीन चेतना के सबसे श्रेष्ठ संवाहक थे। अज्ञेय ने वैचारिक स्वतंत्रता की आधारभूमि

पर अपनी समूची सृजन-यात्रा सम्पन्न की थी। यह मात्र संयोग नहीं है कि आधुनिक हिन्दी कथा-साहित्य में उन्होंने शेखर जैसे नायक का निर्माण किया था, जो स्वाधीन व्यक्तित्व का सबसे सशक्त प्रतिनिधि प्रतीक बनकर उपस्थित हुआ था। मेरी पीढ़ी के लेखकों-पाठकों को यदि उस उपन्यास ने इतने गहनतम स्तरों पर आलोड़ित किया था, तो इसलिए कि उसमें पहली बार एक व्यक्ति के आत्मसंघर्ष में स्वतंत्रता का मूल्य इतने सजीव और सार्थक ढंग से अपनी प्रासंगिकता ग्रहण कर सका था—एक ऐसा मूल्य, जो व्यक्ति-चेतना के विकास में एक प्राथमिक शर्त के रूप में प्रतिष्ठित हुआ था। भारतीय समाज में राजनीतिक स्वतंत्रता की बात अवश्य की जाती थी, किन्तु यह स्वतंत्रता अपने में कितनी कमज़ोर और एकांगी होती, यदि व्यक्ति अपने चिन्तन, विवेक और सृजन में स्वाधीन नहीं होता। इस तथ्य को अज्ञेय ने जिस प्रकर्षता से रेखांकित किया, उससे पहले शायद किसी और लेखक ने नहीं किया था। साहित्य की समस्त प्रासंगिकताएँ अन्ततः व्यक्ति की स्वाधीनता में आकर चुक जाती हैं, क्योंकि उसके सन्दर्भ में ही हर विचार और विचारधारा को आँका-तौला जा सकता है।

जिस क्षण हम मर्मान्तक दासता का जुआ अपने से छुड़ाकर फेंक देते हैं, हम दुनिया को नई निगाहों से देखने लगते हैं। तब हमें लगता है, समाज, मनुष्य और प्रकृति पर से बहुत-से पर्दे एकाएक उतर गए हैं। जीवन का यथार्थ और दुनिया की असलियत अब उतनी सीधी और सपाट नहीं जान पड़ती, जैसा अख़बारों की सुर्ख़ियों, टी.वी. के स्क्रीन और समाजकर्मियों तथा राजनीतिज्ञों के घोषणापत्रों में दिखाई देती है। सब चीज़ें, बाहर का जगत् और भीतर की दुनिया, एक साथ साफ़ और पारदर्शी भी जान पड़ते हैं और रहस्यमय और जटिल भी। साफ़ इसलिए कि वे अब किसी मानवीय आदर्श, राजनीतिक आइडियोलॉजी या आध्यात्मिक दर्शन की आड़ में न होकर सीधे सामना करते दिखाई

देते हैं—नंगे, बीभत्स, लोमहर्षक, अलौकिक एक साथ, जैसे हम अपने को दुनिया के बीच पहली बार देख रहे हों और जटिल इसलिए कि अब उनकी अर्थवत्ता किसी एक सूक्ति या सिद्धान्त में 'रिड्यूस' नहीं की जा सकती। जब यथार्थ का विराट कुरुक्षेत्र सामने खुलता है तो उसके सम्मुख हर लेखक एक साथ विमूढ़ित भी हो जाता है और सम्मोहित भी, किन्तु अब कोई कृष्ण उसके ज्ञानचक्षु खोलने नहीं आता, उसे स्वयं छायाओं-प्रतिच्छायाओं के चक्रव्यूह के बीच अपने गन्तव्य की राह खोजनी पड़ती है, अन्तर्विरोधी अनुभवों की विभीषिका के बीच एक ऐसी वैकल्पिक सृष्टि की रचना करनी पड़ती है, जहाँ हर अनुभव का सत्य अपनी उचित जगह पा सके।

इस दृष्टि से कला का इतिहास विज्ञान अथवा समाजशास्त्र-जैसे क्षेत्रों से बहुत अलग होता है। प्रकृति के बारे में आइंस्टाइन द्वारा निरूपित सत्य न्यूटन के सिद्धान्तों को अप्रासंगिक बना सकते हैं, किसी कलाकृति का सत्य काल-परिवर्तन के साथ झूठा नहीं पड़ जाता, वह उत्तरोत्तर अपने नये अर्थ खोलता जाता है। कला का सत्य इतिहास के खूँटों से नहीं बँधा होता, न ही वह सामाजिक परिवर्तनों द्वारा परिभाषित किया जा सकता है। प्रेमचन्द के किसान आज आपको भारतीय गाँवों में नहीं मिलेंगे, न ही वे गाँव मिलेंगे जो हमें उनके उपन्यासों में मिलते हैं, किन्तु क्या इससे उनकी कहानियाँ, उपन्यास हमारे लिए अप्रासंगिक हो गए हैं? जगह-जगह पर थोड़े 'डेटेड' ज़रूर दिखाई देते हैं, किन्तु अनुभूति के जिन स्तरों पर उनके पात्रों के नैतिक अन्तर्द्वंद्व घटित होते हैं, वे आज भी हमें उतना ही प्रामाणिक जान पड़ते हैं, जितना उनके युग के पाठकों को जान पड़ते होंगे। कलाकृति की प्रासंगिकता स्वयं उसके भीतर की अन्तर्निहित प्रवृत्ति में वास करती है, बाहर की घटनाओं और परिस्थितियों पर निर्भर नहीं करती। उन घटनाओं की व्याख्या करनेवाली विचारधाराएँ और आलोचनात्मक मानदंड हमारे समय में अप्रासंगिक बन सकते हैं,

कला का अन्तर्निहित सत्य नहीं। यदि वह 'सत्य' इतिहास की बैसाखियों पर चलता है, तो कभी भी झूठा पड़ सकता है। जिस इतिहास ने उसे गौरवान्वित किया था, उसी के झूठ में विलुप्त हो जाता है। आज उन सैकड़ों उपन्यासों को कौन याद रखता है, जिन्हें सोवियत शासन सत्ता ने प्रगतिशील और यथार्थवादी मानकर सम्मानित किया था? किन्तु प्लेंटनोव के उपन्यास, अन्ना आख़्मातोवा की कविताएँ, पास्तरनाक का जिवागो, जिन्हें सोवियत समाज के लिए अप्रासंगिक मानकर उपेक्षित किया जाता था, आज भी जीवित हैं, जबकि वह समाज हमेशा के लिए लुप्त हो चुका है। इससे कम-से-कम यह भ्रम तो दूर हो जाना चाहिए कि साहित्य की स्वायत्तता का मतलब 'असामाजिक' होना है। सच्चाई इसके बिलकुल उलटी है। जिस हद तक कोई कविता या उपन्यास अपने अन्तर्निहित सत्य के भीतर स्वायत्त होगा, उस हद तक वह अपने समय के लिए प्रासंगिक भी होगा। चेख़ॅव ने जो बात अपने बारे में कही थी, वह साहित्य पर कहीं ज़्यादा लागू होती है। उसे अपने भीतर की पराधीनता को बूँद-बूँद निचोड़कर बाहर निकालना होगा, ताकि उसकी स्वतंत्र आवाज़ इतिहास की रेल-पेल और कोलाहल में साफ़-साफ़ सुनाई दे सके।

# कला का सत्य

पहले तो मैं यह स्वीकार करना चाहूँगा कि बहुत ही अनिच्छा से मैंने यहाँ आने का निमंत्रण स्वीकार किया। इसके पीछे यह नहीं कि 'कथाक्रम' के बारे में मेरी कोई ग़लत या बुरी धारणा थी, बल्कि पिछले कुछ वर्षों से कहानी, कविता या साहित्य पर कम-से-कम हिन्दी साहित्यकारों के रवैयों के प्रति मेरे मन में दुर्भाग्यवश एक गहरी विरक्ति का भाव था जो दूर हो गया। आज मैं सोचता हूँ कि यह मेरे लिए ईमानदारी नहीं होगी—ईमानदार बात नहीं होगी—अगर ये कन्फ़ेशन—यह स्वीकृति मैं आपके सामने खुले ढंग से न रखूँ। इस विरक्ति का कारण क्या है?

मैं ख़ुद एक ज़माने में बहसों में सक्रिय रूप से हिस्सा लिया करता था। मुझे इससे रोशनी मिलती थी। बहुत कुछ मैं जो आज हूँ, मुझे उन मित्रों से मिला है जिन्होंने मुझे कॉलेज के हॉस्टल्स में, मेरे कमरे में या अपने कमरों में, कॉफी हाउस की मंडलियों में अप्रत्याशित रूप से बिना किसी बोझ और बिना किसी दार्शनिकता का लबादा ओढ़े सहज,

स्पष्ट रूप से बुद्धि और तर्क की चमत्कारिक शक्तियों से साक्षात् कराया था। मैं समझता हूँ कि मनुष्य जो बनता है, वह बहुत कुछ न केवल अपनी किताबों से बनता है जो कि वह पढ़ता है, बल्कि अपने उस परिवेश की समृद्धता से, उस उत्तेजना से उसका भाव-बोध विकसित होता है, परिष्कृत होता है जिसमें वह रहता है। उसका विकास सतत् इस आसपास के वायुमंडल की ताज़गी और स्फूर्ति ग्रहण करता हुआ आगे बढ़ता है। मुझे लगता है कि ये पोषित करनेवाली जो ऊर्जा थी हमारे साहित्य में, वह आज एक मरुस्थल में बदल गई है। चाहे हम क्रान्ति, इन्कलाब, दलितों, महिलाओं के बारे में कितनी बातें करें, हमें संकोच होता है कि हम साहित्य के बारे में बात करें। किसी तरह से हम अपनी उन उत्तेजनाओं को जो स्वाभाविक रूप से दिन-रात हमें परेशान किये रहती हैं—संजीव भाई ने कहा कि जिस नरक में हम रहते हैं—इन सब चीज़ों को ध्यान में रखते हुए मैं यह कह रहा हूँ पूरी ज़िम्मेदारी के साथ कि हमारी कोशिश होती है कि हम सब समस्याओं के बारे में बात करते हैं जिसके बारे में राजनीतिज्ञ करते हैं, पत्रकार करते हैं। लेकिन साहित्यकार की हैसियत से ख़ुद अपने भविष्य के बारे अपने भविष्य के बारे में हम एक शब्द भी कहना पसन्द नहीं करते हैं, सार्थक शब्द।

अगर मुझे दलितों के बारे में ही सुनना है तो मैं एक किसी सेमिनार में जाऊँगा जहाँ इन समाजशास्त्रीय समस्याओं के बारे में बहुत सुन्दर और बड़े विचारवान पर्चे पढ़े जाते हैं, मैं उनसे कहीं ज़्यादा ग्रहण करूँगा। अगर मुझे यह सारा ज्ञान जिसके बारे में इतनी बातें, इतने सिद्धान्त, इतना आक्रोश, इतनी संवेदनाएँ प्रदर्शित की जाती हैं, अगर मैं इनसे सहमत होता हूँ और इनका उपचार इनका कारण जानने के लिए मुझे अन्य स्रोतों से कहीं ज़्यादा प्रामाणिक शोध आधारित सामग्री मिल सकती है तो मैं एक साहित्यिक चर्चा में जाकर जहाँ कहानी पर, कविता पर बहस हो रही है, वहाँ मुझे इन विषयों में सेकेंड हैंड इन्फ़ॉर्मेशन लेने की कोई उत्सुकता नहीं।

फिर आप पूछेंगे कि क्या कारण है, हम साहित्य के पास क्यों जाते हैं? मैं आपसे यही पूछना चाहता हूँ कि आज अगर आप शाम कुछ देर अवकाश के क्षणों में इस प्रश्न का उत्तर अपने से माँगिए कि मैं निराला की कविता को पढ़ने क्यों जाता हूँ हालाँकि मैंने उसे पचास बार पढ़ रखा है, क्यों हर बार मुझे उसमें एक नये तरह का आनन्द मिलता है? उन शब्दों के संयोजन से, जिनका अर्थ कभी भी समाप्त नहीं होता, जब मैं आनन्द शब्द इस्तेमाल कर रहा हूँ तो सतर्क रहिए, मैं कोई बहुत एक भोगविलास के साधन के रूप में नहीं बल्कि जो एक उन्मेष होता है, जब हम अपने भीतर की सारगत भावनाओं से हटकर एक नये प्रकाश स्थल में प्रविष्ट करते हैं, हर महान कविता व महान कहानी हमें एक रूढ़िगत विश्वासों से हटाकर नये सत्यों के आलोक में लाने के लिए उत्प्रेरित करती है। यह सत्य क्या है? क्या यह समाजशास्त्री के सत्य हैं? शायद इसका एक उत्तर है कि हम एक दूसरे यथार्थ से साक्षात् करते हैं जो कला का अपना यथार्थ है। हम एक ऐसे सत्य से साक्षात् करते हैं जो सत्य हमें न फ़िलॉसफ़ी दे सकता है, न धर्मशास्त्र दे सकता है, न राजनीति दे सकती है। जिस दिन हम समझ लेंगे कि 'देयर इज़ नो सब्स्टीट्यूट फॉर लिटरेरी ट्रुथ', उस दिन हमें साहित्य की अनिवार्यता का पता चलेगा। क्योंकि जब तक साहित्य के सब्स्टीट्यूट हमें मिलते रहेंगे, हमें साहित्य हमेशा एक गौण स्थिति में, एक सेकेंडरी पोज़ीशन में पड़ी हुई चीज़ जान पड़ेगा। हम साहित्य को एक अनुचर के रूप में, एक परजीवी के रूप में देखते हैं, चाहे हम यह कहते नहीं हैं लेकिन हमारे अवचेतन में यह बात रहती है कि साहित्य को अमुक और अमुक और अमुक काम करना चाहिए और यह बात हमारे यहाँ लगभग सभी वक्ताओं ने कही है। उनके मन में एक बार भी यह विश्वास नहीं आता कि जो माँग वे साहित्य से कर रहे हैं, हो सकता है कि साहित्य की उसमें कोई दिलचस्पी न हो! हो सकता है कि साहित्य अपनी भाषा में

जिस सत्य की तलाश कर रहा है, आप उसे अनसुना करके उस सत्य को सुनना चाहते हैं जिसका साहित्य से कोई लेना-देना नहीं है।

19वीं शताब्दी में एक क्रान्तिकारी लेखक हुए हैं—पेस्कोव नाम था उनका। वेलेंस्की के समकालीन थे। बड़े ही उत्साही नवयुवक चिन्तक थे और जब मैं आज के भाषण सुन रहा था तो मुझे उनका एक वाक्य याद आया। उन्होंने कहा और बिलकुल ठीक कहा है कि शेक्सपियर के नाटक एक मोची के काम से कहीं किसी भी दृष्टि में बदतर हैं। एक मोची का काम एक शेक्सपियर के पचासों नाटकों से कहीं ज़्यादा उपयोगी है क्योंकि कम-से-कम उसके जूतों से ठिठुरते हुए पाँवों को तो ढका जा सकता है। शेक्सपियर के नाटकों से तो कुछ भी नहीं किया जा सकता और इसमें कोई भी ग़लती नहीं। अगर साहित्य के बारे में हमारे यूटीलिटेरियन एटीट्यूड, अगर यही रुख़ है कि साहित्य पढ़कर हमें कुछ मिलना चाहिए, तो यही साहित्य के प्रति सबसे ज़्यादा व्यावसायिक एटीट्यूड है; कि पढ़ूँ और उससे कुछ प्राप्त कर लूँ और न प्राप्त कर सकूँ तो निरर्थक है। और क्योंकि साहित्य न हमें जूते दे सकता है, न दवा दे सकता है, न अस्पताल ले जा सकता है, न हमारी पचासों पीड़ाओं को दूर कर सकता है तो मैं आज आपसे पूछता हूँ कि भारत जैसे देश में, जहाँ हम सचमुच ही अनेक वंचनाओं और यातनाओं के बीच में रहते हैं, क्या साहित्य हमारे लिए भोग-विलास की वस्तु नहीं है? आख़िर आज हमारे निराला, मुक्तिबोध, प्रसाद, अज्ञेय व उससे भी पीछे चले जाइए, तुलसीदास, कालिदास—ये सब, इनसे हमारा कोई लेना-देना नहीं क्योंकि इनसे हमें कुछ मिलता नहीं। लेकिन ज़ाहिर है कि आज जब मैं यह बात कहूँगा तो आपके मन में शंका होगी कि नहीं, ऐसा तो नहीं है। फिर आपको उत्तर देना होगा कि फिर हमें क्या मिलता है? फिर क्या कारण है कि दो हज़ार वर्ष से, हज़ार वर्ष पहले लिखे हुए महाकाव्य 'रामायण' और 'महाभारत', जहाँ रेणु के उपन्यास

और प्रेमचन्द के उपन्यास आज भी हमें रस, आनन्द और आलोक देते हैं, उनका 'यथार्थ' क्या वह कोई और यथार्थ है? जो इस ऐतिहासिक यथार्थ के परिवर्तनों को छलकाता ज़रूर है, उसे परिलक्षित ज़रूर करता है लेकिन उसका परजीवी नहीं है। वह ऐतिहासिक यथार्थ के तत्त्वों को ग्रहण करता हुआ भी एक अपनी स्वायत्त, अगर आपको स्वायत्त शब्द से आपत्ति है तो आप कहिए, एक अपनी निजी, प्रामाणिक ज़िन्दगी की असलियत सृजित करता है, जो सामाजिक परिवर्तनों के बावजूद हमें—केवल हमें नहीं बल्कि हमारे समाज की हरेक पीढ़ी को नये सन्दर्भों में नया सत्य देते रहता है। शेक्सपियर के नाटक ठिठुरते पाँवों को गरमाई न दे सकें लेकिन ठिठुरती हुई आत्मा को ज़रूर ऊष्मा देते हैं। बाइबल का एक बहुत सुन्दर वाक्य है : 'मैन डजंट लिव बाई ब्रेड एलोन' (मनुष्य सिर्फ़ रोटी के लिए नहीं जीता)। पूरे मनुष्यत्व की जो छवि और जो परिकल्पना हमारे मन में है, उसमें जब सब चीज़ों की आवश्यकताओं की पूर्ति हो जाती है, जब हमें सब मिल जाता है—धन, कपड़े, मकान, रोटी, तो भी यह क्या अन्दर का वीरानापन है, अकेलापन है, या क्या कहें, एक तृष्णा है जो तब भी बची रहती है? इस तृष्णा को न तो धार्मिक विश्वास, न ही कोई आइडियोलॉजी, यूटोपिया, और न ही कोई अतीत में बसनेवाला स्वर्णयुग हमें सान्त्वना दे पाता। बल्कि इन सब युगों और इन सब काल-खंडों में होता हुआ मनुष्य के जिए हुए का एक सम्पूर्ण अनुभव, जिसका निचोड़ अलग-अलग रूपों में अलग-अलग स्तरों पर नाटकों, कविताओं, उपन्यासों में प्रतिध्वनित होता है, वह हमें ख़ुद अपने जीवन के अँधेरे में अपने सत्य को टटोलने की राह बताता है।

जब मैं कहता हूँ कि साहित्य को परजीवी नहीं होना चाहिए और कहता हूँ कि साहित्य का अपना सत्य होना चाहिए तो इसका क्या मतलब है? हम कहते हैं कि जैनेन्द्र गांधीवादी लेखक थे और गांधी-दर्शन को हम जैनेन्द्र के उपन्यासों में पाना चाहते हैं; जबकि हमें विश्वास नहीं होता

कि गांधी का दर्शन, जैनेन्द्र के उपन्यासों में नहीं आता, पर उनके कथा-शिल्प में आता है। अगर जैनेन्द्र के शुरू के उपन्यास और कहानियाँ देख लें तो लगता है कि जैसे वे अपने गद्य में चरखा कात रहे हैं। सीधी, सपाट और अप्रत्याशित रूप से अजीब सरल भाषा लेकिन बहुत जटिल, जटिल अर्थों में गुँथी हुई। 'त्यागपत्र' की भाषा देखिए, उसकी संक्षिप्तता देखिए, उसकी ओस्टरिटी देखिए। सौ पन्नों के उपन्यास में उन्होंने किस तरह का यथार्थ और इसमें भी किस तरह के मध्यवर्गीय जीवन का यथार्थ आया! हमें कभी नहीं सोचना चाहिए लेखकों को लेकर कि वे मार्क्सवादी हैं या गांधीवादी। क्योंकि तभी उन लेखकों को सेकेंड क्लास दर्जा दे देते हैं कि उन्हें इस दर्शन से, उस सिद्धान्त से, उस आइडियोलॉजी से कुछ प्राप्त किया है, जो इनका अपना सत्य नहीं है। जबकि होना उलटा चाहिए। होना यह चाहिए कि समाज के सदस्य लेखक से एक ऐसा सत्य प्राप्त कर सकें जो ख़ुद उन्हें अपने समाज और अपने समय को समझने के लिए एक अन्तर्दृष्टि दे और हर महान उपन्यासकार यही करता है। यदि हम दोस्तोएव्स्की का उपन्यास पढ़ें जो 'पोपेस्ड डेविल्स' के नाम से भी जाना जाता है। वह 19वीं शताब्दी में लिखा हुआ उपन्यास है। मैं उसकी डिटेल्स में नहीं जाऊँगा, मैं आपको एक छोटी-सी बात बताऊँगा। उन्होंने 19वीं शताब्दी में रूस के जिन क्रान्तिकारियों का चित्रण किया और उन क्रान्तिकारियों के भीतर जमी हुई अवसरवादिता, संकीर्णता, असहिष्णुता, और कहूँ पाशविकता का जो भयंकर चित्र उपस्थित किया है, वह सौ वर्ष बाद भी आपको सोवियत समाज के कौमिसार में देखने को मिलता है। यानी यहाँ एक लेखक थे जिन्होंने किसी का दर्शन और दृष्टि का आशय लिये बिना ख़ुद कला के धरातल पर अपने देश के आनेवाले भविष्य के होनेवाले समाज की विभीषिका को अपने उपन्यास में चित्रित किया था। यह अकारण नहीं था, स्तालिन के ज़माने में दोस्तोएव्स्की के किसी उपन्यास पर प्रतिबन्ध

लगाया जाता था तो वह यही उपन्यास था। क्योंकि उन्हें मालूम था कि उनकी सारी तसवीरें, सारी प्रतिच्छवियाँ इस उपन्यास के पात्रों में हूबहू दिखाई देती हैं। आपको एक और उदाहरण देता हूँ, रेणु का। रेणु की मृत्यु को हुए तो कुछ ही वर्ष हुए हैं। रेणु समाजवादी पार्टी के सदस्य थे, यह सभी जानते हैं। सोशलिस्ट पार्टी के सदस्य थे। और आप जानते हैं कि हर पार्टी की तरह सोशलिस्ट पार्टी की अपनी दृष्टि थी, अपने सिद्धान्त थे, अपनी आइडियोलॉजी थी लेकिन उनकी 'परती : परिकथा' और 'मैला आँचल' पढ़िए। उनकी कहानियाँ पढ़िए तो आप पाएँगे कि उन्होंने कितने सूक्ष्म ढंग से पार्टी सदस्यों के मोह-भंग की अन्दरूनी व्यवस्थाओं को दर्शाया था। मुझे दु:ख होता है कि इस परिचर्चा में रेणु का नाम कहीं नहीं आया क्योंकि अगर हमारे साहित्य में किसी एक लेखक ने रचना के स्तर पर इन पिछले पचास सालों में एक अभूतपूर्व सृजन किया है तो वह रेणु हैं और उनका 'मैला आँचल' और 'परती : परिकथा' पढ़ते हुए हमें केवल प्रेमचन्द के पात्रों की तरह किसान की भुखमरी और यातनाएँ ही नहीं दिखाई देतीं। और यहाँ आपसे क्षमा माँगते हुए मैं कहूँगा कि प्रेमचन्द काफ़ी पार्शियल रियलिटी के लेखक थे। वे दु:ख और अवसाद की बात तो बहुत सुन्दरता से करते थे लेकिन मनुष्य जो चौबीस घंटे बिताता है—एक किसान, एक आदिवासी—उसके जीवन के कितने और पक्ष होते हैं—लोकगीतों के, गानों के, नृत्य का, एक पूरा सैलाब जो कि उनकी भूख और उनकी यातना को एक तरह से सिरहाना देता है ताकि ये जीवन को बर्दाश्त कर सकें, सरवाइव कर सकें—वह हमें 'परती : परिकथा' में, 'मैला आँचल' में कितने काव्यात्मक ढंग से हमारे सामने दिखाई देता है! मेरा कहने का मतलब यह है कि मनुष्य को उसकी सम्पूर्ण छवि में देख पाने की चेष्टा आज के युग में बिना किसी समझौते के, बिना किसी विकृति के, बिना किसी अपने दुराग्रहों के या अपने विश्वासों को अपने तथा यथार्थ के बीच में लाए हुए केवल कला कर सकती है।

अगर कला का यह पानी मेरी प्यास को बुझाता है तो मैं निराला के पास जाऊँगा। अगर गन्दे नाले से पानी लेकर मेरी प्यास बुझ जाती है जो कि हमारे समाज के बीचोबीच बहता है—चाहे वह सिद्धान्तों का नाला हो, चाहे वह व्यवसाय का नाला हो, चाहे मास मीडिया का नाला हो, तो मुझे न निराला की ज़रूरत है, न अज्ञेय की ज़रूरत है।

अन्त में मैं यह निवेदन करूँगा कि साहित्यिक गोष्ठियाँ हों, लेकिन गोष्ठियाँ साहित्य के उन सवालों को लेकर हों जो साहित्य की आत्मा और मर्म से उत्पन्न होते हैं—उन सवालों से नहीं, जो कि बाहर से आयातित किये जाते हैं। सारी बहस को सुनते ही मुझे लगा कि साहित्य के भीतर की सबसे बड़ी बीमारी वह है जब इसमें 'फ़ॉरेन एलीमेंट्स' ऑपरेट करने लगते हैं। आपको मालूम है कि बीमारी में डॉक्टर कहते हैं कि बाहर से कोई फ़ॉरेन जर्म्स आपकी देह में आ गया है, उसे निकालना होगा। देखिए, ग़लत सवालों का तो उत्तर मिल सकता है क्योंकि कभी-न-कभी हम ग़लत सवालों का सच पा लेंगे लेकिन झूठे प्रश्नों का कभी अन्त नहीं होता और मेरी समझ में लेखक की प्रतिबद्धता, उसकी राजनीति 'पार्टनर की पॉलिटिक्स'—ये सब झूठे प्रश्न हैं। जिस दिन हम इन झूठे प्रश्नों से मुक्ति पाकर दुबारा से साहित्य के मर्म और सत्य की तरफ़ आएँगे तो फिर दुबारा हम उस समाज को एक ऐसी दृष्टि से देखेंगे जहाँ साहित्य एक मार्जिनल चीज़ नहीं रहेगा। आज आप रोते हैं, इतना बड़ा हिन्दी प्रदेश है, एक हज़ार से ज़्यादा नहीं बिकतीं। क्या हो गया है? यह हो गया है कि क्योंकि साहित्य एक 'मार्जिनलाइज़्ड एक्टीविटी' बन गया है। हम कहते हैं कि हमें ऐसा साहित्य लिखना चाहिए जिससे किसान, मज़दूर, छोटे लोग समझ सकें। जबकि समस्या बिलकुल उलटी है। समस्या यह है कि हमें इस तरह के समाज का निर्माण करना है जहाँ हर व्यक्ति निराला और मुक्तिबोध की दुरूह से दुरूह कविताओं का अर्थ समझ सके। आप साहित्य को समाज की 'लोयेस्ट नोमिनेटर' पर

लाकर अवमूल्यित करना चाहते हैं और इसके लिए हर तरह के बहाने, हर तरह के सिद्धान्त गढ़ते हैं। इसीलिए आज गम्भीर साहित्य की किताबें बाज़ार में पड़ी रहती हैं क्योंकि जिस संस्कार, जिस परम्परा-बोध, जिस भाषा के प्रति संवेदना से किताबों के साथ सार्थक रिश्ता बनता है उस रिश्ते के सब तार धीरे-धीरे टूटते जा रहे हैं। मैं आशा करता हूँ कि ऐसा भीषण समय नहीं आएगा जबकि ये तार बिलकुल छिन्न-भिन्न हो जाएँगे और लेखक और पाठक और उसके समाज के बीच का सम्बन्ध हमेशा के लिए समाप्त हो जाएगा।

['कथाक्रम'-97 के उद्‌घाटन के अवसर पर दिया गया वक्तव्य]

# उपन्यास की परती : परिकथा

आज थोड़ा आश्चर्य होता है कि वर्षों पहले नॉर्वे के शहर बर्गेन के एक पुराने उन्नीसवीं शती के मकान में घूमते हुए मुझे अचानक इलहाम (revelation) हुआ—उपन्यास की उत्पत्ति शायद ऐसे ही घरों की दीवारों के बीच हुई होगी।

भला क्यों? उसी मकान में क्यों? कहीं और क्यों नहीं? और तब पहली बार मेरे भीतर दो शब्द कौंधे, जिनके बिना यूरोपीय उपन्यास की परिकल्पना असम्भव है—व्यक्ति की प्राइवेसी।

बर्गेन के उस मकान में, जिसे म्यूज़ियम की तरह सँभालकर सुरक्षित रखा गया था, प्राइवेसी का निजी भेद हर कमरे के कोने से सिर निकालकर जैसे हमसे पूछता हो—तुम कौन हो जो यहाँ आत्मीय रिश्तों की हमारी दुनिया में दख़ल देने आए हो? हम चौंककर चारों तरफ़ देखते हैं, तो कोई जीवित प्राणी दिखाई नहीं देता—और तब हमें पता चलता है कि यह आवाज़ आदमी की नहीं, घर की दीवारों, फ़र्नीचर,

अलमारियों, किताबों की शेल्फ़ से बाहर आ रही है, जो अजीवित होते हुए भी आज इस घर के उतने ही जीवन्त निवासी हैं, जैसे वे जो कभी यहाँ रहते थे और आज मृत हैं। उपन्यास के परिवेश की प्राणवत्ता उतनी ही महत्त्वपूर्ण होती है जितनी उसके पात्रों की प्राइवेट स्पेस जिसमें वह 'प्राणवत्ता' स्पन्दित होती है।

उपन्यास सच्चे अर्थों में ऐतिहासिक विधा है। कथा का काल उसी में है। इंग्लैंड में जिस तरह कृषि का निजीकरण (enclosure) मेड़ लगाने के आन्दोलन से हुआ था, उसी तरह महाकाव्य के असीम विस्तार में फेंस लगाकर उसे व्यक्तिगत गाथाओं में विभाजित करने का ऐतिहासिक काम उपन्यास ने किया। सब पात्रों का जीवन एक-दूसरे से गुँथा हुआ भी है और हर व्यक्ति अपनी नियति का भोक्ता भी है। सब पात्र एक-दूसरे को पहचानते भी हैं, पर एक-दूसरे के भीतर प्रवेश का साहस नहीं कर पाते। ऐसे कितने घर हैं, जिनके अनेक कमरे बन्द पड़े रहते हैं। उपन्यास में वे पहली बार खुलते दिखाई देते हैं। भीतर जाकर देखते हैं, किसी ने दीवार पर नाख़ूनों से कोई गोपनीय सन्देश लिखा है। एक कोने में आँसुओं का चहबच्चा दुपहर की मलिन धूप में झिलमिला रहा है, कहीं एक 'आह' देह से निकलकर छत के जाले पर टँगी रह गई है, जबकि सन्ताप में तपती देह बहुत वर्ष पहले समय की खोह में लुप्त हो गई है।

उपन्यास के पात्र—क्या उन्हें उपन्यास के घर, छज्जों, छत से अलग करके देखा जा सकता है?

महाकाव्य के विस्तीर्ण विस्तार में सब कुछ खुला है—कुरुक्षेत्र का मैदान हो अथवा ट्रॉय का रणक्षेत्र, सब कुछ सबकी आँखों के सामने होता है। द्रौपदी सारे दरबार के बीच दु:शासन के हाथों द्वारा खिंचती हुई, घिसटती हुई चली आती है; हैक्टर मृत्यु का सामना करने से पूर्व नगर-निवासियों के सम्मुख पहले से ही एक भागते हुए शव की तरह

दिखाई देता है। उपन्यास में जो निजी, गोपनीय, वैयक्तिक है, महाकाव्य में वह एक विराट खन्दक की तरह खुल जाता है—वहाँ सहसा दीवारों का आत्मीय अलगाव ढह पाता है। वहाँ सब कुछ साझे में है, द्रौपदी के पाँच पतियों की तरह। यह नहीं कि वहाँ व्यक्ति की निजी व्यथाएँ और व्यर्थताएँ नहीं हैं, किन्तु वे बर्गेन के मकान की तरह बन्द दरवाज़ों के भीतर नहीं, वन-प्रान्तरों, धूसरित गाँवों के खुले आँगनों में एक साथ गूँजती सुनाई देती हैं।

यह वह जगह है—तीसरी दुनिया की एक अनोखी 'साइट'—जहाँ एक नई कथात्मक विधा जन्म लेती है। न तो महाकाव्य की तरह मानव जीवन के 'सम्पूर्ण सत्य' को दिखाने का दावा करती हुई, न उपन्यास की तरह व्यक्ति की खंडित छवियों के बीच किसी एक प्रामाणिक पोर्ट्रेट के स्वप्न का आखेट करती हुई।

एक अलग ज़मीन, जहाँ 'प्राइवेट' और 'सार्वजनिक' अलग-अलग न होकर, दो आमने-सामने लगे आईनों की तरह एक-दूसरे को प्रतिबिम्बित करते हैं। कितना अजीब है, तीसरी दुनिया के उपन्यासों की 'परती : परिकथा' मिथकीय महाकाव्य और यूरोपीय उपन्यास के बीच अपना 'आकार' ग्रहण करती है, महाकाव्य नहीं, फिर भी मिथकीय संस्कारों से अनुप्राणित; उपन्यास नहीं, फिर भी व्यक्तियों के अन्त:सम्बन्धों से बिंधी हुई...स्वायत्त होते हुए भी एक-दूसरे से बँधी हुई।

तीसरी दुनिया की 'दूसरी' दुनिया।

रेणु जिस आँख से दुनिया को देखते थे, उनके आँसू में वह डबडबाती हुई चमकती थी। हम जान नहीं पाते हैं कि वह दुनिया के आँसू हैं,

जो रेणु की आँखों में चमक रहे हैं या रेणु की आँख है, जिसमें दुनिया डबडबा रही है। आकाश में पक्षियों की पाँत हम खेतों पर देखते हैं—उड़ती छायाओं की धूमिल रेखा। हवा में लोकगीतों का उफनता ज्वार-गर्द, मांसल, मैला-जैसा गिरते हुए पानी के ऊपर धुआँ उठता है—सफ़ेद, फेनिल फुहार। क्या कारण है, हमें कुछ लेखकों के चित्र-बिम्ब याद रह जाते हैं, शेखर नहीं, मानसबल का वक्ष और रात? जमना का पुल और झाऊ की झाड़ियाँ, जिनके भीतर से शशि की प्रतीक्षारत आँखें, उनकी व्यथा और प्यास और धूसर आकांक्षा झलकती है। उपन्यास की दीवारों पर शब्दों के भित्तिचित्र स्कूल की कक्षा में बैठा हुआ मैं खिड़की से गूजर लड़की की भागती हुई नंगी टाँगों को देखा करता था, जो अज्ञेय की कहानी से उठकर स्कूल के पीछे फैले धूसर मैदान में दिखाई देती थीं। मैं लेखक से कैसे कहता कि उनसे मिलने से पहले मैंने उन्हें उनकी कहानी की बस में बैठे देखा था, जिसकी खिड़की से वह भागती हुई लड़की को देख रहे थे, जिसे मैंने अपने क्लास रूम की खिड़की से देखा था? देखना, देखना, देखना—हम शब्दों को पढ़ते हैं, उपन्यास हमें देखना सिखाता है।

हर साहित्यिक कृति अपने पीछे ख़ून की बूँदें छोड़ जाती है और हम वर्षों बाद एक डिटेक्टिव की तरह उनका पीछा करते हुए उस सत्य का सुराग पा लेते हैं, जो अपने घाव हमारे भीतर छोड़ गया था। जिस तरह भीतर के अनुभव-सत्य को हम बाहरी दुनिया के वस्तु-जगत् में अवतरित होते देखते हैं, वैसे ही बाहरी अनुभव की अँगुलियाँ कहीं भीतर के बाह्य तंत्र को झंकृत करती हैं—लाल लहँगे के धूल भरे टखनों तक उठते ही हमारे भीतर के दलदल से किसी अजीब लालसा का फूल सिर उठाता है...। कहानी का लेखक कब का मर चुका है...और वह लड़का भी, जिसने कभी सूनी दुपहर में उसे अज्ञेय की कहानी में देखा था, पर वह गूजर लड़की अब भी कहानी की धूप भरी दुपहर में खेतों के बीच भाग रही है...।

—

वासना का कितना विराट, सूखा मैदान फैला है—ख़ास हिन्दुस्तानी वासना का मैला आँचल, हवा में फहराता हुआ। यह एक तरह का 'माइन-फील्ड' है, जिस पर चलते हुए लगता है, कहीं भी विस्फोटन हो सकता है और हमारे परखचे उड़ सकते हैं। वह उपन्यास ही क्या, जिसके अन्तिम पृष्ठ पर पात्र उतने ही सधे-बँधे, साबुत दिखाई दें, जैसा आरम्भिक पृष्ठों में दिखाई देते हैं? वे वहीं हैं और नहीं भी हैं। वे अपने अस्तित्व के चरम छोर पर दिखाई देते हैं, जहाँ उनकी अन्तर्निहित सम्भावनाएँ फलीभूत होती हैं। हमारे यहाँ कुछ लोग किसी आदमी के मरने पर कहते हैं—वह पूरा हो गया। उपन्यास के पात्र अन्तिम पृष्ठ पर 'पूरे' नहीं होते, न मृत्यु ही उन्हें पूरा करती है। वे तब तक पूरे नहीं होते हैं जब तक उनकी अन्तर्निहित सम्भावनाएँ अन्तिम बूँद तक नहीं निचुड़ जातीं। उपन्यास के पन्नों पर, शब्दों के भीतर तुम वही बन पाते हो, जो तुमने खो दिया था, विस्मृत कर दिया था। 'तत् त्वम् असि'—तुम वह हो, जो पहले से ही थे। अपना असली स्वरूप पा लेना, यही कला में 'पूरा हो' जाना है। अन्ना कैरेनिना रेल के पहियों के बीच पूरी हुई थीं, इसलिए नहीं कि वे वहाँ मरी थीं, बल्कि इसलिए कि वहाँ वह अपनी समस्त सम्भावनाओं के भीतर पहली बार सम्पूर्ण रूप से 'जीवन्त' हुई थीं।

कितना अजीब है, एक कथात्मक विधा के आईने में अनुभव का 'साक्षात्' सीधा-सीधा वही नहीं होता, जैसा हम जीवन में भोगते हैं—सुख, दुःख, यातना, प्रवंचना, सम्मोहन, शर्म अपना वेश बदलकर कला के मंच पर अवतरित होते हैं। हम उन्हें पहचानकर भी ठीक से नहीं पहचान पाते। 'अरे, यह तो हमारा रमेश है, जो कर्ण का पार्ट कर रहा है!' हम विस्मय से कहते हैं, और दूसरे ही क्षण सन्देह में पड़ जाते हैं, क्या सचमुच यह रमेश है? उसके मुँह से निकला हुआ हर वाक्य उसके 'रमेश' होने को झुठलाता-सा प्रतीत होता है, पर वे उसके

'कर्ण' होने को भी प्रमाणित करता नहीं जान पड़ता, क्योंकि कर्ण की छवि सीधे-सीधे नहीं, रमेश के भीतर से छनकर आती है...। अगर वह न कर्ण है, न रमेश, तो कौन है?

वह हमारी पहचान के परे का अनुभव है—अनूठा, अलग, विलक्षण—कला का अद्भुत अनुभव, जिसका शब्दार्थ किसी भी शब्दकोश में मिलना असम्भव है किन्तु उसकी अदृश्य लिपि में वह पहले से लिखा जा चुका है। पहचान के परे होता हुआ भी हमारे भीतर अन्तर्निहित... इसीलिए हमें अपने जीवन का अधूरापन इतना त्रासदायी जान पड़ता है। हमें हमेशा लगता है कि हमारे भीतर कुछ है जो जिया नहीं गया, कोई सत्य जो ताले में बन्द है, और जिसकी चाभी कभी बहुत पहले हमने कहीं रखी थी, जिसे हम भूल गए। कलाकृति मोमबत्ती की वह लौ है, जिसके स्पर्श से उस गोपनीय लिपि की मुहर खुलती है, जिसमें उस चाभी का सुराग़ छिपा था—छूटे हुए 'सत्यों' का सुराग़। अद्भुत बात यह है, कला में ये सत्य हमेशा एक गहरी विपदा-भरी नियति का सन्देश लेकर आते हैं, जिनसे हम अब तक मुँह मोड़ते आए थे। हर सन्देश पर कहीं हैमलेट के मृत पिता की प्रेतछाया मँडराती रहती है, जो हमारे सारे सुख-सुविधा-भरे छलावों और आत्मछलनाओं को भेद देती है। हम अपने को जेठ महीने की चिलचिलाती धूप में बीच चौराहे पर खड़ा पाते हैं।

यह 'चौराहा' और कोई नहीं, वह कथ्यात्मक स्पेस है, जिस पर हर पात्र की नियति दूसरे के साथ गुँथी होती है—ज़रूरी नहीं, वे एक-दूसरे को जानते हों। समुद्र की लहरों की तरह वे एक-दूसरे से टकराकर विराट जनसमूह में विलीन हो जाते हैं। कल्प बीत जाते हैं, और युग-युगान्तर का कालचक्र निरन्तर घूमता रहता है। फिर सहसा एक दिन किसी व्यक्ति को लगता है, मैं यहाँ से गुज़रा था, इस आदमी को कहीं देखा था। क्या सोते हुए आदमी का स्वप्न वही था जो जागा हुआ व्यक्ति याद करता है? हर कथा का जन्म स्मृति की फुसफुसाहट

से होता है, शेषनाग पर लेटे हुए विष्णु जब तन्द्रिल आँखें खोलते हैं, तब 'शेष' का बचा हुआ भाग पूर्णता की लालसा में दुनिया में लौटता है...।

लौटना, याद करना, पूर्णता की प्यास में तपना—इन तत्त्वों से कथा की स्पेस निर्धारित होती है। अच्छे कथाकार अलग से अतीत का विवरण नहीं देते—वह स्वत: मनुष्य की कर्म-शृंखला में अनावृत होता जाता है। भारतीय परम्परा में जिस तरह प्राणी का जन्म 'साफ़ स्लेट' (Tabula rasa) से शुरू नहीं होता, उस पर निरन्तर पुराने कर्मों की छाया पड़ती रहती है, उसी तरह कथा की स्पेस कोरे पन्ने से शुरू नहीं होती। प्रूस्त जब अपने विराट उपन्यास का अन्तिम प्रारूप लिखते हैं, तब उनकी कथा का पहला शब्द लिखा जाता है, मानो सारा उपन्यास लिखने की तैयारी हो! वह जब नाटक का रिहर्सल कर रहे होते हैं, हम रिहर्सल में नाटक देख रहे होते हैं जो समाप्त हो चुका होता है। पन्ने की सीमान्त स्पेस पर कथा की तहें परत-दर-परत खुलती जाती हैं।

मैंने ऊपर 'चौराहे' का ज़िक्र किया था। चौराहे की विशेषता यह थी कि वहाँ से अनेक रास्ते अलग-अलग दिशाओं में जाते हैं। हर दिशा का अपना सत्य है। हमारे जीवन की दु:खद बाध्यता यह है कि हमें अपने जीवनकाल में एक दिशा चुननी पड़ती है...बाक़ी रास्ते छोड़ देने पड़ते हैं। अमेरिकी कवि रॉबर्ट फ्रॉस्ट ने अपनी एक प्रसिद्ध कविता 'Road Not Taken' का इस सम्बन्ध में बहुत मार्मिक विवरण दिया है। जीवन में हम एक राह चुनकर बाक़ी विकल्पों से मुँह मोड़ लेते हैं...किन्तु वे वहाँ हैं; हमारे जीवन के अंडरग्राउंड अँधेरे में उनकी प्रेतछायाएँ उतनी ही जीवित हैं, जितनी दिन की रोशनी में चमकते वे 'स्टेशन' जो हमारी राह में आते हैं। उपन्यास के यथार्थ और यथार्थ जीवन के बीच यह एक भारी अन्तर है। उपन्यास में छूटे हुए रास्तों की विरह-वेदना उतनी ही तीव्र होती है जितना जिए हुए अनुभवों की सघन सान्द्रता। चौराहे पर लगे स्क्रीन पर दोनों ही दिखाई देते हैं—न किये का पश्चात्ताप उतना

ही गहरा, जितना किये हुए कर्मों की बीहड़ और बदहवास चेतना। यह नहीं कि असली जीवन में ऐसा नहीं होता, किन्तु वहाँ अघटित जीवन को अपने 'न होने' को व्यक्त करने का अवकाश नहीं मिल पाता, जो कलाकृति में व्याप्त रहता है...हैमलेट के लम्बे एकालाप इसका सबसे पीड़ायुक्त प्रमाण हैं—वहाँ अपने करने की व्यर्थता और न कर सकने की व्यथा एक साथ दिखाई देते हैं। साहित्य में अभाव का उतना ही महत्त्व है, जितना चित्रकला में अदृश्य का और संगीत में मौन का...। मौन, अभाव और अदृश्य के स्थल ख़ाली नहीं हैं—इनमें हमारी कल्पना वास करती है।

क्या चीज़ है जिसे हम 'कल्पना' कहते हैं? कला के साथ कल्पना का इतना गहरा, इतना अभिन्न सम्बन्ध है कि यह प्रश्न कुछ अजीब-सा जान पड़ता है। कोई कृति कितनी ही 'यथार्थवादी' क्यों न हो, बिना कल्पना के वह ज़मीन से उठकर उड़ान नहीं ले पाएगी। कल्पना वह सीमेंट है जो यथार्थ के खंडित अनुभवों को जोड़कर उससे भीतर की अर्थवत्ता को मूर्तिमान करती है। कल्पना का यथार्थ उसके अलग नहीं होता जो हम जीते हैं, किन्तु वह उसमें चुक नहीं पाता। वह हमारा होता हुआ भी उसका बन्दी नहीं होता जो हम हैं—जीवन के अनिर्णीत निर्णयों और अतिरिक्त आकांक्षाओं के बीच फँसे हुए। वह तिनके हमसे ही लेता है, पर घोंसला अपना बनाता है। पर वह उस घोंसले का बन्दी भी नहीं होता, वह अपनी उड़ान में ही अपना सत्त्व ग्रहण कर पाता है—स्पेस और समय के ऊपर गुज़रती उड़ान। कला में कल्पना का होना 'काल्पनिक' होना नहीं है—उससे वह अनुभव के उस तर्क को पूरा करती है जिसकी

हम औसत जीवन में कल्पना नहीं कर सकते। शहर के चौक में यदि किसी व्यक्ति की हत्या हो जाती है, तो उसका ख़ून गलियों से गुज़रता हुआ सीधा उसके घर के चौके में आता है, जहाँ मृत की माँ उसके लिए खाना बना रही है—अपने पुत्र के लिए, जिसके ख़ून का चहबच्चा उसके पैरों के आगे जमा होता जाता है। जीवन में जो सम्भव नहीं होता, उसे मार्क्वेज की कल्पना अपने उपन्यास में इस तरह विश्वसनीय बना देती है कि हमें एक क्षण के लिए भी उसकी तथ्यात्मकता पर सन्देह नहीं होता। यदि मृत पुत्र का ख़ून शहर की गलियों को पार करता हुआ अपनी माँ के पास नहीं जाएगा जो उसकी प्रतीक्षा कर रही है, तो आख़िर कहाँ जाएगा! बचपन में मैंने भक्त प्रह्लाद पर फ़िल्म देखी थी, जिसमें हिरण्यकशिपु ने प्रह्लाद के दोनों हाथ काट डाले हैं। एक क्षण बाद ही हम स्क्रीन पर दो हाथों को तैरता हुआ देखते हैं जो भगवान ने अपने भक्त के लिए आकाश से भिजवाए हैं...। कुछ देर तक स्क्रीन पर उन दो हाथों के अलावा कुछ दिखाई नहीं देता—आख़िर अचानक हॉल की करतल ध्वनि के साथ हम देखते हैं कि दोनों हाथ खट से प्रह्लाद के शरीर से जुड़ गए हैं!

तीन हज़ार वर्ष पुरानी पौराणिक कथा का कल्पना-सत्य उतना ही जादुई है जितना मार्क्वेज के उपन्यास का यथार्थ। मेरा निवेदन सिर्फ़ इतना है कि यह कोई 'जादुई यथार्थ' नहीं है, असली यथार्थ है, जो कला में अवतरित होकर जादुई जान पड़ता है। कला का भावना-जगत् अपने नियमों द्वारा संचालित होता है। कार्य-कारण का तर्क चूँकि उस पर लागू नहीं होता, इसलिए वह कम तर्कसंगत, कम विश्वसनीय नहीं हो जाता। वह हमें जादुई इसलिए जान पड़ता है, क्योंकि हम सोच भी नहीं सकते कि हमने जो मनुष्य की एकांगी मूर्ति अपने भीतर गढ़ ली है, उसे तोड़कर वह उस एक को अनेक में विभाजित कर देता है। मनुष्य की छवि का कोई मास्टर प्रिंट नहीं जिसे हम अन्तिम रूप से सम्पूर्ण कह सकें।

कला में सम्पूर्ण एक आकांक्षा है, हक़ीक़त नहीं। यह कोई हँसी में कहा वाक्य नहीं था, जब फ्लॉबेयर ने कहा था :

मदाम बॉवेरी, वह तो मैं हूँ।

उन्होंने अपने उपन्यास की नायिका में वे समस्त रोमांटिक स्वप्न, आकांक्षाएँ, प्रेम पाने की लालसा अभिव्यक्त की थी जो हर औसत व्यक्ति अपने उबाऊ, नीरस जीवन में महसूस करता है। आज अनेक उपन्यास लिखे जाते हैं जो प्रेम, रोमांस, घृणा, हत्या की नाटकीय अनुभूतियों से भरे होने के बावजूद उबाऊ होते हैं। फ्लॉबेयर ने एक क़स्बाती औरत के उबाऊ जीवन की नीरसता के बारे में अविस्मरणीय उपन्यास लिखा था...मदाम बॉवेरी के भीतर जीवन का मरुस्थल और उसमें पनपनेवाली अतिरिक्त वासनाएँ न केवल उसके लेखक का बल्कि समूचे बुर्ज़ुआ समाज के खोखले और प्रताड़ित जीवन का साक्ष्य प्रस्तुत करता है...।

इस दृष्टि से मदाम बॉवेरी, डॉन कुऔते, अन्ना कैरेनिना, प्रूस्त और टॉमस मान के पात्र एक तरह का 'मिथकीय आयाम' ग्रहण करते हैं। कुछ वैसे ही, जैसे आधुनिक भारतीय साहित्य में गोरा, होरी, बावन दास एक विशेष ऐतिहासिक परिस्थिति में होनेवाले अनुभवों के भीतर एक सार्वभौमिक मानवीय सत्य को उजागर करने में समर्थ होते हैं। पौराणिक युग बीत जाने के बाद भी मनुष्य के भीतर की मिथकीय सम्भावनाएँ नहीं चुक पातीं। यह कहना ग़लत नहीं होगा कि आधुनिक उपन्यासों में जो लेखक अपनी कलात्मक उपलब्धियों के लिए याद किये जाते हैं, वे ठीक वही हैं जिन्होंने मनुष्य के भीतर अन्तर्निहित मिथकीय क्षमताओं को सबसे अधिक गहराई और सूक्ष्मता से मूर्तिमान किया। आज के परिवेश में, जहाँ मनुष्य औसत जीवन के जर्जरित समझौतों के बीच जीने के लिए अभिशप्त है, उसमें मिथकीय तत्त्वों को रेखांकित कर पाना एक तरह से रेत से तेल निकालना ही है।

मिथकीय से हमारा क्या अभिप्राय है? मिथकीय वह है जो मनुष्य के भीतर मनुष्येतर शक्तियों को इंगित करता है। मैं सुविधा के लिए 'मनुष्येतर' शब्द का प्रयोग कर रहा हूँ। सच तो यह है कि वह मनुष्य के भीतर की प्रकृति की उन शक्तियों का विस्तार है, जो उसमें एक नायक तत्त्व (heroic dimension) को अभिव्यक्त करते हैं। आज के भौतिकवादी युग में मनुष्य के सामान्य जीवन में यह असाधारण नायक तत्त्व लगभग तिरोहित-से हो गए हैं। देखा जाए तो सर्वेन्तीस के 'नायक' डॉन कुऔते इन नायक तत्त्वों के अभाव की पूर्ति के लिए जो छद्म अभियान रचते हैं, वे नायक का विद्रूप, हास्यास्पद कैरीकेचर ही जान पड़ते हैं जो असल में वे हैं भी; किन्तु इससे यह सिद्ध नहीं होता कि मनुष्य के भीतर अपनी मानवीय सीमाओं का अतिक्रमण करने की आकांक्षा नहीं उमगती, जिसमें उसकी मिथकीय सम्भावनाएँ वास करती हैं। मैं यहाँ यह कहने का दुस्साहस करना चाहूँगा कि जिसे हम 'कलात्मक कल्पना' कहते आए हैं, वह एक तरह से मनुष्य की अन्तर्निहित मिथकीय आकांक्षा की पूर्ति करती है...। आज हमारी कहानियों, उपन्यासों में भले ही एचिलिस, यूलिसिस जैसे हीरोइक पात्र या राम, हनुमान, सीता, अर्जुन या कर्ण जैसे दैवी पात्र न हों, हमें नहीं भूलना चाहिए कि ये पात्र प्रकृति की सन्तानें ही हैं, जैसा हमने नायक तत्त्व को परिभाषित करते हुए कहा था—भीम पवन देवता के पुत्र थे, जैसे कर्ण सूर्य की सन्तान। किन्तु किसी कलाकृति के सर्वोत्तम क्षणों में भावनाओं का संवेग और ताप अपनी सान्द्रता में उतना ही विस्फोटक और आँखें खोल देनेवाला हो सकता है जो उसे 'मिथकीय' बना देता है, जिसे जेम्स ज्वायस, 'एपीफेनी' के क्षण कहा करते थे। ये वे क्षण हैं जब मनुष्य अपनी सीमाओं का अतिक्रमण करके अपने भीतर छिपे सत्य से साक्षात् कर लेते हैं। इन्हीं क्षणों में अट्ठारह दिनों के रक्तपात के बाद युधिष्ठिर ने युद्ध की निस्सारता को पहचाना था;

'युद्ध और शान्ति' के नायक पियेर ने पहली बार अपने भीतर स्वयं और सृष्टि के बीच अद्‌भुत अद्वैत भावना का अनुभव किया था—कुछ वैसे ही, जैसे रेणु के वामनदास ने मोहभंग के यातनामय क्षणों में अपने राष्ट्रीय प्रेम के आदर्शों को धूल में मिलते देखा था।

ये ऐसे निर्णायक क्षण हैं, अंग्रेज़ी में जिन्हें cataclysmic कहते हैं, उपन्यास की परती : परिकथा के वे टीले जिन पर खड़े होकर हम नीचे फैली ज़िन्दगी की धूसर धरती पर सामान्य मनुष्य की असामान्य स्थिति और नियति को बिजली की कौंध में देख लेते हैं। आश्चर्य की बात यह है कि हर ऐसी 'घटना' के बाद उपन्यास की कथ्यात्मक शैली में एक अप्रत्याशित परिवर्तन होता है—बल्कि शायद यह कहना ज़्यादा ठीक होगा कि हर परिवर्तन उपन्यास की दिशा को बदल देता है। हम अक्सर पश्चिमी उपन्यास में होनेवाले मूलभूत परिवर्तनों की चर्चा करते हैं—प्रूस्त, काफ़्का, जॉयस, म्यूज़िल ऐसे नाम हैं जो अनायास याद आते हैं, किन्तु इस बात पर बहुत कम ध्यान दिया गया है कि खड़ी बोली के संक्षिप्त इतिहास में हिन्दी कहानी और उपन्यास ने इतने कम समय में जो अप्रत्याशित मोड़ लिये हैं, वे न केवल भारतीय भाषाओं के इतिहास में बल्कि यूरोपीय उपन्यास के सन्दर्भ में भी दुर्लभ दिखाई देते हैं। प्रेमचन्द के उपन्यास जो यथार्थवादी शैली में आज इतने परम्परागत जान पड़ते हैं, उन्होंने अपने समय में उन्नीसवीं शती की क़िस्सागोई की ज़मीन को छोड़कर अचानक ऐसा मोड़ लिया था जिसमें भारतीय समाज का औपनिवेशिक चरित्र अपने सम्पूर्ण दैन्य-दरिद्रता के साथ प्रकट हुआ था। पिछले दो सौ वर्षों के दौरान उत्तरी भारत के ग्राम्य जीवन में जो विषमताएँ और आत्मवंचनाएँ आई थीं, प्रेमचन्द के पात्रों के चेहरों पर उनकी खरोंचें जिस कलात्मक निर्ममता से व्यक्त हुई हैं, वह सहसा हिन्दी की उपन्यास-विधा को बीसवीं शती के साहित्य के समकक्ष ला खड़ा कर देती हैं। यही नहीं, प्रेमचन्द के जीवनकाल में ही दो ऐसे कथाकार

सामने आते हैं, जो उनकी कथ्यात्मक शैली और भाषा को छोड़कर एक ऐसी नई ज़मीन तोड़ते हैं, जिसमें हिन्दुस्तानी मध्यवर्ग का चिन्तामग्न, आत्मशंकित परम्परा में रहता हुआ भी आधुनिकता के थपेड़ों को सहता हुआ 'चेहरा' दिखाई देता है जो हिन्दी साहित्य में पहले कभी दिखाई नहीं दिया था...यदि जैनेन्द्र के पात्र ठिठके हुए फैसलों के बीच सोचते हुए पात्र हैं...तो उस सोच को व्यक्त करती हुई भाषा भी छोटे-छोटे सीधे वाक्यों में प्रकट होती है, मानो चिन्तन की संश्लिष्टता का सामना करने के लिए भाषा की ऋजुता ज़रूरी हो...किन्तु 'सोच' को पैनी धार तभी मिल सकती है जब वह स्वयं 'आत्म' की सान पर चढ़ा हो। जैनेन्द्र का सोच अज्ञेय के गद्य में 'आत्मसोच' की तीखी धार में चमकता हुआ दिखाई देता है, और यह तभी सम्भव हो सकता है जब भारतीय समाज में एक ऐसे—'व्यक्ति' का आविर्भाव हो जो समस्त आस्थाओं और मान्यताओं पर प्रश्नचिह्न लगाने का दुस्साहस कर सके। 'गोरा' के बाद सम्भवत: भारतीय उपन्यास की विकास-यात्रा में 'शेखर' एकमात्र ऐसा पात्र है जो अपने संस्कारों में भारतीय होता हुआ भी आधुनिक स्वाधीन चेतना का सबसे सशक्त संवाहक है।

ज़रा कल्पना कीजिए, बीसवीं शती के प्रथम दशक में प्रेमचन्द का पहला कहानी-संग्रह प्रकाशित हुआ था, सन् चालीस के आसपास 'शेखर' का प्रकाशन हुआ है—इन चालीस वर्षों में खड़ी बोली में लिखे उपन्यासों ने भारतीय संवेदना और अनुभव के विभिन्न आयामों को व्यक्त करने की कैसी अद्‌भुत कथ्यात्मक क्षमता प्राप्त कर ली थी...जबकि अभी हमने एक ऐसे कथाकार का उल्लेख नहीं किया जिसकी स्मृति में इस

व्याख्यानमाला का आज उद्घाटन हुआ है। रेणु की प्रतिभा भारतीय उपन्यास के क्षितिज पर उस समय उदित हुई जब भारतीय उपन्यास की यथार्थवादी सम्भावनाएँ लगभग चुकने लगी थीं...। जैनेन्द्र अपने सर्वश्रेष्ठ उपन्यास लिख चुके थे; यशपाल और अमृतलाल नागर के उपन्यासों में नये विषयों का अन्वेषण अवश्य हुआ किन्तु भाषा, शिल्प और रूप के क्षेत्र में उसी धरती पर चल रहे थे, जिस पर प्रेमचन्द के उपन्यास रचे गए थे। रेणु के उपन्यासों की ग्राम्य भूमि वही है जो प्रेमचन्द की थी किन्तु उनके किसान, ज़मींदार, ग्रामवासी, सामान्य जन-साधारण एक नितान्त भिन्न अनुभव-परिवेश में जीते-जागते प्राणी जान पड़ते हैं। यह वह भारत है जिसमें स्वतंत्रता-संग्राम के सांस्कृतिक मूल्य, समाजवादी आदर्श और बदलती हुई ग्राम्य-व्यवस्था से उपजी मानसिक उथल-पुथल एक ऐसे मानचित्र पर संघर्षरत दिखाई देते हैं, जो संक्रान्तिकाल का भारत है। यह एक अजीब विरोधाभास था। जिस परती को रेणु ने अपनी 'परिकथा' के लिए चुना था, वह अपनी अनुभव-सम्पदा में सबसे अधिक उर्वरा थी क्योंकि अब तक किसी कथाकार ने अपनी क़लम से उसे नहीं खोदा था। स्वातंत्र्योत्तर भारत में संक्रान्तिकाल के रेणु सबसे अधिक जागरूक, समर्थ और संवेदनशील कवि-कथाकार थे।

कवि-कथाकार मैं जानबूझकर कह रहा हूँ। वह शायद पहले लेखक थे जिन्होंने हिन्दी के मैदान में कविता के जलस्रोतों को खोजा था, ताकि खड़ी बोली की इतिवृत्तात्मक विवरण शैली में काव्यात्मक लोच उत्पन्न की जा सके। लोकगीतों की संवेदना में उनका लहलहाता गद्य एक अद्भुत लयात्मकता लिये है जो पहले किसी हिन्दी गद्यकार में नहीं देखा गया था। स्वयं अपने को उद्धृत करना धृष्टता ही मानी जाएगी किन्तु वर्षों पहले रेणु की मृत्यु पर मैंने जो लिखा था, उसकी कुछ पंक्तियाँ यहाँ दोहराना असंगत नहीं होगा...।

> उन्होंने जिस सूक्ष्म संवेदना और गहरे लगाव से बिहार के अंचल पूर्णिया की ज़मीन को कुरेदा था, उसके फैलाव को महीन और मांसल छवियों में ध्वनित किया था। उसके लिए गद्य की भाषा को अप्रत्याशित रूप से काव्यात्मक मुहावरे में ढाला था, वह हिन्दी उपन्यास में अभूतपूर्व घटना थी...। बिहार के एक छोटे भूखंड की हथेली पर उन्होंने समूचे उत्तर भारत के किसान की नियति-रेखा उजागर की थी। यह रेखा किसान की क़िस्मत और इतिहास के हस्तक्षेप के बीच हुई थी। शायद ही किसी हिन्दी उपन्यासकार ने उपन्यास की नैरेटिव परम्परा को झिंझोड़कर उसे नये प्रेमचन्दीय ढाँचे से बाहर निकालकर इतना नाटकीय, इतना लचकीला, इतना काव्यात्मक बनाया था जितना रेणु ने...।

मुझे लगता है, उपन्यास एक ऐसी विधा है जिसकी संरचनात्मक रचना किसी ख़ास देश की परिस्थितियों के प्रति सबसे अधिक संवेदनशील और जागरूक रहती है। उन्नीसवीं शती के रूसी उपन्यास यदि पश्चिमी यूरोप के उपन्यासों से इतने भिन्न थे तो शायद इसलिए कि उन्होंने मनुष्य की दार्शनिक और आध्यात्मिक तृष्णाओं को वाणी देने का पहली बार प्रयास किया था। बीसवीं शती के लातिन-अमेरिकी उपन्यासों ने उन आदिम संस्कृतियों की पैगन दृष्टि को प्रक्षेपित करने का प्रयास किया था जो कुचले जाने के बावजूद यूरोपीय निवासियों के अवचेतन में बराबर हस्तक्षेप करती थीं...।

भारतीय मनीषा के मानचित्र पर 'पैगन' संस्कारों की जो एक अनमोल सम्पदा दबी पड़ी थी, रेणु के उपन्यासों ने उसे पहली बार अवचेतन की परती से बाहर निकाला था...बीसवीं शती के 'सेक्यूलर' कोलाहल में उसकी काव्यात्मक संगीतमयता को अलग से पहचाना था।

हम आज जब उथले ढंग से भारतीय उपन्यास को नागरी, ग्रामीण, दलित आदि अंचलों में वर्गीकृत करने के इतने आदी हो चुके हैं कि लगभग भूल चुके हैं कि इन कृत्रिम विभाजनों के पीछे 'भारतीय चरित्र' कितनी तहों, और परतों के भीतर एक विशिष्ट विराट सांस्कृतिक समग्रता समेटकर निर्मित हुआ है। इसमें 'मैं' और 'तुम', मनुष्य और प्रकृति, व्यक्ति और देवता एक-दूसरे के 'चेहरे' में स्वयं को प्रतिबिम्बित करते हैं। यहाँ बर्गेन के उस पुराने घर के अलग कक्ष नहीं हैं, जहाँ मनुष्य के 'प्राइवेट सेल्फ़' वास करते हैं। यहाँ सब दरवाज़े खुले हैं, जहाँ कोई भी कुछ भी हो सकता है। डेनिश लेखिका इसाक डाइनसेन अपनी एक कहानी के एक पात्र मार्कस से कहती हैं :

> आनेवाले दिनों में तुम्हें भूल जाना चाहिए कि तुम मार्कस हो; तुम्हें सबसे अधिक होना चाहिए, बहुत-से लोग, उतने ही जिनकी तुम कल्पना कर सकते हो। मैं सोचती हूँ, मार्कस, मुझे पक्का विश्वास है कि दुनिया के सब लोगों को, उनमें से हर एक को, एक से ज़्यादा होना चाहिए और तब वे अपने को ज़्यादा हल्का, ज़्यादा शान्त महसूस करेंगे। क्या वह अजीब बात नहीं है कि किसी दार्शनिक ने यह नहीं सोचा, जिसका पता मैंने लगा लिया?

यह ठीक है, एक कलाकार ही यह खोज कर सकता है, एक पैगन कलाकार!

[यह व्याख्यान महात्मा गांधी अन्तरराष्ट्रीय हिन्दी विश्वविद्यालय द्वारा 'फणीश्वरनाथ रेणु स्मृति व्याख्यानमाला' के अन्तर्गत पटना में दिया गया था]

# कलाकृति, समाज और आलोचना

हर रचना अपनी परिभाषा लेकर ख़ुद चलती है, इसलिए उसे किसी सामान्य या सार्वजनीन परिभाषा में बाँधना असम्भव जान पड़ता है। शब्दों के एक विशिष्ट संयोजन के भीतर जिस सृष्टि का दर्शन होता है, वह इतनी अनोखी और अद्वितीय होती है कि उसकी तुलना किसी दूसरी सृष्टि से करना असम्भव जान पड़ता है। यह सृष्टि अपने में कितनी सच्ची, प्रामाणिक और वास्तविक है, यह भी किसी पूर्वनिर्धारित सिद्धान्त द्वारा सिद्ध नहीं किया जा सकता। इस दृष्टि से एक कलाकृति का सत्य ज्ञान-विज्ञान के अन्य अनुशासनों से बहुत अलग पड़ जाता है; वह अपने सत्य के लिए किसी तर्क-विधान पर निर्भर नहीं रहती—उसका अनुभव ही उसका सत्य है। हर रचना का सत्य उसकी स्वयंसिद्ध सत्ता में वास करता है, कहीं बाहर से अपनी वैधता या प्रामाणिकता प्राप्त नहीं करता।

रचना स्वयंसिद्ध है—इसका मतलब यह नहीं कि वह दुनिया के कार्य-कलाप से अछूती है। जीवन की विभिन्न संवेदनाएँ, अनुभव, विश्वास

और शंकाएँ इसमें मूर्तिमान होती हैं। वह कैसी भी अद्‌भुत और अजीब सृष्टि का निर्माण क्यों न करे, कहीं-न-कहीं हम उसमें अपने से साक्षात् कर लेते हैं। और यह साक्षात्कार केवल आईने में अपने को जस का तस देखने के अनुभव से बहुत अलग है—कला-कृति में हुआ साक्षात् हमेशा कुछ आश्चर्य भरा और विस्मयकारी-सा होता है—जैसे हम स्वप्न में अपने को देख रहे हों—आदमक़द नहीं, उससे कुछ ज़्यादा या कुछ कम, उसमें कुछ छूट जाता है, कुछ जुड़ जाता है; वह सिर्फ़ देखी हुई दुनिया और जी हुई ज़िन्दगी का अक्स नहीं होता—इसके विपरीत वह अपना एक निजी और स्वायत्त यथार्थ गढ़ती है, जिसमें वे सब अनुभव जगह पा लेते हैं, जिन्हें हमने अपनी वास्तविक ज़िन्दगी में असम्भव या अनैतिक या अतार्किक मानकर देश-निकाला दे दिया था। रचना असम्भव को सम्भव नहीं बनाती, वह असम्भव को अनुभव की सीमाओं के भीतर सम्भाव्य बना देती है।

कला में कल्पना की यह अद्‌भुत भूमिका कि उसमें कोई भी अनुभव काल्पनिक नहीं जान पड़ता। सच बात तो यह है कि उसमें कल्पना-जगत् और यथार्थ-जगत् को विभाजित करनेवाली सीमाएँ ही छद्‌म और नक़ली जान पड़ने लगती हैं। रचना के यथार्थ से हम जीवन के यथार्थ को एक नई दृष्टि से देखने लगते हैं और यह दृष्टि हमें बाह्य-जगत् की विचारधारा या दर्शनशास्त्र से नहीं मिलती, स्वयं रचना के भीतर से उपलब्ध होती है। रचना की भूमि में स्वयं आलोचना का बीज निहित रहता है। हम एक इकाई से दूसरी इकाई का आकलन नहीं करते, बल्कि रचना के धरातल पर हमें समस्त इकाइयों के अन्त:सम्बन्ध दिखाई देने लगते हैं—इस अर्थ में मैथ्यू आर्नोल्ड का यह कथन ठीक जान पड़ता है कि कला जीवन की आलोचना है।

यहीं यह प्रश्न भी उठता है कि रचना स्वयं जीवन की आलोचना करती है, तो उस 'आलोचना' का क्या प्रयोजन रह जाता है, जो स्वयं रचना को चिन्तन का विषय बनाती है, जिसे हम शास्त्रीय शब्दावली

में 'आलोचना की विधा' कहते हैं और उसे साहित्य की एक अलग, विशिष्ट श्रेणी में रखते हैं। यह प्रश्न आज के उत्तर-आधुनिक बुद्धिजीवियों के बीच और भी अधिक महत्त्वपूर्ण हो गया है। उनकी राय में एक बार जन्म लेने के बाद हर रचना अपने रचनाकार से नाता तोड़ लेती है। अपना जीवन स्वयं जीती है—और यह जीवन एक नहीं है, हर पाठक उसे एक नया जीवन देता है। पुस्तक का टेक्स्ट हर पाठक के साथ बदलता रहता है, एक तरह से पाठक ही रचना का निर्माता बन जाता है। रचना का कोई मूल, स्थायी सत्य नहीं होता, न ही किसी बाहरी सन्दर्भ में उसका मूल्यांकन हो सकता है। हर रचना न केवल अपने में स्वायत्त है, बल्कि आत्मसन्दर्भित (Self-Referential) भी होती है। उसे खोलकर उसके विभिन्न तत्त्वों का अन्वेषण-अवलोकन तो किया जा सकता है, उसमें जो अप्रत्यक्ष या परोक्ष रूप से अन्तर्निहित है, उसे उद्‌घाटित भी किया जा सकता है—कुछ वैसे ही, जैसे मानसिक रोग से ग्रस्त मरीज़ के दमित और अवचेतन में छिपे विकारों और ग्रंथियों को आलोक में लाया जाता है, किन्तु रचना की मूल या आत्यन्तिक अस्मिता का विश्वास नहीं किया जा सकता—चूँकि उसका अस्तित्व ही सन्दिग्ध है। इसलिए उसका मूल्यांकन भी निरर्थक है। रचना अब आलोचक के चिन्तन का विषय उसी सीमा तक है, जिसके सहारे वह अपना एक सिद्धान्त-शास्त्र विकसित कर सके, जिसे आलोचना का नहीं, थ्योरी का नाम दिया जाता है। जहाँ पहले रचना की स्वायत्तता पर इसलिए ज़ोर दिया जाता था कि उसके सत्य को उसकी समूची कलात्मक विलक्षणता में ग्रहण किया जा सके। वहाँ अब उसे इस हद तक स्वायत्त कर दिया गया है जहाँ उसका सत्य नष्ट नहीं हुआ, अनेक सापेक्ष रूपों में खंडित हो गया है।

कुछ ऐसा लगता है कि बीसवीं शती के पूर्वार्द्ध में मार्क्सवादी दर्शन ने जिस आक्रामक और सर्वग्रासी ऐतिहासिक आइडियोलॉजी को जन्म दिया था, उसके मोहभंग के परिणामस्वरूप एक ऐतिहासिक परिप्रेक्ष्य

के प्रति एक गहरा सन्देह उत्पन्न हो गया है—यदि आइडियोलॉजी ने रचना के स्पेस पर अपने को आरोपित करके उसकी स्वायत्त गरिमा को नष्ट करने का प्रयास किया था, तो आज 'थ्योरी' ने साहित्य की उस सृजनात्मक स्पेस पर अपने को हावी कर लिया है, जिसके भीतर ही उसका स्वतंत्र आलोचनात्मक विवेचन सम्भव हो सकता था। दोनों ही स्थितियों के बीच एक चरम रूप से टोटैलिटेरियन, दूसरी चरम रूप से सापेक्ष पूर्ण कला और आलोचना के बीच का वह द्वंद्वात्मक तनावपूर्ण सम्बन्ध ढीला पड़ गया है, जिसके आधार पर ही साहित्य समाज की गतिविधियों में विशिष्ट रूप से अपना योग और हस्तक्षेप दोनों ही करता था।

यहाँ पूछा जा सकता है कि आलोचना क्या ज़रूरी है? अगर है—तो किसके लिए उपयोगी है? कला के अभाव में एक समाज अपने को विपन्न मान सकता है, किन्तु क्या हम यह आलोचना के बारे में भी कह सकते हैं? अगर आलोचना न हो, तो क्या उस समाज के सदस्य कहीं अपने को ख़ाली, अतृप्त या अधूरा महसूस करेंगे? हमारे समय में अनेक ऐसे लेखक, कलाकार मिल जाएँगे जिन्हें अपने सृजन-व्यापार में आलोचना न केवल ग़ैर-ज़रूरी जान पड़ती है, बल्कि एक अवांछनीय अतिथि भी, मान न मान मैं तेरा मेहमान जैसी—जो समय-असमय लेखक की 'एकान्त साधना' में विघ्न डालने आ धमकती है, हालाँकि कहीं भीतर यह इच्छा भी छिपी रहती है कि अच्छी आलोचना उसकी कृति को पाठक तक पहुँचाने में एक सशक्त सेतु की तरह सहायक हो सकती है। यह उल्लेखनीय बात है कि आलोचना और रचना के बीच यह आकर्षण-विकर्षण, यह द्वंद्व, यह अन्तराल—कुछ भी कह लीजिए—सिर्फ़ आधुनिक युग की देन है, जहाँ कलाकार अपनी वैयक्तिक चेतना का प्रतिनिधि होकर प्रकट होता है, किसी धार्मिक या मिथकीय स्मृतियों, संस्कारों का संवाहक नहीं, जिनमें प्राचीन और मध्यकालीन समाज के सब सदस्य साँझा करते थे। ऐसे समाज में आलोचना कोई विशिष्ट विधा या व्यवसाय न थी, जो अलग से श्रोताओं

या पाठकों को किसी काव्य-कृति का अर्थ समझाने या उसे सम्प्रेषित करने का काम करे—चूँकि कलाकार और समाज के बीच किसी तरह की खाई और अन्तराल नहीं था, इसलिए उन दोनों के बीच आलोचक जैसे किसी मध्यस्थ या 'मिडिल मैन' की ज़रूरत भी महसूस नहीं होती थी। अरस्तू या भरत मुनि जब सौन्दर्यशास्त्र या रस सिद्धान्त का विवेचन करते थे तो वह उस फ़लसफ़े का ही अंश था, जिसमें जीवन के समस्त कार्य-कलापों पर चिन्तन-मनन होता था।

पिछले दो या तीन सौ वर्षों में यदि कलाकार की भूमिका में मूलभूत अन्तर आया है, तो इसलिए कि समाज में पहली बार 'व्यक्ति' जैसी ईकाई का आविर्भाव हुआ है। सच बात तो यह है कि आधुनिक युग की समस्त प्रणालियाँ इसी वैयक्तिक चेतना की उपज हैं, जो समाज के भीतर होते हुए भी उससे अपने को अलग, स्वतंत्र और एक हद तक निर्वासित पाती हैं। औद्योगिक क्रान्ति के बाद एक ऐसे जनसमुदाय का जन्म हुआ, जिसे हम Mass Society कहते हैं—मनुष्यों के पारस्परिक सम्बन्धों में बसा समाज नहीं, बल्कि अलग-अलग व्यक्तियों का संगठन, जिसे सामान्य स्मृतियाँ या संस्कार नहीं, राज्य के निजी स्वार्थ अनुशासित करते हैं। ऐसे समाज में एक कलाकार या तो सिर्फ़ एक बोहेमियन के तौर पर जी सकता है या आउटसाइडर की हैसियत से...। लेखक की वैयक्तिक स्वतंत्रता कितनी गौरवशाली क्यों न हो, उसके लिए एक भारी क़ीमत चुकानी पड़ती है—जिस अनुपात में रचना अपने आग्रहों और अनुभूतियों में स्वायत्त होती जाती है, उसी अनुपात में वह उन सन्दर्भों से कटती जाती है, जिनके माध्यम से वह अपने समाज से संवाद करता था। आज हम जिसे सम्प्रेषण का संकट या लेखक और पाठकों के बीच संवादहीनता की स्थिति (Communication Gap) कहते हैं, वह व्यापक रूप से समाज के विघटन होने का ही परिचायक है। इसे समझे बिना आधुनिक संस्कृति के संकट को समझना असम्भव है।

आधुनिक आलोचना का विकास न केवल इस सांस्कृतिक संकट की उपज था, बल्कि उससे उबरने का साहसपूर्ण नैतिक प्रयास भी था। समाज की विघटित इकाइयों के बीच यदि कोई चीज़ एक सेतु का काम करती थी, तो वह उस समाज की भाषा थी। जिस भाषा में एक रचना रूपायित होती है, वह उससे भिन्न नहीं होती, जिसमें जीवन-यापन के कार्य-कलाप सम्पन्न होते हैं। एक कवि चाहे अपनी कल्पना में कितना ही मौलिक क्यों न हो, उसे अपनी कहानी और कविता में व्यक्त करने के लिए भी किसी नई भाषा को ईजाद नहीं करना पड़ता। उन्हीं शब्दों पर निर्भर रहना पड़ता है, जो दैनिक व्यवहार के काम में आते हैं, इससे एक अजीब विकट स्थिति उत्पन्न हो जाती है। कवि को अपनी पवित्रतम और अन्तरतम भावनाओं को व्यक्त करने के लिए उसी भाषा पर निर्भर रहना पड़ता है जो आज के बाज़ारू युग में व्यावसायिक और राजनीतिक लिप्साओं द्वारा सबसे अधिक दूषित होती हैं—ठीक, यहाँ आलोचनात्मक मनीषा अपना उपयोगी रचनात्मक रोल अदा करती है—वह कुछ रचनाओं की समीक्षा करके, उनके गुण-दोष बतलाकर ही अपना कर्तव्य पूरा नहीं करती, बल्कि कविता और कहानी में प्रयुक्त हुए शब्दों के उन स्मृति-संकेतों और सन्दर्भों को भी उजागर करती है जो सिर्फ़ राजनीति और प्रचार का माध्यम बनकर अपने अर्थों को खो देते हैं। आलोचक उस भाषा को साध्य मानकर उसके आत्यन्तिक चरित्र को पुनःस्थापित करता है। जिन समाजों में भाषा सिर्फ़ विचारों को सम्प्रेषित करने का माध्यम बन जाती है, उसे बहुत आसानी से अपने स्वार्थों के अनुकूल भ्रष्ट भी किया जा सकता है। भ्रष्ट भाषा और रचना की भाषा के बीच बढ़ते अन्तराल को दूर करने का एक आसान उपाय तो यही है—स्वयं रचनाकार अपने को व्यापक जनसमुदाय तक पहुँचाने के लिए तथाकथित लोकप्रिय साहित्य का 'निर्माण' करना शुरू कर दे। तब वह भूल जाता है कि शब्दों को अवमूल्यित करके वह जिस विराट जनसमुदाय तक

अपने सत्य को सम्प्रेषित करता है, वहाँ स्वयं सत्य की सत्ता भी दूषित हो जाती है। लेकिन एक दूसरा रास्ता भी है, थोड़ा कठिन और दुर्गम—वह भाषा के उस मौलिक और आत्यन्तिक चरित्र को उद्‌घाटित करना है, जो राजनीतिक स्वार्थ और व्यावसायिक लिप्साओं के दबावों तले दब जाता है, धूमिल पड़ जाता है और इस तरह लेखक और पाठक के बीच सम्प्रेषण के मार्ग को थोड़ा प्रशस्त करता है। समर्थ और ज़िम्मेदार आलोचना बहुत चौकन्नी सतर्कता के साथ पाठक समुदाय का ध्यान रचना और भाषा के बीच के इस बहुत नाज़ुक सम्बन्ध का रहस्य उद्‌घाटित करती है, जिसके द्वारा भाषा अपना आत्यन्तिक स्वभाव रचना के भीतर और रचना अपना सत्य भाषा में रूपायित करती है! रचना की स्वायत्तता को अवमूल्यित किये बिना सम्प्रेषण के स्रोतों को निर्बाध खोल पाना—यह केवल वही आलोचना कर सकती है, जो खंडित 'व्यक्ति' में मनुष्य और बाज़ार की अनाम भीड़ में 'समाज' का आदर्श कहीं अपने चिन्तन-केन्द्र में स्थिर रख सकती हो। अन्ततः क्षितिज पर टिके इसी आदर्श के आलोक में ही किसी 'कलाकृति' के खरे-खोट को परखा जा सकता है।

हमारे समय में शायद आलोचना की यही सबसे समर्थ, सार्थक भूमिका हो सकती है कि वह समाज में रचना का सत्य, उसकी समूची विशिष्टता के साथ स्पष्ट कर सके। न केवल वह शब्दों के भीतर छिपे बहुआयामी अर्थों को उद्‌घाटित करे, बल्कि शब्दों के बीच फैले उस मौन को भी वाणी दे सके। एक कलाकार के लिए आलोचना भले ही प्रत्यक्ष रूप से कोई अर्थ न रखती हो, किन्तु परोक्ष रूप से वह उसके लिए एक ऐसे संवेदनशील, प्रबुद्ध पाठकों का समाज तैयार करती है, जिसके साथ एक रचनाकार अपने एकान्त में बैठा हुआ भी संवाद कर सकता है। एक संस्कृति इसी संवाद से अपनी संजीवनी शक्ति प्राप्त करती है। पिछले युगों की बात कुछ और थी, आज के युग में, जहाँ राजनीतिक आतंक और व्यावसायिक प्रलोभनों ने मनुष्य को व्यक्ति

और व्यक्ति को एक अनाम और असहाय इकाई में बदल दिया है, जहाँ स्वयं कलाकृति महज़ एक क्रय-विक्रय की वस्तु में परिणत होती जा रही है, वहाँ आलोचना की भूमिका केवल साहित्य तक सीमित नहीं रहती, समूचे समाज और उसकी भाषा को अनुप्राणित करती है। बिना कलाकृति के आलोचना बोझ ही होती है—चाहे उसे थ्योरी या किसी अन्य संज्ञा से विभूषित क्यों न किया जाए—किन्तु जिस समाज में स्वतंत्र और आलोचनात्मक चिन्तन के लिए स्थान नहीं है, वहाँ कोई जीवन्त कला और संस्कृति साँस ले सकती है, मुझे सन्देह है।

# भारती की कहानियाँ

## [दुबारा पढ़ने पर]

कोई भी श्रेष्ठ लेखक अपनी एक ख़ास साँचे में पड़ी तसवीर के भीतर हमेशा नहीं रहना चाहता। वह हमेशा गतिमान रहता या रहना चाहता है। उसके लेखकीय व्यक्तित्व के 'हस्ताक्षर' भले ही एक-जैसे रहते हैं, उसके भीतर की दुनिया के अन्दर अन्त:सम्बन्धों में हमेशा नये शब्द, ध्वनियाँ, स्वराघात बदलते रहते हैं। एक छवि में उसे 'रिड्यूस' करते ही लगता है कि वह कहीं अधूरा और विकलांग रह गया है। जिस चौखट में उसे बन्द किया गया था, उसके कितने जीवन्त अंश उसके बाहर झूलते रहते हैं, जिन्हें कभी कोई नाम नहीं दिया जाता। लेखक को उसकी सतत गत्यात्मकता में पकड़ना उतना ही दूभर है, जितना एक पक्षी को उसकी उड़ान में पूरा देख पाना...एक अंग पर हाथ पड़ते ही बाक़ी देह आँखों से ओझल हो जाती है। लेखक जितना अधिक विकासशील होगा, उतना ही उसे एक 'फ्रेम' में बन्द रखना असम्भव होगा।

धर्मवीर भारती ऐसे ही लेखक थे। कहानीकार, नाट्य-लेखक, उपन्यासकार, कवि, निबन्ध-लेखक—सर्वतोमुखी प्रतिभा से सम्पन्न लेखक। वह दूर से जो होने का भ्रम देते थे, पास आते ही बदल जाते थे। उनकी प्रारम्भिक रचनाओं को पढ़कर जो शब्द बार-बार मन में आता है—वह 'रोमांटिक' है। युवराजों, संन्यासियों, देवदासियों की दुनिया हमें अपने आज के यथार्थ से कितनी दूर और परायी जान पड़ती है। भीगती मसों का रोमांस, पवित्र निष्कलंक क़िस्म की आदर्शवादिता, आध्यात्मिक अन्तर्लोक का सुगन्धित वायुमंडल, जिसमें प्रवेश करने से पहले पैरों से कीचड़ में सने जूते उतारने पड़ते हैं। विश्वास नहीं होता, यह 'गुलकी बन्नो' और 'बन्द गली का आख़िरी मकान' के लेखक हैं। और तभी एकाएक झटका-सा लगता है। हमारे सामने सहसा एक कोई ऐसी कहानी आ जाती है, अकाल की विभीषिका या अस्पताल में आख़िरी साँसें गिनते हुए, पीड़ा और भूख और बीमारी में कुलबुलाते मानव कंकालों की, कि उनके सामने लेखक की 'रोमांटिक' छवि का मनोरम चित्र एकाएक खंडित हो जाता है। 'मंज़िल', 'भूखा ईश्वर', 'हरिनाकुस और उसका बेटा' कुछ एक ऐसी कहानियाँ हैं, जो सहसा हमें बिना किसी तैयारी के नंगे पाँव ही एक ऐसे नारकीय यथार्थ में धकेल देती हैं, जो असहनीय रूप से दिल दहला देनेवाला है। मैं विशेष रूप से उनकी अपेक्षाकृत अज्ञात कहानी 'धुआँ' का उल्लेख करना चाहूँगा, सड़क पर भागती, चीख़ती-चिल्लाती नगर-वेश्याएँ, अश्लील फ़ब्तियाँ कसते हुए दर्शक हमें उन्नीसवीं शती की रूसी कहानियों की याद दिला देते हैं, जहाँ मानवता का चेहरा अपने समस्त आदर्शवादी मुखौटों को उतारकर अपनी नंगी बीभत्सता में खुल जाता है। एक छोटे क़स्बाती शहर की तार-तार होती दरिद्रता, स्वार्थपरकता, दम तोड़ती हुई पीड़ा सामने आ जाती है।

उत्तरी-पूर्वी भारत के क़स्बाती जीवन का ताना-बाना जितने महीन रेशों से भारती ने अपने कथा-विन्यास में बुना है, उतना शायद ही किसी समकालीन हिन्दी लेखक ने। यदि स्वातंत्र्योत्तर भारत के ग्राम-जीवन के अद्भुत चितेरे रेणु हैं, तो शहरी गलियों के धूप-छाँही संसार के 'मिनियेचर चित्रकार' भारती हैं। चाहे आरम्भिक कहानियों की उदात्त आदर्शवादिता हो, अथवा बाद की कहानियों की निर्मम, ठंडी, वयस्क वस्तुपरकता, दोनों में ही 'कला की महान चेतना और चेतना के मूल में यथार्थ रूप की प्रेरणा' समान रूप से विद्यमान रहती है। निम्नवर्गीय भारतीय स्त्री की जीवट-भरी कर्मठता और सहनशीलता एक तरफ़, और दारुण परिस्थितियों के मारक प्रहार दूसरी तरफ़; भारती की तीक्ष्ण, सहानुभूतिपूर्ण दृष्टि से उसका कोई काला उजला पक्ष छिपा नहीं रहा था। एक ही कहानी—सावित्री नं. दो—में मृत्यु शैया पर लेटी एक स्त्री की एक-दूसरे से टकराती, लहूलुहान अन्तर्विरोधी भावनाओं के अलग-अलग 'शेड' भारती हृदय-भेदी पारदर्शिता के साथ उघाड़ पाते हैं। सावित्री का मोह और शारीरिक वासना, देह का आकर्षण झर जाने की मर्मान्तक पीड़ा, पति के प्रति प्रेम और आक्रोश जैसी एक-दूसरे से गुँथी भावनाओं को भारती आख़िरी बूँद तक निचोड़ लाते हैं। यह वही कथाकार कर सकता है, जो झील पर उठती हुई उर्मियों की तरह मनुष्य के हृत्स्थल को हिलाती हुई हर छोटी-से-छोटी अनुभूति को—इससे पहले कि वह उठने से पहले ओझल हो जाए—पकड़ पाने में समर्थ हो और—यह सामर्थ्य कोई मनोवैज्ञानिक दक्षता से नहीं, कलात्मक संवेदनशीलता से फूटकर बाहर आती है :

> (बिरजा) धीरे-धीरे पाँव सहलाने लगी...मुंशीजी का मन और उमड़ आया। कैसा होता है मन! जिससे चोट खाता है, उसी से सहारा ढूँढ़ता है, और फिर दुगनी चोट खाता है।

> टूटता भी है और जुड़ता भी है और पूरी तरह न टूटता ही है, न जुड़ता ही है...। ('बन्द गली का आख़िरी मकान')

एक बीमार व्यक्ति की आँखों में क्या जीवन का घटनाचक्र वैसे ही चलता है, जैसा हम उसे देखते हैं। नहीं, वह थोड़ा-सा बदल जाता है और भारती उसके 'बदलाव' की हर सलवट को बड़ी सूक्ष्मता से व्यक्त करते हैं :

> लम्बी बीमारी में भी वक़्त गुज़ारने का हिसाब भी अजब होता है। कुछ चीज़ों को लेकर वक़्त जहाँ का तहाँ थम जाता है। जो घटना हुई, बस वही होती रहती है...उस घटना का घटित होना अपने में मुकम्मल हो गया है। कुछ चीज़ें ऐसी हैं जो मशीन की तरह अपने वक़्त से होती जा रही हैं... शाम होना, पार्क में बच्चों का इकट्ठा होना, पतंग उड़ाना, सामने की खिड़की से उस लड़की का जवान और चंचल होते चले जाना। सब अपनी जगह चक्के की तरह घूम रहे हैं। कुछ आगे नहीं बढ़ता।

बहुत वर्ष पहले जब मैं विदेश से लौटा था, तो मुद्दत बाद अपने शहरों, क़स्बों, शहरों की गलियों, गलियारों को देखकर लगता था, मानो वे निन्यानबे डिग्री के बुख़ार में तप रहे हों। सड़कों पर उड़ती गर्द, चिलचिलाती धूप की चकाचौंध, आकाश में उड़ती चीलों के बीच हिन्दुस्तानी शहर के धूल-धूसरित भिनभिनाते मुहल्लों से उठती हुई धूमिल आवाज़ें एक अन्तहीन, अनर्गल प्रलाप में गूँजती जान पड़ती थीं।

आवाज़ों के भीतर कौन-सा निस्तब्ध अभेद्य रहस्य छिपा था, इसका थोड़ा-सा अनुमान भारती जी की कहानियों को पढ़ते हुए लगता है। धूल और गन्दगी में दम तोड़ती साँसों के भीतर मध्यवर्गीय समाज के सम्बन्धों की अन्तरंगता, उमठती लोटती हुई वासनाओं, अतृप्त इच्छाओं का घटाटोप, बाहर मुक्त हवा में आने की बेबस छटपटाहट हर गली के आख़िरी मकान के झरोखों से दिखाई दे जाती थी। गली के हर मकान व चबूतरे को देखकर लगता था, यहाँ कभी गुलकी बन्नो अपनी सूखी, मुरझाई दरियाँ बिछाकर बैठती होगी। किसी खिड़की से बाहर ताकती लड़की के चेहरे पर मृत्यु की छाया कैसे सरकती दिखाई देती है! अँधेरा, ख़ामोशी, सिर्फ़ खपरैल के बाँसों से लगे घुनों की अनवरत आवाज़ कर्र-कर्र सुनाई देती है। "क्या आदमी के तन-मन में भी कोई घुन लगा रहता है? बाहर से चाहे कुछ न बदले, लेकिन अन्दर से कुछ कहीं घुन की तरह खाता रहता है।"

भारती जी अक्सर अपनी कहानियों से हमें पात्रों की पीड़ा से उस पार ले जाते हैं जहाँ सब भावनाएँ, अनुभूतियाँ, आकांक्षाएँ निरर्थक हो जाती हैं, सिर्फ़ देखना बचा रहता है। "अँधेरे में बाहर की आँख न देखे, लेकिन मन की आँख ज़्यादा साफ़ देख लेती है क्या? मुंशीजी को लग रहा है कि न इस समय उन्हें मोह है, न दुःख, न डर, न क्रोध, न ममता, न खीझ। वे बस देख रहे हैं..."

ऊपर 'मोह' शब्द आया है।...भारती की कहानियों के पात्र, अपनी उत्कट भावनाओं को कोई नाम नहीं दे पाते, और 'डर' जैसा शब्द उन्हें 'ठेटर' का सस्ता सतही शब्द जान पड़ता है, तो 'मोह' की शरण में जाते हैं...आख़िर 'गीता' में भगवान अर्जुन को इसी मोह की कन्दरा से बाहर निकालना चाहते थे। 'गीता' का ज़िक्र बार-बार इस कहानी में यूँ ही नहीं आता। क़स्बों, गाँवों में रहनेवाला भारतीय अपनी भावनाओं का शरण-स्थल 'भागवत', 'गीता', 'महाभारत'

और 'रामायण' में ही पाता है। इन पात्रों की शब्दावली यदि सम्भ्रान्त लोगों से अलग है, तो इसलिए कि उनका समूचा भावनात्मक ढाँचा पौराणिक स्मृतियों के आधार पर खड़ा है। भारती की कहानियों की यह अद्‌भुत विशेषता है, कि आधुनिक अन्तर्द्वंद्वों और अनुभूतियों की अभिव्यक्ति ठेठ भारतीय संस्कारों के बिम्ब और प्रतीकों द्वारा होती है। 'बन्द गली का आख़िरी मकान' में मुंशीजी की कोठरी की जो चीज़ हमें आख़िर तक याद रह पाती है, वह है : "सिरहाने के झरोखे से दीखते पिछवाड़े के खेत, कुआँ और बीच में हनुमान चौरा।"

यह चीज़ इसलिए भी उल्लेखनीय जान पड़ती है कि एक लेखक के रूप में भारती की दृष्टि सर्वथा 'आधुनिक' है—यदि आधुनिक से हमारा अर्थ उस 'स्वतंत्र चेतना' से है जो बिना किसी पूर्व-निर्धारित मताग्रह अथवा आस्था की बैसाखी का सहारा लिये हर चीज़ को उसकी वस्तुगत नग्नता से परखती-तौलती है। शायद इसीलिए वह 'भारतीय मन' की अतल गहराइयों को इतनी निष्पक्ष सूक्ष्मता से व्यक्त कर पाते हैं...। यहीं से उनकी कहानियों में उस 'हास्य' या आयरनी का सूत्रपात होता है, जिसकी ओर अज्ञेय ने 'सूरज का सातवाँ घोड़ा' की प्रस्तावना में संकेत किया था। इस 'हास्य' में एक अजीब क़िस्म की करुणा लक्षित होती है, क्योंकि जिस 'भारतीय मन' के वह अद्‌भुत चितेरे हैं, स्वयं भी कहीं उसका भाग हैं, उसकी करुण और क्रूर विडम्बनाओं में कहीं स्वयं लेखक की आत्मा वास करती है। भारती जिस भारतीय जीवन की अँधेरी, टेढ़ी-मेढ़ी गलियों को बाहर से देखते हैं—जो चीज़ उन्हें आधुनिक बनाती है, स्वयं उनके संस्कार और अनुभव इन्हीं गलियों के भीतर अपनी कलात्मक लय और लोच प्राप्त करते हैं, जो उनकी कहानियों को अनूठे ढंग से 'भारतीय गन्ध' प्रदान करती हैं। आधुनिकता और भारतीयता से इस संगम के भीतर ही 'अन्धा युग' और 'सूरज का सातवाँ घोड़ा' जैसी क्लासिकल कृतियाँ जन्म ले सकती थीं।

भारती हमारे समय के उन दुर्लभ, असाधारण लेखकों में से थे, जिन्होंने अपनी सर्वतोमुखी प्रतिभा से साहित्य की हर विधा को एक नया, अप्रत्याशित मोड़ दिया था। कहानियाँ हों या उपन्यास या नाटक—वह उनमें एक ऐसी ताज़ा, मौलिक दृष्टि लेकर आए थे जिसे किसी कलाकार में देखकर अनायास उसके लिए 'जीनियस' शब्द मन में कौंधता है। अज्ञेय की प्रखर दृष्टि ने शुरू के वर्षों में ही भारती के इन सब तत्त्वों को लक्षित कर लिया था, जो एक 'जीनियस' के लक्षण होते हैं : "अथक श्रम, सामर्थ्य और अध्यवसाय, बहुमुखी क्रियाशीलता, चिर-जाग्रत, चिर-निर्माणशील कल्पना, युग-सत्य के प्रति सतर्कता आदि।"

मैं यहाँ सिर्फ़ एक तत्त्व और जोड़ना चाहूँगा—एक मुक्त करुणा का समावेश, जो भले-बुरे का भेद लाँघकर लेखक को अपने हर पात्र के साथ एकाकार बनाने में समर्थ कराती है। यह तत्त्व भारती की हर कृति में पाया जाता है, किन्तु उनकी कहानियों में वह एक घनीभूत प्रभाव लेकर आता है। इन कहानियों में सैकड़ों पक्ष आते हैं—भारती जी की टटोलती निगाहों से उनके व्यक्तित्व का कोई पात्र छिपा नहीं रह सकता—उनकी कमीनगी और ओछापन, त्याग और स्वार्थपरकता, पाप के अँधेरे कोटर और दया-उदारता की उदात्त मानवीयता...भारती जिस सौहार्द और खुलेपन के साथ हर पात्र के भीतर प्रवेश कर लेते हैं, वह शायद एक अच्छा कलाकार होने का सबसे उल्लेखनीय तत्त्व और 'जीनियस' होने की सबसे अनिवार्य शर्त होती है। भारती की कहानियाँ पढ़ते हुए मुझे अपनी प्रिय डेनिश लेखिका इसाक डाइनसिन की बात याद हो आती है। अपनी एक कहानी में वह कहती हैं :

> मैं कभी एक व्यक्ति बनकर नहीं रहूँगी...मैं तुमसे भी यही कहती हूँ। इसके बाद तुम भी हमेशा एक से अधिक बनकर रहो। जितने भी लोगों के बारे में सोच सकते हो, उतने ही अधिक तब तुम दिल में हल्का महसूस करोगे।

यह क्या मात्र संयोग है कि समूचे विषाद और बोझिल विवशता से भरी इन कहानियों को पढ़ने के बाद भी हम कहीं अपने में हल्का महसूस करते हैं? हम जो एक और अकेले थे, इन कहानियों के बाद, अकेले होते हुए भी अनेक में बँट जाते हैं।

# साहित्य क्या करता है क्या करती हैं कलाएँ?

मुझे बहुत ख़ुशी है कि इस अवसर पर आपके सामने कुछ कहने के लिए मुझे आमंत्रित किया गया, पर मुझे मालूम नहीं कि क्या कहूँ? मैंने आयोजक से पूछा था कि विद्यार्थियों के सामने साहित्य और कला के बारे में बात करने के लिए जब कोई व्यक्ति आता है, तो किसलिए? यह प्रश्न मेरे दिमाग़ में इसलिए भी आया कि जब मैं पढ़ता था तो साहित्य हमारा विषय ज़रूर रहा, छोटा-सा, क्योंकि इसमें भी पास होने के लिए नम्बर चाहिए होते थे। लेकिन हमें कोई नहीं बताता था कि कैसे कविता, कहानी या उपन्यास दूसरे अनुशासनों से थोड़ा भिन्न हैं? हम भूगोल पढ़ते थे, हिस्ट्री और गणित भी, पर ऐसा क्यों था कि साहित्य के प्रति हमारा आकर्षण अलग ही था?

चूँकि आज मैं आप विद्यार्थियों के सामने बोल रहा हूँ इसलिए मैं अपने उसी पुराने प्रश्न का सामना करना चाहूँगा। मुझे यह लगता है,

और शायद आपको भी महसूस होता ही होगा कि जब हम कहानी या कविता पढ़ते हैं, तो एक स्तर तक तो हमारा मनोरंजन होता है। हम कुछ देर के लिए अपने आसपास की दुनिया और अपने भीतर की परेशानियों को भूल जाते हैं। कहानी हमें बहा ले जाती है। कविता का एक दूसरा ही आनन्द है, जो कहानी के तौर पर तो नहीं, पर शब्दों की स्वर ध्वनि, उसकी शब्द-संरचना, उसका संगीत, उसकी लय, शब्दों का चयन आदि अपने-आपमें हमें आकर्षित करता है। पढ़ते हुए ऐसा लगता है कि यह कहानी, जो मुझे अच्छी लगी है या यह कविता, जिसने मुझे इतना मोहा है, मैं इसके पास बार-बार जा सकता हूँ और बार-बार मुझे वैसा ही आनन्द, वैसी ही अन्तर्दृष्टि, वैसा ही अन्तर्बोध मिल सकता है। कई बार तो उससे भी ज़्यादा, जब मैंने उसे पहली-पहली बार पढ़ा था! यह बात क्या जादू की तरह नहीं? पर पढ़ने-पढ़ने में भी फ़र्क है। आज का अख़बार हम पढ़ते हैं, कल वह बासी पड़ जाता है। ख़बरें पढ़ चुकने के बाद उनकी उपयोगिता समाप्त हो जाती है। या अगर आप कोई विज्ञापन पढ़ें साबुन की टिकिया का या टूथपेस्ट का, तो विज्ञापन पढ़कर, दुकान पर जाकर, साबुन ख़रीद लाते हैं और आपके लिए विज्ञापन की उपयोगिता समाप्त हो जाती है। यानी हर लिखा हुआ 'टेक्स्ट' साहित्य नहीं है हालाँकि साहित्य, अपने-आपमें लिखा हुआ 'टेक्स्ट' है।

फिर प्रश्न उठता है कि साहित्य और बाक़ी लिखे हुए 'टेक्स्ट' में क्या अन्तर है? क्या कभी आपने इसके बारे में सोचा है? मेरे ख़याल में इसका एक ही उत्तर है। बाक़ी लिखे हुए 'टेक्स्ट' सिर्फ़ साधन हैं, माध्यम हैं। वे एक तरह से 'कंज्यूमरिस्ट कोमोडिटी' की तरह इस्तेमाल किये जा सकते हैं, जब कि साहित्य की रचना अपने में लक्ष्य है। वह किसी चीज़ को प्राप्त करने का साधन नहीं है। दरअसल वह 'साधन' है ही नहीं, वह अपने में साध्य है। हम निराला या वात्स्यायन की कविता पढ़कर यह नहीं कह सकते कि बस, हमने कविता पढ़ ली और हमारा

उससे कोई सरोकार नहीं रहा। अपने जीवन के हर फेज में अगर हमें वह कविता, वह उपन्यास, वह कहानी एक दूसरी तरह का आनन्द देती है, तो उसका मुख्य कारण यह है कि उसका रस, उसका सत्य, उसकी 'उपयोगिता' में नहीं है, उसकी संरचना में है। कलाकृति के प्रति हमें उपयोगितावादी रुख़ नहीं अपनाना चाहिए। तब कला क्या है? मेरा यह कहना है कि एक कहानी, एक कविता, एक उपन्यास का सत्य उसके शब्दों के भीतर निहित है। और उन शब्दों के भीतर जो सन्देश या जो सत्य छिपा रहता है, वह कभी हमें पूरी तरह से हासिल नहीं होता। उसका कुछ हिस्सा हमें मिल पाता है, कुछ हिस्सा कविता अपने पास रख लेती है। जब हमारा अनुभव कुछ बदलता है, जब उसका परिष्कार होता है, और तब हम जब उसी कहानी या कविता के पास जाते हैं तो पाते हैं कि वह हमसे कुछ और भी कह रही है जो पहले नहीं कहा था। हमारा बदला हुआ मानस भी उस कहानी या कविता से कुछ 'अतिरिक्त' प्राप्त कर लेता है जो पहले हम उससे पाने के पात्र नहीं थे।

हमारे अनुभवों की दुनिया अक्सर बड़ी विशृंखलित होती है। आप किसी दिन, जब आप घर लौटते हैं, सोने से पहले ज़रा यह प्रयोग कीजिए। आप यह सोचिए कि मैंने सुबह से शाम तक क्या किया, क्या सोचा, किनसे मिला, तो आपको लगेगा कि आप बहुत ही अराजक रूप से चीज़ों को देख रहे थे। उसकी कोई श्रृंखला नहीं बन पाती। उसका कोई पैटर्न नहीं होता। और जब कोई पैटर्न नहीं है तो कभी-कभी आपको बड़ी निराशा भी होती है कि मेरा सारा दिन बीत गया लेकिन मैं इस पूरे दिन का अर्थ ही नहीं समझ पाया! क्योंकि अर्थ, संयोजन से बनता है, पैटर्न से बनता है।

यह कहानी और कला की दूसरी विशेषता है। वह हमें ज़िन्दगी की हड़बड़ाहट के बीच में अचानक रोक लेती है। जो कुछ मेरे जीवन में गुज़रा या बीत रहा है, कलाकृति उसे रोककर, एक ख़ास तरह का पैटर्न, एक ख़ास तरह की 'अर्थ'-व्यवस्था हमारे सामने प्रस्तुत करती है।

हम बहते हुए जीवन की अराजकता के बीच से लिखे हुए शब्दों के संयोजन में अपने जीवन की अर्थवत्ता खोज लेते हैं। चलते रहने पर पीछे का रास्ता आपको दिखाई नहीं देता। आपको थोड़ा रुकना पड़ता है ताकि और पीछे की समझ दिख सके। *ए सेंस ऑफ़ पॉज़*। थोड़ा-सा विराम देना ज़रूरी है। साहित्य हमें विराम देता है—जीने की हड़बड़ में अवकाश का क्षण। मैंने एक बार एक किताब ख़रीदी थी विक्टोरियन पोइट्री पर, जिसके कवर पर ऐसी दो लड़कियों का चित्र था जो रेल के कम्पार्टमेंट में बैठी हुई हैं। एक लड़की सो रही है। दोनों बहनें-सी ही जान पड़ती हैं। दूसरी की गोद में एक किताब रखी है। वह लड़की किताब पढ़ नहीं रही थी, पर चित्र को देखने पर लगता था कि वह अभी तक किताब पढ़ रही थी और अब ट्रेन के बाहर देखने लगी। मैंने चित्र को बहुत बार देखा और सोचा कि इसने मुझे इतना आकर्षित क्यों किया? पुस्तक से हमारा नाता कुछ ऐसे ही बनता है।

हम जिस अवकाश की बात कर रहे थे—हम पढ़ते हुए अचानक बाहर देखने लगते हैं और अपने बारे में सोचने लगते हैं। ऐसा जो हमने कभी नहीं सोचा था। हमें अपनी बदहवासी के जीवन में किताब उस तरह का क्षण देती है जहाँ बिखराव के बीच हम एक संगति पा लेते हैं।

कई लोग कहते हैं कि कला ज़िन्दगी को बदल देती है। कई लोग कहते हैं कि कला हमें बदल देती है। मैं समझता हूँ कि कला न तो हमें बदलती है, और न हमारी ज़िन्दगी में कोई सुधार या कोई रेडिकल चेंज ला पाती है। कला एक दूसरा ही काम करती है एक बड़े परोक्ष ढंग से, और बड़े ही नरम ढंग से, बिना बोले हुए, चुपचाप, हमारा आसपास की ज़िन्दगी से रिश्ता बदल देती है। और एक बार जब रिश्ता बदल जाता है तो न मैं वैसा ही रहता हूँ जैसा कि किताब पढ़ने से पहले था, और न ही दुनिया वैसी रह पाती है, जो वह किताब पढ़ने से पहले मुझे दिखाई देती थी। कुछ बदल जाता है। वह क्या चीज़ है जो बदल जाती है

और हमें एक तरह का आलोक देती है, आनन्द देती है। वह आनन्द उस 'मनोरंजन' से थोड़ा भिन्न है, जिसका ज़िक्र मैंने पहले किया था।

यह बिलकुल ही अजीब क़िस्म का आनन्द है। एक तरह का अनूठा अनुभव। अगर मुझसे कोई अनुभव की परिभाषा करने को कहे तो मैं कहूँगा, यह है कि एक ज़िन्दगी को जीते हुए बहुत-सी ज़िन्दगियों में और बहुत-से यथार्थों से साक्षात्कार करना। कभी आपने इसके बारे में सोचा कि हम ज़िन्दगी तो एक ही जीते हैं लेकिन एक ही ज़िन्दगी हमारे भीतर नहीं जीती। कितनी ही ज़िन्दगियाँ हमारे भीतर दबी रहती हैं, जिनका चुनाव हम नहीं कर सके!

मैं एक्टर नहीं बन सका, मैं एक डांसर नहीं बन सका, मैं डॉक्टर नहीं बन सका, कई ऐसी ज़िन्दगियाँ हैं जो मुझे एक तरह का आदर्श दिखाती थीं। हो सकता है, एक आदमी सफल पति नहीं बन सका हो, या विवाह नहीं कर सका हो। यह उसकी ज़िन्दगी का ढर्रा है जो यथार्थ ने उसे दिया है। लेकिन वह यथार्थ बहुत ही छोटा यथार्थ है। हमारा असली यथार्थ वही नहीं जो मैं जी रहा हूँ। हमारा असली यथार्थ हमारे स्वप्नों, हमारी आकांक्षाओं, हमारी इच्छाओं, हमारे उन विकल्पों के भीतर भी छिपा रहता है जिन्हें हम चुन नहीं सके लेकिन वे हमारे भीतर उतने ही जीवन्त और उतने ही स्पन्दनशील हैं। मानो वह हमारा अपना ही अनुभव हो। इसका क्या मतलब है? इसका मतलब है कि मैं साहित्य के द्वारा ऐसे विविध बहुल अनुभवों को जी सकता हूँ, जो मैंने अपने व्यक्तिगत जीवन में नहीं भोगे हैं। इस अर्थ में साहित्य हमें देता चाहे कुछ भी न हो, वह हमारे जीवन को समृद्ध, बहुआयामी, सघन बनाने में योग देता है। एक जीवन में बहुत-से जीवन! कितना अजीब है कि मैं एक आदमी होने की हैसियत से एक माँ की प्रसव-पीड़ा का अनुभव नहीं कर सकता! लेकिन ऐसे उपन्यास और कहानियाँ हैं, जिसमें मृत्यु का अनुभव, प्रसव पीड़ा का अनुभव, आत्महत्या से पहले का अनुभव,

जो मेरे अनुभव नहीं हैं, क्योंकि न तो मैंने बच्चा जना है और न कभी आत्महत्या करने की सोची है, न कभी मैं मृत्यु के पास गया हूँ, लेकिन इन सब अनुभवों को पूरी विकटता, पूरी जटिलता और पूरी सघनता के साथ मैंने भोगा है—उपन्यासों और कहानियों को पढ़ते हुए।

साहित्य हमें किसी अनुभव की अन्तिम परिणति तक ले जाता है। उस अन्तिम परिणति पर ले जाकर हमारे सामने अपना समूचा जीवन, जीवन की विसंगतियाँ, जीवन की पीड़ा, जीवन का सुख सब एक फ़िल्म की तरह घूम आता है। मैं मृत्यु के पास नहीं जाता, लेकिन मृत्यु से पहले टॉल्स्टॉय मुझे, एक पाठक को यंत्रणा भरे एक पूरे अनुभव से गुज़ार ले जाने में समर्थ होते हैं। यह क्या छोटी बात है? ऐसा क्यों होता है?

कला में 'एक्स्ट्रीम सिचुएशंस' से गुज़रते हुए जो अनुभव प्राप्त होता है, वह हमें अपने औसत जीवन को जीते हुए कभी प्राप्त नहीं हो सकता! क्योंकि औसत जीवन में हम हर तरह के समझौते करते हैं। हम सोचते हैं कि अगर हमारा प्रेम सफल न भी हुआ तो हम विवाह कर सकते हैं—किसी दूसरे से विवाह कर सकते हैं, आप हर तरह के कम्पेंसेशंस ढूँढ़ने लगते हैं। फ़र्ज़ करिए कि अगर सच बोलने से मेरी नौकरी जाती है, तो मैं सच नहीं बोलूँगा। इमरजेंसी के दिनों में, एक रिपोर्टर को लगता था कि अगर मैं अख़बार में सच लिखूँगा तो मुझे जेल भेज दिया जाएगा—तो मैं सच नहीं लिखता। मैं सच के साथ समझौता कर लेता हूँ। मैं कुछ और लिखता हूँ। लेकिन अगर मैं संवेदनशील हूँ तो मेरे भीतर की वह यातना ज़रूर मुझे सालती रहेगी कि मैंने एक जगह अपने को छोटा बना दिया।

कहने का मतलब यह है कि हमारा जीवन फटे चिथड़ों के समझौतों से जुड़ा हुआ होता है। और यह स्वाभाविक भी है। सिर्फ़ जीने के लिए, सर्वाइव करने के लिए, हमें सुबह से शाम तक पचासों समझौते करने पड़ते हैं। पर यह औसत 'ज़िन्दगी' क्या मेरी असली ज़िन्दगी है?

कला में या एक कलाकृति में एक लेखक ऐसे करेक्टर्स, घटनाओं, स्थितियों का चुनाव करता है जो औसत ज़िन्दगी की सीमा का अतिक्रमण कर सकें ताकि वे पाठकों को एक ऐसे यथार्थ, ऐसे सत्य की झलक दिखा सकें, जो हम समझौतों की जर्जरित ज़िन्दगी में विस्मृत कर देते हैं।

हमारे भीतर जो दबी हुई लालसाएँ और आकांक्षाएँ हैं—वे रास्ते—जिन्हें फ्रॉस्ट ने कहा था : 'द रोड नॉट टेकन', वह रास्ता जो कि हमने नहीं चुना...न पाने के जो अधूरे फैसले और अधूरी ज़िन्दगियाँ हैं, वे अपने भीतर से मैं प्रक्षेपित करता हूँ—कला के यथार्थ पर। कला इसलिए एक तरह की अधूरी ज़िन्दगी में जीने के बावजूद सम्पूर्णता का आस्वादन, सम्पूर्णता का साक्षात्कार कराने में सफल होती है। और यह सिर्फ़ शब्दों के द्वारा होता है! इसलिए साहित्य, संगीत और पेंटिंग—चित्रकला से बिलकुल भिन्न है। सब कलाएँ एक तरह का अभूतपूर्व आनन्द देती हैं लेकिन हर कला का माध्यम अलग होता है। इसलिए अगर आपमें से कोई पाठक या पाठिका लेखक भी बनने का स्वप्न देखे—तो उसे भूल जाना चाहिए कि उसे क्या विषयवस्तु सोचनी चाहिए, मज़दूर के बारे में लिखना है कि स्त्री के जीवन के बारे में लिखना है, फ़ेमिनिस्ट होना है कि एंटीफ़ेमिनिस्ट होना है...ये तो बहुत दूर की बातें हैं। सबसे पहले आपको सोचना होगा कि वह चीज़ क्या है जिसके भीतर से कला का जादू मुझ तक अब तक पहुँच पाया है। और वह है—भाषा।

संगीतकार से कोई नहीं कहता कि आप कितने प्रतिबद्ध हैं? आप कितने जनवादी हैं? आप किसानों के लिए लिख रहे हैं कि मज़दूरों के लिए लिख रहे हैं? हम कुमार गन्धर्व का संगीत सुनकर ही आनन्द-विभोर हो जाते हैं। लेकिन लेखक से यह आशा की जाती है। क्यों? उसका कारण है। क्योंकि लेखक शब्दों का व्यापार करता है। और शब्द के साथ मुश्किल यह है कि जहाँ शब्दों का इस्तेमाल राजनीतिज्ञ, समाज-सेवक, समाचार-पत्र का संवाददाता और सम्पादक, व्यापारी, दुकानदार आदि

सब करते हैं, उन्हीं शब्दों के साथ मुझे कविता भी लिखनी पड़ती है। कविता लिखने के लिए मुझे नई भाषा का ईजाद नहीं करना पड़ता। मुझे उसी भाषा का उपयोग करना पड़ता है, जिसका संसार अपने स्वार्थों के लिए इस्तेमाल करता है। यानी एक लेखक होने के नाते मुझे इस भाषा के समूचे कलुष को मिटाकर उसे अपने लिए एक समर्थ और सक्षम औज़ार की तरह इस्तेमाल करना होगा। जब तक एक लेखक अपनी भाषा के साथ एक सच्चा, ईमानदार सम्बन्ध नहीं बिठा पाता, तब तक वह और कुछ भी हो सकता है—एक समर्थ या सच्चा लेखक नहीं हो सकता!

एक बार जब आप भाषा से वह रिश्ता बना लेते हैं तो आपकी विषयवस्तु कुछ भी क्यों न हो, उसमें एक गहरा सत्य प्राप्त कर लेंगे, उसे सम्प्रेषित कर पाने में सफल होंगे।

मैं ज़्यादा आपका समय नहीं लेना चाहता—अन्त में, दो शब्दों में कहूँ—आपको हमेशा पूछना चाहिए कि कला का वह जादू क्या है जो सिर पर चढ़कर बोलता है? क्या कारण है कि किताब में न तो वाद्य बज रहा है, न फ़िल्म दिखाई जा रही है, न रंग भरे बिम्ब और आकृतियाँ दिखाई जा रही हैं, जैसे चित्रकार दिखाता है, लेकिन फिर भी आप घंटों तक किताब के सामने बैठे रहते हैं, सिर्फ़ उन काले अक्षरों को देखते हुए जो आपको किसी तरह का साउंड, इमेज, कुछ नहीं देते और क्यों? क्योंकि शब्दों के भीतर से आप दुनिया के भीतर का हर रंग, राग और इमेज अपने-आप आविष्कृत कर लेते हैं। यह साहित्य की एक बहुत बड़ी ख़ूबी है। जब एक बार मार्क्वेज़ से किसी ने कहा कि आप अपनी किताब पर फ़िल्म क्यों नहीं बनाने देते—उन्होंने एक बहुत अच्छा उपन्यास लिखा था : 'ए हंड्रेड ईयर्स ऑफ़ सॉलीट्यूड'। आपमें से शायद किसी ने पढ़ा हो—हॉलीवुड वालों ने उन्हें करोड़ों डॉलर देने चाहे। क्योंकि वह इतना लोकप्रिय और इतना महान् उपन्यास है कि वह चाहते थे कि अगर उस पर हॉलीवुड की फ़िल्म बनेगी तो उससे बहुत पैसा कमाएँगे।

मार्क्वेज़ ने मना कर दिया। किसी इंटरव्यू में उनसे पूछा गया कि आपने क्यों मना कर दिया? उन्होंने इस प्रश्न का जो जवाब दिया, वह आप सबके लिए और मेरे लिए भी बहुत रिवीलिंग है। उन्होंने कहा कि अब तक लाखों पाठकों के दिमाग़ में मेरे उपन्यास के पात्रों के चित्र वही हैं जो उन्होंने पढ़कर बनाए हैं। लेकिन आप अगर सिनेमा में उसे देखेंगे तो उसमें जो एक एम्बीग्विटी है, चित्र की जो मल्टीप्लिसिटी है, उसकी जो गहनता है, उसे आप एक छोटे-से बिम्ब में रिड्यूस कर देते हैं। और यह लेखक नहीं चाहता। मार्क्वेज़ ने कहा कि मैं चाहता हूँ कि करोड़ों लोगों के मन में मेरे उपन्यास के चरित्रों के बारे में करोड़ों क़िस्म के जो चित्र हैं, वे बने रहें। मैं नहीं चाहता कि वे हॉलीवुड के बिम्बों के साथ स्टेटिक या फ्रीज़िंग पॉइंट बन सकें।

मैंने शुरू में कहा था कि यह साहित्य-कृति की एक अपूर्व विशेषता है कि वह अपने को पूरी तरह खोलती नहीं, तभी हम बार-बार उसके पास जाते हैं। हम साहित्य के पास वही ले जाते हैं जो सचमुच हमारे जीवन का अनुभव होता है। यह एक अजीब बात है कि एक कहानी, एक कविता हमें उतना ही देती है, जितना हम लेने लायक़ होते हैं। हम लेने लायक़ बन सकें—इसके लिए हमारा अपना जीवन बहुत समृद्ध होना चाहिए! यह एक अन्तहीन प्रक्रिया है। हम जितनी पुस्तकें पढ़ेंगे, उतने संस्कारवान बनेंगे और हमारे जितने संस्कार परिष्कृत होंगे, उतना ही हम पुस्तकों से ज़्यादा आनन्द, रस और अर्थ ग्रहण कर पाएँगे। इसलिए वर्जीनिया वुल्फ़ ने कहा था कि मरने पर जब पुस्तक-प्रेमी सेंट पीटर के पास जाते हैं तो वह पूछते हैं कि इसने जीवन में क्या-क्या काम किये? इसे स्वर्ग में भेजें या नरक में? यह भी पूछा कि ये लोग कौन हैं जो किताबों का गट्ठर लिये चले आ रहे हैं? जब सेंट पीटर को बताया गया कि ये किताबों के भक्त हैं, तो उन्होंने कहा, 'इनसे कुछ मत पूछो—इन्होंने वह पा लिया जो स्वर्ग उन्हें दे सकता था। इन्हें अब स्वर्ग की भी ज़रूरत नहीं!'

देखा जाए तो लाखों-करोड़ों लोगों में से हम उन प्रिविलेज़्ड, सुविधाभोगी लोगों में से हैं, जिनके पास इतना अवकाश और समय तो है कि हम उसे पुस्तकों को दे सकें।

यह कितनी दुर्भाग्यपूर्ण बात होगी कि हम उस प्रिविलेज का फ़ायदा न उठा पाएँ। कॉलेज और यूनिवर्सिटी के बाद आप जीवन के अलग-अलग क्षेत्रों में चले जाएँगे। लेकिन मैं समझता हूँ, अपने जीवन में आप एक ऐसे अवकाश का कोना ज़रूर बचाकर रखेंगे जहाँ सभी व्यवस्थाओं से मुक्त होकर आप सिर्फ़ अपने बारे में सोच सकें। साहित्य अकेलेपन के क्षणों में अपने से साक्षात्कार है। इसलिए इस पवित्र एकान्त को बचाना उतना ही ज़रूरी है, जैसे पुराने ज़माने में हमारे परिवारों में हमारी माँ और दादी, कमरे के छोटे-से कोने में एक ठाकुर द्वारा बना देती थी जहाँ ठाकुरजी के सामने जाकर वह कुछ क्षणों के लिए मुक्ति पा लेती थीं। आज वह आस्तिकता तो रही नहीं, न ही वह धार्मिकता रही और न ही वे बिचारे ठाकुरजी रहे। उनका स्थान साहित्य ने लिया है, जो उसे लेना चाहिए। धन्यवाद।

[कनोडिया महिला महाविद्यालय, जयपुर के 'क्रिएटिव फ़ोरम' में 29 नवम्बर, '97 को दिये गए व्याख्यान का लिखित रूप]

# कथ्य की खोज

## 1

क्या 'खोज' अपने में ही तो ग़लत शुरुआत नहीं है? जो है, सामने दिखाई देता है, चारों ओर से घेरे है, जन्म की पहली विस्मयकारी नज़र से लेकर मृत्यु की अन्तिम बुझती लौ तक, भला उसकी खोज कैसी? वही तो सारी कहानी है...सारी पर क्या असली भी?

असली क्या है, यह भी तो एक खोज हो सकती है—जो है, उसके भीतर से; 'जो नहीं है' (पर जो हर बन्द खिड़की से बाहर झाँकता है) उसकी खोज? कथ्य के कितने आवरण हैं, कितने पर्दे, कितनी खिड़कियाँ। लिखते हुए हम एक-एक के पास से गुज़रते हुए छिपे को थोड़ा-सा उघाड़ पाते हैं...पढ़ते हैं तो हँसी सुनाई देती है; कहाँ, किस जगह, किसके साथ पहली बार सुनी थी?

वह बार-बार समुद्र की लहरों की तरह हमसे टकराती है, मुड़ जाती है, फिर आती है, ख़ाली, तट पर अपनी फेनिल झाग छोड़ जाती है, कुछ अपने साथ बहा ले जाती है, कुछ छोड़ पाती है।

बचे हुए अवशेष, जो हैं, उस पर, जो बीत गया, उसके ख़ुदे हुए 'हियरोक्लिफ़'। क्या हम उन्हें पढ़ सकते हैं? कथ्य अनुवाद है, जो अबूझा है, उसे बूझे में अनूदित करता हुआ। वह लिखे हुए को पढ़कर पढ़े हुए को लिखने का खेल है।

**2**

पाँचों इन्द्रियाँ आखेट करती हैं—कान लगाकर सुनती हैं, बचपन के बाग़ में दिल की अँधेरी गुहारें चखती हैं जो धूल भरे बालों से आती गन्ध है, बेहोशी की हालत में भागती हैं, जो नंगे पैरों की आहट है, देखती हैं, बन्दूक की नाल से अपनी बहती हुई ज़िन्दगी का सूराख़।

सृष्टि के बीहड़ में शिकारी कुत्ते इसी तरह इशारा पाकर भागते होंगे, सूँघते होंगे, इकट्ठा कर रख पाते होंगे, खोई हुई गन्ध को भूले हुए रास्तों पर पाते होंगे, ख़ून में लथपथ शिकार को लाते होंगे।

आख़िर तक पता नहीं चलता, दाँतों और नाख़ूनों से छलनी देह का कथ्य कहाँ से आता है?

**3**

पता नहीं चलता, पर कुछ-कुछ आभास तो होता है? वह क्या था, जब तुम बुदापेस्त के रेस्तराँ में बैठे थे और बाहर सड़क पर लोगों की भीड़ थी,

और कुछ हो रहा था, जब तुमने सोचा था, यह मुझे याद रहेगा, यह रेस्तराँ के शीशे के आर-पार बहता हुआ शहर?

या शायद चोट कहीं बहुत गहरी थी और दर्द का कहीं पता नहीं था...वह सामने की बर्थ पर बैठी थी और उसका चेहरा मैं सीधा न देखकर रेल की खिड़की के शीशे में देख रहा था, जहाँ वह रोशनी की छाया में टिमटिमा रहा था और तब मुझे पता चला, यह वहाँ हैं, दर्द, अँधेरे में भागती हुई ट्रेन की खिड़की पर टिमटिमाता हुआ—जो अपने में कभी कथ्य नहीं बनता, पर कथ्य के साथ संगत देता है, तब सबसे ऊँचा, जब कहानी सबसे चुप, कराहता हुआ...जिसे कथ्य स्वयं कान पर हाथ रखकर हैरत में सुनने लगता है, जैसे उसे पता ही नहीं था, मेरे भीतर जो भरा था, उसे वह इस तरह उघाड़ सकता है।

## 4

जिस तरह पौधे को ज़मीन से उखाड़ते हैं और उसकी जड़ों पर मिट्टी का गीला, लिथड़ा, अँधेरा बाहर निकल आता है, वैसा ही होता है कला का कथ्य...कोई भी चीज़ अचानक चटककर, उखड़कर, हड़बड़ाकर बाहर आती है...वह अभिन्न को भिन्न करती है, संलग्न को विलगित करती है, सुरक्षित को जोखिम में डालती है। वह एक फड़फड़ाती प्राणवत्ता है, खंडित, उखड़ी हुई मिट्टी में अपनी छाया टटोलती हुई। भाषा के भीतर एक करंट, कुंडली-सी जगाती हुई, जिसका झटका खाते ही सब बिखरे हुए अनुभव-खंड एवं तसवीर, एक इमेज, एक पैटर्न में सिमटने लगते हैं। पाँचों इन्द्रियाँ जिस 'शिकार' को ख़ून में लिसा क्षत-विक्षत लाई थीं, वह अपनी आँखें खोलता है और पाता है, जिन तीरों से वह धराशायी हुआ था, वे उसके नहीं, शिकारी की देह में बिंधे हैं—कला का 'कथ्य'

वह आईना है, जिसमें दुनिया का यथार्थ नहीं, आत्म (सेल्फ़) की दुनिया प्रतिबिम्बित होती है—उसके भीतर झाँकते हुए पता नहीं चलता, कौन मैं हूँ, कौन तुम, कौन वह? प्रूस्त क्या 'लेखक' है जो मार्सेल के वेश में 'खोए हुए समय' की भूल-भुलैया में अपने को ढूँढ़ रहा है।

कला का 'कथ्य' वह अनूठा आखेट स्थल है, जहाँ शिकारी अपने लहू के चिह्नों का पीछा करता हुआ ख़ुद अपना ही शिकार करने निकलता है।

## 5

कहाँ से 'कथ्य' की पहली लहर ऊपर उठती है? पहला शब्द वह गाँठ है, कथ्य के भीतर उठी हुई 'ग्रोथ' जिसका पता तब चलता है, जब यह पता चलाना असम्भव हो जाता है, वह कितना फैलेगा, कहाँ होगा इसका विस्फोटन, किन मैथुन-पक्षियों की चीख़, किस विगत के पश्चात्ताप, किस आर्तनाद की गाथा में?

समुद्र का ज्वार उठता है और लहरें पछाड़ खाकर गिरती हैं... गिरती हैं, उठती हैं, वापस लौट आती हैं। समुद्र वहीं रहता है, किन्तु हर लहर पर उन्मत्त ऊँचाई को छूकर नीचे गिरता है, निन्यानबे डिग्री से ऊपर। वह होरी के शव पर धनिया की पछाड़ है। सारे उपन्यास के कथ्यस्थल को भूचाल की तरह हिलाती हुई। मरते सब हैं, विधवाएँ विलाप करती हैं, जो बच पाते हैं, उनकी अपनी बेचारगी है, पर धनिया की पछाड़, उसका कोई जोड़ है? हमें आश्चर्य होता है, हम 'बचे' रह गए हैं। कला का 'कथ्य' हमारे बचे रहने का—सर्वाइवल का—साक्ष्य है, सन्दिग्ध साक्ष्य, क्योंकि हम सचमुच बच गए हैं, क्या इसका प्रमाणित सबूत कभी मिल सकता है?

## 6

वह एक मायानगरी है, धूप में चमचमाते इन्द्रप्रस्थ के बीच एक छलना महल। दीवारों को देखकर लगता है, पानी का झरना है, ख़ाली सूखी जगह में तालाब झिलमिलाता है, पर जब नहाने भीतर जाओ, तो सूखा का सूखा। कुछ भी वह नहीं जो दिखाई देता है। जो दिखाई देता है, वह कितना दूर है, हम उसे पास बुलाना चाहते हैं पर वह एक इंच अपना सफ़ेद पाँव बढ़ाती है, और दो इंच पीछे हट जाती है—हमारे पास आते-आते ओझल हो जाती है—भला जिसका नाम ही दूरी है, वह पास कैसे आएगी? कथ्य एक जमी झील है, जहाँ द्रौपदी की हँसी सुनाई देती है और वह हड़बड़ाकर बहने लगती है।

वह अपरिमेय है, अपरिमेय में अपने को रूपायित करता हुआ कथ्य, पास बुलाता हुआ नहीं, दूरी को पाटता हुआ भी। बल्कि उसी के परिदृश्य में अपने को रचाता हुआ...हम बीच के गड्ढों को पार करते हुए, गिरते-पड़ते उस 'सच' के पास पहुँचते हैं। तभी दिल के भीतर सरसराता साँप छाती पर लोटता दिखाई देता है। हाथ से छूते हैं, तो आश्वस्त होते हैं, यह साँप नहीं, पीड़ा है, जिसे हर दूरी अपने कथ्य के भीतर केंचुल की तरह छोड़ जाती है। यह धुकधुकी है, सफ़ेद पन्ने पर घड़ी की टिक-टिक करती हुई। कहानी समाप्त होने पर भी 'कथ्य' की साँस बराबर चलती रहती है।

## 7

क्या हम उसे पहचानते हैं, जो कथ्य को शुरू करता है, किन्तु वह 'पहला शब्द' नहीं; एक ही शब्द बार-बार दूसरे शब्दों में अपने को दुहराता है,

एक अभाव को पूरा करते ही एक दूसरे अभाव को खोलता हुआ, धड़धड़ाती ट्रेन व पटरियों के नीचे अपना सिर धुनता हुआ, जो कभी बचपन में हम सुनते थे और खो देते थे, उन सैंडिलों की आवाज़ की तरह, जो एक लड़की फ़िल्म की ख़ाली सड़कों पर खटखटाते हुए चली जाती है। अगर हम उसे ध्यान से सुनें तो वह कथ्य की नंगी पाशविक लय है, हमारे अपने दिल की धड़कन, एक शब्द को दूसरे शब्द से पिरोती हुई, पैरों और पटरियों के नीचे धुकधुक करती हुई।

वे ठीक कहते हैं कि लेखक की मृत्यु हो चुकी है—पर इसे स्वीकार करते हुए झिझकते हैं कि उसकी रुकी हुई साँस उसके 'कथ्य' में एक उच्छ्वास एवं आह की तरह सुनाई देती रहती है—हर शब्द पर उड़ता हुआ एक बादल।

## 8

'कथ्य' का शाब्दिक अर्थ है, जो कहना चाहिए—ज़ोर 'चाहिए' पर है, एक ज़बरदस्त नैतिक बाध्यता से बँधा हुआ। क्या 'कहना' चाहिए, इसका पूर्व ज्ञान किसी के पास नहीं, इसीलिए हर कथ्य की तलाश ख़ाली पन्ने पर शुरू होती है—वह ख़ाली पन्ना नहीं, जिस पर अब तक का कुछ लिखा हुआ नहीं है, बल्कि वह, जिस पर अब तक लिखा हुआ मिट गया हो, स्मृति से ओझल हो गया हो...हमें वही लिखना है, जो लिखा जा 'चुका' है, वह नहीं, जो अब तक लिखा नहीं गया हो। स्कूली बच्चे की तरह हम तख़्ती पर, उसी पर कलम फेरते हैं, जो कभी पहले लिखा गया था—पर अब सूख गया है, फीका पड़ गया है, ख़ाली हो गया है।

ख़ाली हो गया है, पर असल में ख़ाली है नहीं। हम बादल को याद करते हैं, तो पन्ने पर एक छाँव दिखाई देती है, हवा कहते हैं,

तो कहीं हूक-सी उठती है, पत्ता कहते हैं, तो मरती हुई उम्र दिखाई देती है, लहर कहते ही साँस ऊपर उठने लगती है, लौटती है, सिर धुनती है।

शब्द की नैतिकता, उसे देखने में है, वह नहीं जो शब्दकोश में है, बल्कि वह जो दुनिया में आदि, पुनीत रहस्य को उद्घाटित करती है, जैसे वह पहली बार की दुनिया हो, जिस पर सूरज उग रहा हो, जिसे हम पहली बार देख रहे हैं, अपनी पारदर्शी पवित्रता में, जब वह अपने 'होने' को टटोल रही थी। हिचक रही थी। कितना अभागा है वह लेखक जो दुनिया की आँख से बचकर दुनिया को रचता है और उसे हमेशा के लिए खो देता है। अभागा लेकिन हमारे लिए मूल्यवान—वही तो स्वप्न देखता है। खोई हुई दुनिया का स्वप्न, जो कला का दुर्लभ सत्य है।

# दो स्वीकृतियाँ

# भारतीय सभ्यता : तीसरा महाकाव्य

मैं ज्ञानपीठ के निर्णायक मंडल के प्रति गहरा आभार प्रकट करता हूँ, जिसने मूर्तिदेवी पुरस्कार से मुझे गौरवान्वित किया। इससे बढ़कर आनन्द और सौभाग्य की क्या बात हो सकती है कि बुद्ध पूर्णिमा के शुभ दिवस पर यह सम्मान मुझे एक ऐसे देवतुल्य व्यक्तित्व के हाथों से मिले जो स्वयं अपनी धरती से निर्वासित होने के बावजूद समूची धरती की निर्वासित आत्माओं को अपनी करुणा में शरण देते हैं। मेरे लिए पवित्र पावन दलाई लामा हिन्दू-बौद्ध परम्परा के ही उज्ज्वल प्रतीक नहीं हैं, बल्कि मनुष्य मात्र की मुक्ति और स्वाधीन चेतना के भी साक्षात् उदाहरण हैं। उनका आज यहाँ होना मेरे जीवन का तो सबसे पवित्र, गौरवशाली क्षण है ही, इससे अधिक सुन्दर, सुखदायी बात हम सबके लिए, समूचे भारत के लिए वह होगा, जब वह पूरी गरिमा और आत्मसम्मान के साथ अपनी पवित्र देशभूमि में वापस लौटेंगे।

क्या यह महज़ संयोग है कि दलाई लामाजी की उपस्थिति में मुझे आज जिस पुस्तक* के लिए सम्मानित किया जा रहा है, उसमें उन्हीं सनातन परम्पराओं का विचार किया गया है, जो आज इतिहास के थपेड़ों से भले ही आहत, क्षत-विक्षत दिखाई दें, किन्तु जिन्होंने पिछले पाँच हज़ार वर्षों से हमारी जीवन-धारा और चिन्तन-दिशाओं को निर्धारित किया है। इन परम्पराओं की खिड़की से हमने जहाँ पहली बार बाहर की सृष्टि से नाता जोड़ा था, वहाँ भीतर के आत्म से साक्षात्कार किया था। 'आत्म' और 'अन्य' के इस पवित्र संगम स्थल पर ही उस विलक्षण चिन्तन-शैली और जीवन-दर्शन का प्रस्फुटन हुआ था, जिसे इतिहासकार 'भारतीय सभ्यता' कहते हैं। एक ऐसा सभ्यता-बोध, जिसमें प्रकृति का विराट लीलास्थल स्वयं अपनी चेतना में स्वायत्त है, मनुष्य द्वारा अनुशासित नहीं। पशु, पक्षी, नदी, पहाड़, देवी, देवता, मनुष्य के प्रभुत्व के नीचे नहीं, उसके सान्निध्य में बसेरा करते हैं। उन्हें अपने 'होने' की पवित्रता ऊपर बैठे किसी 'ईश्वर' से नहीं, उस 'ईश्वरीय तत्त्व' से मिली है, जो स्वयं उनके भीतर विद्यमान है। मुझे हमेशा लगता रहा है कि भारतीय संस्कृति के दो नहीं, तीन महाकाव्य हैं...'रामायण' और 'महाभारत' उसके लिखित पाठ हैं, तीसरा अलिखित महाकाव्य स्वयं भारतीय सभ्यता है, जिसे हम पढ़ते नहीं, क्योंकि हम स्वयं उसके द्वारा रचित हैं, उसके अनलिखे पन्ने पर हम स्वयं अपने को लिखते हैं। वह आज भी जीवित है, क्योंकि अन्य सभ्यताओं की तरह उसने अपने को बन्द नहीं किया—उसके पन्ने आज भी खुले हैं।

बीसवीं शती के आरम्भ में जब पश्चिमी सभ्यता अपने चरमोत्कर्ष पर थी, तब कौन कह सकता था कि उसके सार्वभौमिक प्रभुत्व को एक ऐसा अदना व्यक्ति चुनौती दे सकेगा, एक ग़ुलाम देश का नागरिक, जिसे कोई जानता भी न था। गांधी ने ठीक अपनी परम्परा की भावभूमि पर

* 'भारत और यूरोप : प्रतिश्रुति के क्षेत्र'।

खड़े होकर पश्चिमी सभ्यता की महाजनी महत्त्वाकांक्षाओं के खोखलेपन, उसकी हिंसात्मक लिप्साओं के विनाशकारी परिणामों को दर्शाया था। आज, शताब्दी के अन्तिम वर्षों में, जब मनुष्य की आत्मशून्यता का संकट और अधिक गहरा हुआ है, मुक्ति का सन्देश एक छोटे देश के महान प्रतिनिधि परम पावन दलाई लामा की ओर से आया है। क्या यह महज़ चमत्कारिक संयोग है कि बीसवीं शती के दो चरमबिन्दुओं के बीच, जहाँ आधुनिक सभ्यता की समस्त विचारधाराओं के ढूह और खँडहर दिखाई देते हैं, वहाँ इन दो महान् विभूतियों का सन्देश अपने परम्परागत सत्यों में अनुगुंजित होता हुआ उतना ही जीवनदायी और प्रासंगिक जान पड़ता है, जितना पहले कभी था।

दो आवाज़ों में प्रतिध्वनित होता हुआ एक सत्य, जो जब यह शताब्दी नहीं रहेगी, तो भी उसके मूक कुहासे में गूँजता रहेगा।

कैसा है यह सत्य जो पिछले पाँच हज़ार वर्षों की लम्बी यात्रा करते हुए हम तक पहुँच पाया है—कैसा है इसका आलोक जो दो सौ वर्षों की औपनिवेशिक दासता, आर्थिक विपन्नता और बौद्धिक अपंगता के अँधेरे को भेदते हुए आज भी हमारा मार्गदर्शन करता है? अथवा यह सिर्फ़ आत्म-छलना है, जैसा कि हमारे रेडिकल राजनेता और प्रगतिशील बुद्धिजीवी मानते हैं—एक स्वर्ण-मरीचिका, जिसके पीछे हम भाग रहे हैं और जो अपने में कुछ नहीं, महज़ एक मृत संस्कृति का बोझ, जिसे फेंकने के बाद ही हम 'प्रगति और विकास' के रास्ते पर बढ़ सकते हैं?

यह कोई नया प्रश्न नहीं है; पिछले दो सौ वर्षों से जब से हम पश्चिमी सभ्यता के सम्पर्क में आए, यह प्रश्न हमें अपनी अस्मिता के प्रति ही शंकाकुल बनाकर एक घाव की तरह हमारी आत्मा में रिसता रहा है। संकट की घड़ी में हर प्राचीन सभ्यता, जिसका अस्तित्व ही इतिहास की 'विकासधारा' में सन्दिग्ध बन गया हो, अपने को नई आँख से देखने का उपक्रम करती है, एक निर्मम क्रूर आँख, जिससे कुछ

नहीं बचता—न इतिहास की लहूलुहान खरोंच, न गन्दगी का कचरा, न कीचड़ में धँसी आत्मा, सब उसकी नंगी रोशनी में आ जाता है। पाँच हज़ार वर्ष की लम्बी यात्रा की धूल-थकान को कोई कैसे पोंछेगा, जब तक उसे परखेगा नहीं? यदि किसी परम्परा के जीवन्त होने की शर्त उसका आत्मान्वेषी होना है—एक ऐसी परम्परा—जो न तो समय के सस्ते भुलावों से भ्रमित होती है, न उसकी जोखिम भरी चुनौतियों से मुँह मोड़ती है, तो पिछले दो सौ वर्षों का आत्म-संघर्ष भारतीय संस्कृति के जीवन्त होने का सबसे प्रामाणिक साक्ष्य है। राजा राममोहन राय से लेकर बंकिमचन्द्र चटर्जी, रवीन्द्रनाथ ठाकुर, विवेकानन्द, गांधी, श्री अरविन्द जैसे लेखकों, महर्षियों, चिन्तकों की एक लम्बी शृंखला रही है जिन्होंने इतिहास की धूल में खोए हुए रास्ते पर भारतीय सभ्यता के पद-चिह्नों को आँका था। हमारा स्वतंत्रता-आन्दोलन यदि दुनिया की सबसे शक्तिशाली साम्राज्य-सत्ता की जड़ों को हिला देने में समर्थ हुआ, तो इसलिए कि 'स्वतंत्रता' उसके लिए सिर्फ़ एक राजनीतिक मूल्य नहीं, एक वैकल्पिक सभ्यता-बोध को अपने जीवन में प्रतिष्ठित करने का आदर्श था। वह अपनी खोई हुई 'पहचान' को पाने का स्वप्न था।

भारतीय सभ्यता का यह आत्मबोध ही वह आलोकस्तम्भ है, जिसके प्रकाश में हमें अपना अतीत अपनी स्मृतियों, संस्कारों, मिथकों में हमारे वर्तमान का समकालीन जान पड़ता है। भारतीय परम्परा का यह विशिष्ट स्वभाव रहा है कि उसमें अतीत और वर्तमान अलग-अलग ऐतिहासिक खंडों में विभाजित नहीं, एक ही काल-प्रवाह के अभिन्न और अन्तरंग अंग हैं। परम्परा कोई बीते हुए समय की स्मृति नहीं, जिसे संग्रहालय में सुरक्षित रखकर छुटकारा पा लिया जाता है, बल्कि वह बराबर हमारे समकालीन द्वंद्वों और अन्तर्द्वंद्वों में एक नैतिक मापदंड, एक प्रामाणिक कसौटी, अन्तश्चेतना की आवाज़ बनकर हस्तक्षेप करती है। वह अपने को किसी एक धर्म-पुस्तक या किसी धर्म-प्रतिष्ठान तक

सीमित नहीं रखती, बल्कि हमारे समूचे जीवन-प्रवाह में अन्तर्निहित है। और जब यह प्रवाह किसी ऐतिहासिक दुर्घटनाओं अथवा हमारी अपनी भूलों से कुंठित हुआ है तो स्वयं हमारी परम्परा ने अपने भीतर से कबीर और तुलसीदास, प्रसाद और निराला जैसे कवि-मनीषियों को जन्म दिया है ताकि उनकी काव्यधारा में अपने को परिशोधित करके वह अपने को पुनः प्रवहमान बना सके। रामकृष्ण परमहंस कहा करते थे कि नदियाँ बहती हैं क्योंकि उनके जनक—पहाड़—अटल रहते हैं। भारतीय संस्कृति में चिरन्तन अटलता और सतत प्रवाहमयता का अलौकिक सम्बन्ध रहा है। यह वह सम्बन्ध है जिसमें हमारा अतीत हमारे वर्तमान में स्पन्दित होता है और समूची सृष्टि हमारे आत्म में प्रतिबिम्बित होती है।

स्वतंत्रता के पचास वर्ष बाद भी यदि आज हम अपने को अपनी ही संस्कृति के मूल स्रोतों से विगलित पाते हैं तो क्या इसलिए नहीं कि जिस परम्परा की अनमोल धरोहर हमारे पूर्वज हमें सौंप गए थे, उसे कंकर समझकर हमने कहीं विस्मृति के अँधेरे में फेंक दिया है? यह एक ऐसी आत्म-निर्वासन की स्थिति है जहाँ हम स्वयं अपने घर में शरणार्थी बनकर रह रहे हैं। वर्षों पहले मैं एक पत्रिका का रिपोर्टर बनकर प्रयाग के कुम्भ मेले में गया था। संगम के तीर्थ-स्थल पर लाखों यात्री भारत के सुदूर कोनों से आए थे। मेरे आगे-पीछे एक अथाह जन-समूह था, सुबह के अँधेरे में उगते हुए सूर्य की ओर बढ़ता हुआ—और तब मुझे लगा, जैसे वह भारतीय संस्कृति का ही जीता-जागता प्रतीक हो, शताब्दियों से चलती एक तीर्थयात्रा—बीच-बीच में रुकती हुई, रास्ता भूलती हुई, धूल और मिट्टी से सनी हुई—लेकिन इस सबके बावजूद सतत प्रवहमान। अपनी सभ्यता की सतह पर जमी हुई मैल-कीचड़ को न देख पाना उतनी ही बड़ी आत्मछलना होगी, जितना सतह के नीचे बहती हुई उस जलधारा को न देख पाना, जिसमें उसका सत्य अन्तर्निहित है। नदी, लोग, विश्वास, मिथक—एक संस्कृति के असंख्य बिखरे कण जो अपने

अलगाव में इतने विपन्न और जर्जरित जान पड़ते हैं, किन्तु एक-दूसरे से जुड़ते ही जीवन की समूची अर्थवत्ता को उजागर कर जाते हैं। भारतीय संस्कृति का यह बहुकेन्द्रीय सत्य, संगम की अदृश्य सरस्वती की तरह, अन्तःसम्बन्धों की पवित्रता में निहित है। मिथक और स्मृति, शब्द और मौन, मृत्यु और पुनर्जन्म—सब एक-दूसरे से इतने अन्तरंग ढंग से जुड़े हैं कि एक को दूसरे से अलग करते ही समूची सभ्यता का ताना-बाना टूटने लगता है।

क्या हम भारतीय संस्कृति को इस टूटन और बिखराव से बचा सकते हैं? 'हम' से मेरा अभिप्राय उन सबसे है, जो अपने को इस संस्कृति का उत्तराधिकारी मानकर उसकी गौरवगाथा तो गाते हैं, किन्तु उसके प्रति हमारा जो ऋण है, उसे चुकाने से कतराते हैं...मेरे निबन्धों की केन्द्रीय चिन्ता इस प्रश्न के साथ जुड़ी है। पिछले वर्षों में जिस बौद्धिक अराजकता, नैतिक सनकीपन और आत्मघृणा के वातावरण में हम जी रहे हैं, उसमें यह प्रश्न अतिरिक्त महत्त्व प्राप्त कर लेता है। मैंने यदि साहित्य की भावभूमि पर इस प्रश्न को अपनी चिन्ताओं के केन्द्र में रखना उचित समझा, तो इसलिए कि साहित्य भाषा का वह सृजनात्मक क्षेत्र है, जिस पर चलकर हम अपनी स्मृति के मूलाधारों की ओर लौटते हैं। हर महान साहित्यिक कृति—वह कविता हो या उपन्यास—हमें विस्मृति के सुविधाजनक भुलावे से उबारकर स्मृति के निर्मम, चुँधियाते आलोक में लाती है। साहित्य और कुछ नहीं, संसार की भीड़ में अपने विलुप्त चेहरे की पहचान है। हर साहित्यिक रचना हमारे भीतर के दरवाज़ों को खोल देती है, जिनकी चौखट के पीछे न जाने कितने पूर्वजों की स्मृतियाँ कान लगाए खड़ी रहती हैं, ताकि वे अपने को दुबारा से हमारे शब्दों में सुन सकें। इसीलिए मैं अपने निबन्धों और कहानियों में किसी तरह की फाँक नहीं देखता। दोनों की तृष्णाएँ भले ही अलग-अलग हों, शब्दों के जिस जलाशय वे अपनी प्यास बुझाते हैं, वह एक ही हैं।

निबन्ध मेरी कहानियों के हाशिए पर नहीं, उसके भीतर के रिक्त स्थानों को भरते हैं, जहाँ मेरी आकांक्षाएँ सोती हैं।

यह एक विशेष कारण है कि मैं भारतीय ज्ञानपीठ का आभारी हूँ, जिसने जिस दिवंगत महिला की पुण्यस्मृति में यह पुरस्कार दिया, कितना सुन्दर नाम है मूर्तिदेवी, वह मेरी निबन्धों की पुस्तक पर है। यह पुस्तक एक तरह से मेरे उन अकेले वर्षों की साक्षी है, जब मैं अपनी शंकाओं में अपने साहित्यिक समाज की प्रचलित, पूर्वनिर्धारित धारणाओं से अपने को असहमत और अलग पाता था। उन कठिन दिनों में मुझे हमेशा उन लेखकों के निबन्धों से गहरी प्रेरणा मिलती थी—जॉर्ज ऑरवेल और अल्बैर कामू, वात्सलाव हावेल और अज्ञेय—जिन्होंने बदनामी और अपयश के सभी जोखिम उठाकर अपनी अन्तश्चेतना का सत्य कहने का साहस किया था। आज के दिन मैं विशेष रूप से उनकी पुण्यस्मृति को सँजोता हुआ एक बार फिर परम पावन दलाई लामा और आप सबके प्रति अपनी हार्दिक कृतज्ञता प्रकट करता हूँ, जिन्होंने अपनी उपस्थिति से मुझे गौरवान्वित किया।

[मूर्तिदेवी पुरस्कार मिलने पर अभिभाषण]

# हिन्दी का आत्मसंघर्ष

मैं हिन्दी अकादमी के प्रति अपना आभार प्रकट करता हूँ, जिसने मेरे कृतित्व को शलाका पुरस्कार से सम्मानित करने के लिए योग्य माना। हर लेखक का कृतित्व उसकी भाषा, उसके शब्द-संसार से अन्तरंग रूप से जुड़ा होता है। यह चीज़ जहाँ लेखक को अन्य कलाकारों से अलग करती है, वहाँ दूसरी ओर उसे एक विशेष प्रकार के कृतज्ञता-बोध से अवगत भी कराती है। उस भाषा के प्रति कृतज्ञता-बोध, जिसमें उसके लेखक का जन्म हुआ है, उसके जीवन का पुनर्जन्म। इस दृष्टि से यह सम्मान मेरे लिए और भी अधिक गौरवपूर्ण बन जाता है, क्योंकि वह एक ऐसी संस्था द्वारा मुझे दिया जा रहा है, जिसके साथ 'हिन्दी' का शब्द जुड़ा हुआ है—एक ऐसा शब्द, जिसके भीतर मैंने पिछले पैंतालीस वर्षों में लेखन की अर्थवत्ता पाने का प्रयास किया है। मेरे लिए हिन्दी सिर्फ़ एक भाषा ही नहीं है, अन्य भाषाओं में से एक, बल्कि इससे कहीं अधिक बढ़कर वह मेरी सांस्कृतिक विरासत की एक अनमोल निधि रही है,

जिससे मैंने 'भारतीय' होने की पहचान अर्जित की है। वह मेरे लिए महज़ अभिव्यक्ति का माध्यम न होकर मेरे 'होने' का साक्षी रही है। हिन्दी अकादमी के इस सम्मान के लिए मैं सिर्फ़ लेखक के तौर पर नहीं, एक हिन्दी लेखक के तौर पर अपने को गौरवान्वित पाता हूँ।

क्या मतलब है आज हिन्दी लेखक होने का? यह प्रश्न सहज ही मन में उठता है। हम अक्सर भूल जाते हैं कि हिन्दी की खड़ी बोली, जिसमें अधिकांश आधुनिक हिन्दी साहित्य की रचना हुई है, मुश्किल से सौ-डेढ़ सौ वर्ष पुरानी है। हिन्दी की सांस्कृतिक जड़ें भले ही पाँच हज़ार वर्ष पूर्व संस्कृत वाङ्मय और लोकभाषाओं में हों, खड़ी बोली में रचा साहित्य शायद दुनिया के युवातम साहित्यों में गिना जाएगा। मैथिलीशरण गुप्त से लेकर निराला तक लेखकों को अपनी संवेदनाओं को अभिव्यक्ति देने के लिए अपनी काव्यात्मक भाषा ख़ुद गढ़नी पढ़ी थी, बंगला या मराठी लेखकों की तरह उन्हें वह बनी-बनाई विरासत नहीं मिली थी। हैरानी होती है, इतने कम समय में हिन्दी ने इतनी मंज़िलें कैसे एक साथ पार कर लीं! मुझे यह सोचकर गर्व होता है, कैसे विपरीत परिस्थितियों का सामना करते हुए हिन्दी लेखक ने इन वर्षों के दौरान एक ऐसा संवेदनात्मक तंत्र तैयार किया, जिसमें संस्कृत की शास्त्रीय परम्परा की भूमिका उतनी ही महत्त्वपूर्ण थी, जितना स्थानीय बोलियों और लोक-भाषाओं का योगदान। हमें उनका कृतज्ञ होना चाहिए जिन्होंने आधुनिक अनुभवों की संश्लिष्ट अभिव्यक्ति के लिए एक ऐसा संरचनात्मक ढाँचा तैयार किया, जिसमें आज हम अपनी कहानियाँ, कविताएँ लिखते हैं।

भारतेन्दु-युग से लेकर आज तक हिन्दी साहित्य में जितने महत्त्वपूर्ण मोड़ आए हैं, निस्सन्देह उनमें उन लेखकों की निर्णायक भूमिका रही है जिन्होंने अपने लेखन-कर्म को हिन्दी के आत्मसंघर्ष से जोड़ा है और इस प्रक्रिया में हिन्दी भाषा को अधिक सृजनशील, प्रखर और लचीला बनाया है। उसके पाटों को अधिक प्रशस्त किया है ताकि वह अपने

प्रवाह में समूचे भारत की अनुभव सम्पदा को समाहित कर सकें। यदि इतने अल्प-काल में हिन्दी ने राष्ट्रभाषा बनने का नैतिक अधिकार और गौरव अर्जित किया है तो किसी राजकीय प्रभुत्व या संरक्षण के कारण नहीं, बल्कि अपने उस खुले, विनम्र और उदार हृतस्थल के कारण, जिसकी धड़कन में हर भारतीय का छोटे से छोटा अनुभव स्पन्दित होता है। हिन्दी भाषा का विकास बन्द दरवाज़ों की सुरक्षा के भीतर नहीं, खुली हवा के मुक्त थपेड़ों के बीच हुआ है। यह महज़ ऐतिहासिक संयोग नहीं था कि भारत के स्वातंत्र्य आन्दोलन में हिन्दी भाषा ने गौरवशाली भूमिका अदा की थी। गांधीजी के लिए यदि भारतीय चेतना का एक स्वदेशी प्रतीक खादी था, तो दूसरा प्रतीक हिन्दी भाषा थी। मेरे मित्र सुविख्यात नाट्यनिदेशक बी.वी. कारन्त, जो स्वयं कन्नड़-भाषी हैं, ने एक बार कहा था कि स्वतंत्रता-संग्राम में वह जेल जाने का साहस तो नहीं जुटा सके, किन्तु उन्होंने हिन्दी भाषा को सीखना ज़रूर अपना नैतिक कर्तव्य माना था।

मेरी मान्यता है कि जिससे आप सचमुच प्रेम करते हैं, उसके बारे में चुप रहना चाहिए। यदि आज मैंने अपने हिन्दी लगाव के बारे में कुछ शब्द कहने ज़रूरी समझे तो इसलिए कि कहीं उनके पीछे गहरा क्षोभ छिपा है। यह देखकर दु:ख होता है कि जो भाषा एक समय में भारत की स्वाधीन चेतना का प्रतिनिधित्व करती थी, स्वतंत्रता के पचास वर्ष बाद वह अपने को गहरी हीनभावना से ग्रस्त उपेक्षित स्थिति में पाती है। कोई भाषा बहुत देर तक सरकारी अनुदानों अथवा मौखिक आत्म-प्रशंसाओं द्वारा जीवित नहीं रहती, उसकी संजीवनी शक्ति का स्रोत ऊपर से नहीं, नीचे से आता है...उन अतल गहराइयों से जहाँ उसके समाज के संस्कार और स्मृतियाँ वास करती हैं। पिछले वर्षों में हिन्दी भाषा का यह सनातन स्रोत धीरे-धीरे सूखता चला गया है, जिसके परिणामस्वरूप हमारे विश्वविद्यालयों, हमारी शिक्षा-पद्धति, हमारे सामाजिक कार्यकलाप

में हिन्दी भाषा की भूमिका हाशिए पर चली गई है। आज जिस बौद्धिक दासता की स्थिति में हम जीते हैं, तो आश्चर्य होता है कि पराधीन भारत में हमारी चेतना अधिक स्वतंत्र थी, अपनी भाषा में हमारा विश्वास कहीं और गहरा था, हमारी सांस्कृतिक संस्थाएँ अधिक आत्मनिर्भर थीं। हमें अपनी साहित्यिक पत्रिकाएँ चलाने के लिए बड़े business houses या संस्कृति मंत्रालयों के आगे हाथ नहीं फैलाने पड़ते थे। पिछले वर्षों में जिस पड़े पैमाने पर अंग्रेज़ी भाषा का प्रभुत्व हमारी शिक्षा-पद्धति, हमारे प्रकाशन गृहों, हमारे जीवन-व्यवहार पर फैला है, उसे देखकर लगता है कि राजनीतिक स्वतंत्रता मिल जाने से ही स्वतः ख़ुद-ब-ख़ुद मानसिक ग़ुलामी से मुक्ति नहीं मिल जाती।

यह सही है कि उत्कृष्ट लेखन अनुकूल परिस्थितियों अथवा आर्थिक साधनों की अपेक्षा नहीं करता है, किन्तु निराला, मुक्तिबोध, अज्ञेय, रेणु विश्वविद्यालयों के सीमित शिक्षित वर्ग से बाहर निकल समूचे समाज के अन्तर्बोध का अंग बन सके, यह बिना अनुकूल सांस्कृतिक पर्यावरण के सम्भव नहीं है। यदि सरकार इसके लिए उदासीन रहती है और हमारी शिक्षा-पद्धति अपने औपनिवेशिक ढाँचे में बन्द रहती है, तो इसका दायित्व हमारी सांस्कृतिक संस्थाओं पर आ पड़ता है, जो अपने सोच और चिन्तन में स्वावलम्बी, शब्द की गरिमा और शक्ति के प्रति आश्वस्त और हिन्दी की सांस्कृतिक धरोहर के प्रति सचेत हैं। मैं आशा करता हूँ कि हिन्दी अकादमी अपने नाम को सार्थक करती हुई अपने इस दायित्व को सम्पन्न करने में सफल होगी। इन शब्दों के साथ मैं एक बार हिन्दी अकादमी के प्रति फिर अपना आभार प्रकट करता हूँ।

[हिन्दी अकादेमी का शलाका पुरस्कार मिलने पर, 1998]

# इतिहास के खोए हुए पदचिह्न

# चेक त्रासदी की एक भूली-बिसरी याद

कहते हैं, लोगों की स्मृति बहुत छोटी होती है। घटनाएँ होती हैं, कुछ समय तक उन्हें लेकर सहानुभूति और विषाद प्रकट किया जाता है, फिर वे धुँधली पड़ती जाती हैं, और फिर एक दिन उन्हें भुला दिया जाता है। जिन व्यक्तियों ने उन घटनाओं को देखा था, उनके साक्षी थे, वे बूढ़े हो जाते हैं, मर जाते हैं, और उनके भीतर का रोष, पीड़ा और पछतावा भी उन्हीं के साथ दब जाता है। इसे हम इतिहास कहते हैं।

मुझे याद है, वे अगस्त के दिन थे। दस वर्ष पूर्व। समाजवादी देश चेकोस्लोवाकिया पर पाँच समाजवादी देशों ने आक्रमण किया था। आधी रात के समय दुब्चेक और अन्य चेक कम्यूनिस्ट नेताओं को पहले मारा-पीटा गया, फिर चोरों की तरह हथकड़ियों-बेड़ियों में ले जाया गया—मास्को के कम्यूनिस्ट नेताओं के आगे—जैसे पुराने ज़माने में बादशाहों के दरबार में बन्दियों को पेश किया जाता था।

मैं इन दिनों लन्दन में था। एक दोपहर रेडियो सुनते हुए अचानक प्राग रेडियो से अपील सुनाई दी, जैसे अज्ञात जगह से कोई अँधेरे में पुकार रहा हो :

> हम आशा करते हैं, एक दिन जब चेकोस्लोवाकिया की मुक्त आवाज़ को दबा दिया जाएगा, और 'प्राग वसन्त' की ख़बर बासी पड़ जाएगी, तो भी उस ख़ामोश घड़ी में आप चेकोस्लोवाकिया को याद रखेंगे।

मुझे लगा, यह क़ब्र के भीतर की आवाज़ है, एक जाति की आवाज़, जिसे जीते-जी ज़मीन में दबा दिया हो। ज़मीन के ऊपर सोवियत टैंक थे, मानव-मुक्ति की पताका फहराते हुए।

तब से दस वर्ष गुज़र चुके हैं। कहते हैं, चेकोस्लोवाकिया की स्थिति 'नॉर्मल' हो चुकी है। सब जगह शान्ति है। प्राग के पीछे जंगलों में, सोवियत सेनाओं को कड़ी हिदायत है कि वे चेक लोगों के सामने न आएँ। किसी को यह ध्यान नहीं आना चाहिए कि इन वर्षों में चेकोस्लोवाकिया एक विराट समाजवादी देश की तीसरे दर्जे की औपनिवेशिक कॉलोनी बन चुका है।

यह है राष्ट्रों की बराबरी का आदर्श, जिसे लेनिन ने बड़े गर्व से बोल्शेविक क्रान्ति के अवसर पर सारी दुनिया के सामने रखा था।

आज जब हम चेकोस्लोवाकिया को याद करते हैं, तो एक बीती हुई घटना की तरह नहीं, बल्कि एक खुले घाव की तरह जिससे बराबर ख़ून रिस रहा है। हम आँखें मूँद लेने पर अपनी यातना से ज़रूरी छुट्टी पा लें, चेक लोगों के रिसते घाव की अनन्त, असाध्य पीड़ा को नहीं कम कर सकते। हमारे लिए जो 'बीती हुई घटना' है, उनके लिए वह एक दुःस्वप्न है, जो हर चेक नागरिक को पिछले दस वर्षों से अपने दैनिक जीवन में झेलना पड़ रहा है।

प्रश्न बहुत सीधा है—क्या किसी जाति पर हिंसा और आतंक के बल पर एक ऐसा झूठ थोपा जा सकता है, जिसमें कोई विश्वास नहीं करता? आक्रमण के समय सोवियत नेताओं ने यह बहाना रखा था कि उन्हें चेकोस्लोवाक नेताओं ने 'आमंत्रित' किया है, किन्तु पिछले दस वर्षों में वे एक भी ऐसे व्यक्ति, नेता या कम्यूनिस्ट का नाम नहीं बता सके हैं, जिसने उन्हें अपने देश में आने का निमंत्रण दिया हो। रेडियो, टेलीविज़न और अख़बारों में बार-बार यह बात दोहराई जाती है कि सोवियत सेनाएँ चेक जनता को 'मुक्त कराने' आई थीं—किससे मुक्त कराने आई थीं, यह भेद आज भी अभेद्य बना है। यों भी बड़े राष्ट्र कब तक अपनी सत्ता लिप्सा को छिपाने के लिए दूसरे देशों को मुक्त कराते रहेंगे! हमने अपने समय में वियतनाम और तिब्बत को 'मुक्त' होते देखा है, स्वयं हिटलर ने सोवियत संघ पर आक्रमण इसी बहाने किया था कि वह उसे यहूदियों और बोल्शेविकों से मुक्त कराना चाहता है। हिटलर और गोयबल्स शायद स्वप्न में भी यह कल्पना नहीं कर सकते थे कि एक दिन स्वयं सोवियत नेता उनके तर्क का सहारा लेकर अपने पड़ोसी देश को मुक्त कराने जा पहुँचेंगे।

आक्रमण के बाद सोवियत संघ ने समूची दुनिया के सामने वादा किया था कि चेकोस्लोवाकिया में स्थिति 'नॉर्मल' हो जाने के बाद, वे अपनी सेनाएँ वापस बुला भेजेंगे; आज दस वर्ष बाद वे स्वयं स्वीकार करते हैं कि चेकोस्लोवाकिया में 'सच्चा समाजवाद' लौट आया है, किन्तु चेक धरती पर समाजवादी सेनाएँ ज्यों-की-ज्यों क़ायम हैं। क्या उन्हें आज भी कोई ऐसा डर खाए जाता है कि सेनाओं के हटते ही मिट्टी की वे कठपुतलियाँ अपने-आप ढह जाएँगी, जिन्हें उन्होंने राजगद्दी पर बिठाया है? या शायद उन्हें अपने झूठ से इतना डर लगता है कि वे उसे खुले आकाश के नीचे नि:शस्त्र नहीं छोड़ना चाहते?

> तानाशाही की यह सबसे बड़ी विडम्बना है कि वह जब तक मनुष्य के मनुष्यत्व को पूर्णतया नष्ट नहीं कर देती, तब तक उसे ख़तरा बना रहता है कि एक दिन उसके झूठ की कलई अवश्य खुल जाएगी।

चूँकि समूचे दमन और आतंक के बावजूद 'मनुष्य' को नष्ट नहीं किया जा सकता, इसलिए यह कोशिश बराबर जारी रहती है कि वह मानव से कुछ नीचे—पशु के स्तर पर—जी सके, ताकि विरोध करना तो दूर—अपने अकेले क्षणों में भी उसके सोचने-समझने की शक्ति, आत्मा और 'कॉन्शस' के स्वर को एक सुन्न और असमर्थ बनाया जा सके। मेरे एक चेक लेखक मित्र इवान क्लीमा कहा करते थे कि समाजवादी समाज में मनुष्य का आत्मनिर्वासन और अलगाव पश्चिमी देशों के मनुष्य से भिन्न नहीं है :

> यह एक ऐसी व्यवस्था है, जिसमें मनुष्य के नाम पर, हर व्यक्ति को उन सब चीज़ों से वंचित कर दिया जाता है, जो मनुष्यत्व की निशानी हैं।

पिछले दस वर्षों में चेकोस्लोवाकिया में एक ऐसी ही व्यवस्था का निर्माण हुआ है। स्वयं कम्यूनिस्ट पार्टी को अपने सदस्यों में विश्वास नहीं, जिसके परिणामस्वरूप लगभग पाँच लाख पुराने कम्यूनिस्ट कार्यकर्ताओं को पार्टी से निकाल दिया गया है। समाचार-पत्रों, रेडियो और टेलीविज़न पर इतना कड़ा सेंसर है कि अरसे से लोगों ने उनके द्वारा प्रसारित ख़बरों पर विश्वास करना छोड़ दिया है। चेक लेखक संघ, जिसके नेतृत्व में दस साल पूर्व, चेकोस्लोवाक बुद्धिजीवियों ने यूरोप का सबसे गौरवशाली मुक्ति आन्दोलन शुरू किया था, भंग किया जा चुका है। हज़ारों लेखकों, कवियों, आलोचकों के सामने अपने को प्रकाशित करने का एकमात्र रास्ता है, शासन-सत्ता का समर्थन।

आश्चर्य होता है, सैकड़ों लेखकों ने झूठ और अन्याय का समर्थन करने की अपेक्षा कारख़ानों, फैक्टरियों में काम करना ज़्यादा बेहतर समझा है। अभी कुछ वर्ष पहले तक, विश्वविख्यात नाटककार वात्सलाव हावेल एक ब्रूरी में काम करते थे, किन्तु जब से चार्टर-77 का मानवीय अधिकारों को लेकर आन्दोलन शुरू हुआ, उन्हें जेल में डाल दिया गया है। भाषाविज्ञान के सुप्रसिद्ध विद्वान इर्शी ब्राबेत्स प्राग में मकानों की खिड़कियाँ साफ़ करते हैं। पिछले वर्ष मैं जब इन्हीं दिनों प्राग गया, तो यूनिवर्सिटी में अपने प्रोफ़ेसर साहब से मिलना चाहता था, वर्षों पहले चेक भाषा और साहित्य पर मैं उनके लेक्चर सुनने जाया करता था। पूछताछ करने पर पता चला, वे अब प्रोफ़ेसर नहीं रहे—एक दूतावास में शोफ़र का काम करते हैं। मेरे अनेक मित्र युवा कवि आज किसी भी पत्रिका में अपनी कविताएँ प्रकाशित नहीं करा सकते। सबसे बड़ा व्यंग्य यह है कि पुराने कम्यूनिस्ट लेखकों की पुस्तकों पर भी बड़ी पाबन्दी है, सुप्रसिद्ध मार्क्सवादी दार्शनिक कारेल कॉसिक, जिनकी पुस्तकों को यूरोप के कम्यूनिस्ट प्रकाशन गृहों ने बहुत गर्व से प्रकाशित किया है, आज अपने ही देश में मार्क्सवाद पर पुस्तकें नहीं लिख सकते।

दस वर्ष पूर्व जब सोवियत सेनाएँ चेकोस्लोवाकिया में आई थीं, तो 'क्रान्ति-विरोधी' शक्तियों को नष्ट करने नहीं, बल्कि मार्क्सवाद के खुले, मुक्त चिन्तन को नष्ट करने, जिसका प्रस्फुटन 'प्राग वसन्त' में हुआ था। यह एक ऐसा क्रूर तथ्य है, जिसे किसी भी सिद्धान्त की ओट में लीपा-पोता नहीं जा सकता।

यही कारण है, आज सोवियत नेताओं को सबसे बड़ा डर पूँजीवादियों या अफ्रीका की तानाशाही शक्तियों से नहीं है—युगांडा के अमीन ब्रेज़नेव के अच्छे मित्र हैं—उन्हें सबसे बड़ा ख़तरा स्वयं मार्क्सवाद से है, उन मार्क्सवादी शक्तियों से है, जिन्हें दुब्चेक के आन्दोलन ने इन शब्दों में व्यक्त किया था :

> समाजवाद, जिसका चेहरा मानवीय है—जहाँ मनुष्य की स्वतंत्रता और सामाजिक न्याय के बीच कोई विरोध नहीं।

मैं उन दिनों प्राग में ही था, और वे मेरे जीवन के सबसे गौरवपूर्ण क्षण थे।

> इतिहास को हम किताबों में पढ़ते हैं, किन्तु स्वयं इतिहास को जन्म लेते हुए कितने लोग देख पाते हैं? यह 'जन्म' बाहर सड़कों पर होता है—जब हज़ारों लोग भय और आतंक से मुक्त होकर बाहर निकल पड़ते हैं, और अचानक महसूस होता है कि ये लोग राजनीतिज्ञों के खिलौने नहीं, स्वयं अपनी नियति के निर्माता हैं।

मैंने उन्हें सड़कों पर देखा था। आधी रात को जलसों से लौटते हुए, मीटिंगों में मुक्त कंठ से अपनी आकांक्षाओं और यातनाओं को व्यक्त करते हुए, सेंसरशिप के हटते ही पुस्तकों की बाढ़-सी आ गई थी। वे लेखक और कवि, जो अपनी रचनाओं को अपनी मेज़ की दराज़ों में बन्द कर देते थे, अब उनकी कविताओं को रेस्तराओं और पबों में सुना जा सकता था। पहली बार चेकोस्लोवाक फ़िल्मों ने समूचे सिनेमा जगत् को अभिभूत-सा कर डाला था। पश्चिम के अनेक नाटककार और निर्देशक पीटर बुक, अल्बी, मिलर—अपने नाटकों को प्रदर्शित करने प्राग आए थे। पहली बार पत्रिकाओं में लूकाच, अर्नस्ट फिशर और ग्रामची जैसे मार्क्सवादियों के लेख प्रकाशित हुए थे...।

> कैसे एक दबी हुई संस्कृति आँखें खोलकर करवट लेती है, खुली हवा में साँस लेती है, मैंने उन आठ महीनों में देखा था। मैं कह सकता हूँ—मैं वहाँ था।

सबसे बड़ा विस्मय था—चेक कम्यूनिस्ट पार्टी की असीम लोकप्रियता। जो पार्टी कुछ वर्ष पहले तक नौकरशाही, आतंक और दमन की प्रतीक थी, जिसके सदस्यों को हिक़ारत और घृणा से देखा जाता था, क्योंकि वे अपने कैरियर और स्वार्थ में लिपटे रहते थे—वही पार्टी और उसके नेता रातोंरात मुक्ति और समाजवाद के वाहक बन गए थे। मुझे आज भी मई दिवस की वह अद्‌भुत 'परेड' याद आती है, जहाँ पुलिस का एक भी सिपाही, या सैनिक दिखाई नहीं देता था। लोग आगे बढ़कर दुब्चेक और उनके साथियों से बात करते थे, और एक क्षण के लिए पता नहीं चलता था, नेता कौन है, जनता कौन?

> मैं प्राग में एक ऐसे अभियान का साक्षी था, जिसकी कल्पना सदियों से संतों और क्रान्तिकारियों ने की थी—एक ऐसे समाज की परिकल्पना, जिसमें मनुष्य और राजसत्ता के बीच भय, आतंक और हिंसा की दीवार ढह जाती है।

यह अकारण नहीं है, चेकोस्लोवाकिया के इस अद्‌भुत अभियान को 'प्राग वसन्त' कहा जाता है, एक ऐसा वसन्त, जिसमें आदमी के भीतर की बर्फ़ पिघलने लगती है, एक विराट मानवीय संवेदना में बदलने लगती है—और इस बर्फ़ के नीचे एक ऐसे शिशु का चेहरा दिखाई देता था, जिसने पहली बार इस धरती पर भय और आतंक से मुक्त होकर, स्वतंत्रता में साँस ली थी।

प्राग में वारसा गुट के टैंक क्रान्ति-विरोधियों को नहीं, इस नवजात शिशु को कुचलने आए थे। उसकी देह आज भी प्राग की सड़कों पर, ख़ून और कीचड़ में लिथड़ी पड़ी है

मुझे पिछले वर्ष कुछ दिनों के लिए प्राग जाने का अवसर मिला था। यह वह समय था, जब चेक शासक काफ़ी चिन्तित और घबराए हुए थे। नौ वर्ष के दमन और मौन के बाद चेकोस्लोवाकिया में जागृति

की एक छोटी-सी लहर उठी थी। एक हज़ार से अधिक लेखकों, बुद्धिजीवियों, डॉक्टरों, इंजीनियरों और मज़दूरों ने एक दस्तावेज़ पर हस्ताक्षर किये थे, जिसमें चेक सरकार से माँग की गई थी कि हर चेक नागरिक को उसके बुनियादी मानवीय अधिकार प्राप्त होने चाहिए। यह दस्तावेज़ चार्टर-77 के नाम से प्रसिद्ध हुआ। चेक सरकार, जो हर बात में सोवियत नेताओं के आदेशों का पालन करती है, चार्टर के इस आन्दोलन से इतना भयभीत हो गई कि रातोंरात उन सब लोगों के घरों की तलाशी ली गई, जिन्होंने चार्टर पर दस्तख़त किये थे। अनेक व्यक्तियों को जेलख़ाने भेज दिया गया।

सबसे दिलचस्प घटना कारख़ानों में हुई। जब मज़दूरों से यह कहा गया कि वे एकमत होकर चार्टर और उसके समर्थकों की 'समाजवाद-विरोधी' माँगों की निन्दा करें, तो अधिकांश कारख़ानों के मज़दूर प्रतिनिधियों ने इच्छा प्रकट की कि निन्दा-प्रस्ताव पारित करने से पूर्व वे चार्टर का मसौदा देखना चाहेंगे। चेक-सरकार के लिए यह बड़ा दुविधा का प्रश्न था, और उन्होंने हड़बड़ी में निन्दा-प्रस्ताव वापस ले लिया। सत्य यह था कि चार्टर में मानव-स्वतंत्रता की वही माँग रखी गई थीं, जिन पर स्वयं चेक सरकार ने हेलसिंकी के मानवीय अधिकारों के घोषणापत्र पर हस्ताक्षर किये थे!

किन्तु यह विरोध बहुत व्यापक नहीं है। अनेक ऐसे लोग भी मिले, जिन्हें अब राजनीति में कोई दिलचस्पी नहीं रह गई है। चारों तरफ़ एक अवसन्न-सी उदासीनता दिखाई देती है, मानो दस वर्ष पूर्व जो अचानक अँधेरा घिर आया था, वे अब उसमें जीने के आदी हो चले हैं। उन्हें अब किसी मदद की आशा नहीं—वे समझने लगे हैं, बीसवीं शती की सत्तामूलक राजनीति में न नैतिकता का कोई अर्थ है, और न मनुष्य की स्वतंत्रता का महत्त्व।

यदि किसी जाति के स्वप्नों की भ्रूण हत्या इतने निर्मम और सनकी ढंग से की जा सकती है, तो इस दुनिया में कुछ भी सम्भव हो सकता है। मुझसे अक्सर पूछा जाता है, दुनिया के अन्य देशों में भी तानाशाही है, मनुष्य के अधिकारों को पैरों तले रौंदा जाता है, हज़ारों लोग अपने मानवीय अधिकारों के लिए जेलों में बन्द हैं—चिली, अर्जेंटीना, दक्षिणी अफ्रीका—मैं चेकोस्लोवाकिया की यातना को ही इतना महत्त्व क्यों देता हूँ?

इसका सीधा-सा जवाब है कि आप केवल उस व्यक्ति या देश से विक्षुब्ध होते हैं, जिससे आप कुछ आशाएँ रखते थे। मेरे लिए एक समय में सोवियत क्रान्ति मनुष्य की समता और स्वतंत्रता का सन्देश लेकर आई थी। इसलिए यह चीज़ और भी अधिक भयानक और असह्य जान पड़ती है कि एक समाजवादी देश अपने समस्त आदर्शों और सिद्धान्तों को तिलांजलि देकर ऐसा व्यवहार करे, जो किसी भी हालत में नात्सी जर्मनी या दक्षिणी अफ्रीका की अमानुषिक नीतियों से भिन्न नहीं है।

> चेकोस्लोवाकिया पर सोवियत संघ का बर्बर आक्रमण समाजवाद के इतिहास में सबसे काला और शर्मनाक पन्ना है। जब तक चेक धरती पर एक भी रूसी सिपाही मौजूद रहेगा, उस हर व्यक्ति का सिर शर्म और लांछना में झुका रहेगा, जिसने अपनी मानवीय प्रेरणा टॉल्स्टॉय या चेख़ॅव या गोर्की से प्राप्त की थी।

पिछले साल प्राग की सड़कों पर अकेले घूमते हुए, मुझे सहसा एक और शाम याद आ गई। जुलाई, 1968 की एक शाम, जब समूचा शहर एक अनिश्चित आशंका में डूबा था। दुब्चेक और उनके साथी चियर्ना में सोवियत नेताओं से बातचीत करने गए थे। किसी को मालूम नहीं था, आनेवाले दिनों में देश की नियति क्या होगी।

अचानक मैंने देखा, हर सड़क के नुक्कड़ पर लोगों की लम्बी लाइनें लगी हैं। बच्चे, बूढ़े, औरतें असीम धैर्य में क्यू बनाकर खड़े हैं। क़तार में खड़ा हर व्यक्ति मेज़ पर रखी एक पिटीशन पर अपना नाम लिखता है, और फिर अपनी जगह दूसरे को दे देता है। सुबह से शाम तक लोगों की ये लम्बी अन्तहीन लाइनें हर जगह दिखाई देती थीं। मैं हैरान था। क़तार में खड़ी एक महिला से पूछा तो उसने चुपचाप पिटीशन का काग़ज़ मुझे दिखाया। वह दुब्चेक और चेकोस्लोवाक कम्यूनिस्ट नेताओं के नाम एक अपील थी। अपील में सिर्फ़ एक वाक्य लिखा था :

> हम आपके बारे में सोच रहे हैं, आप हमारे बारे में सोचना न भूलिए।

कितना विचित्र दृश्य था! कितना अजीब शब्द—सोचना! आक्रमण की छाया तले मानो समूचे देश की जनता अपनी यातना का साझा अपने नेताओं के साथ कर रही थी, न जाने क्या सोचकर, मैं भी क़तार में खड़ा हो गया।

उस घटना को दस वर्ष गुज़र चुके हैं, मैं हिन्दुस्तान लौट आया हूँ, किन्तु कभी-कभी लगता है कि जैसे मैं आज भी प्राग की उस शान्त, प्रार्थना करती क़तार में खड़ा हूँ!

[1978]

# अहिंसा और आज़ादी : आदमी के स्वयं आदमी होने की शर्त

[आपातकाल की छाया में]

आपातकाल लगाए जाने से पहले तक भारत दुनिया का एक अनोखा देश हुआ करता था; जो एक ही समय में ग़रीबी के भार से झुका भी था, और लोकतंत्र की चेतना से चमकता भी था और एक के बदले दूसरे का सौदा करने को क़तई अप्रस्तुत। उस लिहाज़ से वह तीसरी दुनिया के और मुल्कों से अलग पहचान रखता था जिन्होंने कि औपनिवेशिक शासन से मुक्त होने के बाद भी औपनिवेशिक शासकों के मूल्यों को अंगीकार कर लिया था। किसी भिन्न जीवन-प्रणाली के विशिष्ट अनुभवों पर आधारित मूल्योंवाली किसी दूसरी पद्धति देकर फेनान जैसे प्रबुद्ध व्यक्ति तक ने सिर्फ़ प्रति साम्राज्यवाद जैसी नकारात्मक अवस्थिति का सहारा लिया था। यह महत्त्व की बात है कि समाज

की किसी वैकल्पिक दृष्टि के अभाव में अनेक पूर्व उपनिवेश शीघ्रता से निरंकुशता के गर्त में गिरते गए, दमन के उन्हीं हथकंडों का प्रयोग इन्होंने किया जिसका प्रयोग स्वयं इनके विरुद्ध उनके औपनिवेशिक शासकों ने किया था।

भारत, किन्तु अलग था। अंग्रेज़ों के विरुद्ध संघर्ष में, वह जिस उद्‌देश्य के लिए लड़ रहा था, वह भी उतना ही महत्त्वपूर्ण था जितना कि जिसके विरुद्ध वह लड़ रहा था। आज़ादी के बाद भारतवासियों के समक्ष बीते उपनिवेश के अवशेषों को हटाने का काम ही नहीं था, बल्कि उनके स्थान पर उन नये मूल्यों को प्रतिस्थापित भी करना था जो कि प्रति-औपनिवेशिक संघर्ष के दरमियान, ठीक उसी दौर में, विकसित हो गए थे। इनमें सबसे महत्त्व के मूल्य थे अहिंसा और आज़ादी। तीसरी दुनिया के किसी भी देश ने ऐसी परिष्कृत मूल्य-पद्धति नहीं विकसित की। यह पद्धति हमारे राजनीतिक आन्दोलन का समग्र भाग थी। सत्याग्रह और कुछ नहीं था—बस, अन्याय के ख़िलाफ़ मानवीय चेतना की एक अनोखी रणनीति थी, राजनीतिक क्षेत्र में नैतिकता लाने का एक प्रयास था। अहिंसा भी ऐसा ही एक मूल्य था।

चूँकि विदेशी सत्ता से लड़ने के लिए कोई बनी-बनाई विचारधारा नहीं थी, इसलिए इन मूल्यों को अन्तिम रूप लेने तक—वर्षों तक यातनाभरी बहसों में से गुज़रना पड़ा। इन बहसों और विवादों के बारे में भारतीय अख़बारों में खुलेआम छपता रहा, और ब्रिटिश शासकों ने सेंसर की फिर भी कभी ज़रूरत नहीं समझी। यह एक ऐसी बात आज कौतुकपूर्ण लग सकती है। राजा राममोहन राय से गांधी तक राजनीतिक परिवर्तन की सम्पूर्ण कल्पना में क्रान्तिकारी बदलाव आया, जो गहराई से ऐसी संस्कृति से अनुप्राणित रहा, जिसमें मानवीय क्रियाओं के सभी पक्ष समाविष्ट थे। राजनीति एक कलाकृति की तरह सम्पूर्ण अनुभव में सन्निहित थी। विदेशी सत्ता के ख़िलाफ़ संघर्ष मूल्यों के

धरातल पर छेड़ा गया था, जो अपने सम्पूर्ण कायाकल्प की प्रक्रिया से जुड़े हुए थे।

यह तथ्य कि आज़ादी के बाद यही प्रक्रिया निष्फल कर दी गई, शायद, वर्तमान इतिहास की सबसे बड़ी त्रासदी है; जिसकी तुलना मात्र चेकोस्लोवाकिया की घटनाओं से की जा सकती है। दोनों ही स्थितियों में 'सत्य के अनुभव' की अद्वितीय रूप से पुष्पित होने से पहले ही भ्रूण-हत्या कर दी गई। भारत के मामले में, यह स्थिति किसी बाहरी हस्तक्षेप के परिणामस्वरूप न हुई थी, बल्कि आज़ादी की परिकल्पना के प्रति हमारे व्यवहार के विपर्यय के कारण हुई थी। अंग्रेज़ी शासन के ख़िलाफ़ लड़ते समय भारतवासी शासन की दमन-शक्ति के प्रति गहरा सन्देह करने लगे थे। राज्य की केन्द्रीभूत शक्ति के प्रति गांधीजी का सन्देह-भाव आम जनता के सोचने का प्रतिबिम्ब ही था।

भारत की स्थिति अलग ही थी, क्योंकि उसने तमाम दबावों के बावजूद एकदलीय शासन की स्थिति को समाधान के रूप में स्वीकार नहीं किया, जैसा कि चीन सहित तीसरी दुनिया के अनेक देशों ने किया था; बल्कि दूसरी ओर उसने लोकतांत्रिक मान्यताओं को इस हद तक विस्तृत न होने दिया कि किसी एक व्यक्ति अथवा किसी एक राजनीतिक दल द्वारा शासन का अधिकार अपने में केन्द्रित कर लेना असम्भव हो सके। हम एक अवियोजित बनाव की स्थिति में रहते रहे। आज़ादी को वास्तविक बनाने के लिए इस तनाव का रचनात्मक समाधान शासकीय अधिकारों के पुनर्गठन और विकेन्द्रीकरण से ही सम्भव था। यही समाधान गांधीजी ने सुझाया था। दूसरा बिलकुल नकारात्मक विकल्प था—आज़ादी के तमाम लोकतांत्रिक तत्त्वों पर से आस्था को समाप्त करके वास्तविक शासनाधिकार का निर्माण करना। पहली स्थिति में आत्मस्वातंत्र्य की कठिन और अनोखी चुनौती स्वीकार करनी थी और दूसरी स्थिति में तनाशाही के पारम्परिक ढाँचे को स्वीकार करना था।

हमको इस भुलावे में ही नहीं रहना चाहिए कि प्रेस और अभिव्यक्ति की आज़ादी अपने-आपमें मुक्ति का एक ज़रिया है। भारत के सन्दर्भ में तो समस्या थी कि क्या उन्होंने, जो शब्द-स्वातंत्र्य को व्यवहार में लाए, सही तौर पर भारतीय जन की अनुभूति और जागरूकता को प्रस्तुत करने की कभी चिन्ता भी की—उनकी भूख, उनकी पीड़ा और उनके अभावों को प्रस्तुत करने की कभी चेष्टा की? पिछले दो दशकों में, हमारे यहाँ जिन लोगों का संचार माध्यम पर एकच्छत्र अधिकार रहा, उन्हें मनुष्य के दर्द का साक्षात् अनुभव ही न था। और जिन्होंने स्वयं भोगा था, उनके पास अभिव्यक्ति के लिए शब्द ही न थे। तमाम उस सब शोर-शराबे के बावजूद जो कि संसद और अख़बारों में होता रहा, भारत एक चुप्पी का महादेश ही बना रहा।

इस तरह, पूर्ण अभिव्यक्ति के अधिकार के प्रति जुड़ाव केवल मात्र औपचारिक और शोभा की वस्तु रह जाता है, जब तक कि मनुष्य के सम्पूर्ण अनुभव की पूरी अभिव्यक्ति का नैतिक दायित्व न स्वीकारे। हमारे बुद्धिजीवियों में ऐसा दायित्व-बोध अद्‌भुत रूप से ग़ैरहाज़िर था जो कि इतने साफ़ तौर पर ज़ाहिर हो गया, जब आपातकाल की घोषणा के बाद उन्होंने बदली हुई परिस्थितियों में अपने-आपको तुरन्त ही आसानी से ढाल लिया। बुद्धिजीवियों ने शब्दों की आज़ादी छीने जाने की सही तकलीफ़ महसूस नहीं की सिर्फ़ इसलिए, क्योंकि यह वर्ग स्वयं शब्द को स्वयं उसके नैतिक अर्थ से वंचित करने के लिए पूरी तौर पर ज़िम्मेदार रहा है।

लेकिन इससे यह नतीजा निकालना, जैसा कि हमारे वर्तमान (अब तत्कालीन) शासक और कुछ मार्क्सवादी निकालेंगे कि अभिव्यक्ति की आज़ादी, प्रेस की स्वतंत्रता और सूचना के तमाम साधनों तक आम नागरिकों की पहुँच का अधिकार महज़ बुर्ज़ुआ ख़ामख़याली है, जिसे कुछ कल्पित प्रगति के लिए ताक पर उठाकर रखा जा सकता है।

यह एक दूसरी तरह की आत्म-भ्रांति का शिकार होना है। 'क्रान्तिकारी सुधारों' की तमाम वे योजनाएँ दमन का ज़रिया हो सकती हैं, अगर उनको जाँचने और उन पर अपने अनुभव के प्रकाश में आलोचना करने का अधिकार उन्हीं लोगों से ले लिया जाए, जिनके विकास के लिए उन्हें बनाया गया है।

भारत की सिर्फ़ एक राजनीतिक नियति हो सकती है, लेकिन यह विभिन्न दृष्टियों के रूप में परिभाषित और प्रतिबिम्बित होनी चाहिए। ऐसी दृष्टि का दमन जो सत्ता द्वारा दर्शाए गए रास्ते से अलग मार्ग सुझाती हो, न सिर्फ़ हमारे वर्तमान को अशक्त बना देगा वरन् भविष्य के लिए सुरक्षित हमारे मानव के स्वरूप को भी विकृत बना देगा। इसलिए यथासम्भव स्वतंत्रतम संवाद अनिवार्य हो जाता है। भारत के लिए यह संवाद किसी और देश से ज़्यादा ज़रूरी है, क्योंकि सही तौर पर अभी हमने अपने भविष्य का अन्तिम चुनाव किया ही नहीं है। भाग्य से भारत के सामने अभी बहुत-से विकल्प हैं, जो कि पश्चिमी दुनिया के सामने नहीं हैं। इसलिए उन पर खुले संवाद को रोक देना उन विकल्पों को हमेशा के लिए समाप्त कर देना होगा।

यह स्पष्ट है कि इस तरह के संवाद को प्रभावी बनाने के लिए सिर्फ़ प्रेस और अभिव्यक्ति की स्वतंत्रता के आगे सोचना ज़रूरी होगा, लेकिन जब तक कि ये आधारभूत स्वतंत्रताएँ समादृत नहीं होतीं, जब तक ये संवैधानिक रूप से कभी छीनी न जा सकनेवाली नहीं मान ली जातीं, आगे जाकर सोचने की प्रक्रिया अपने-आप विफल हो जाएगी। यहाँ संविधान की पवित्रता बीच में आती है—इसलिए नहीं कि वह दुरुस्त है, बल्कि इसलिए कि वह दुरुस्त नहीं है। ज़्यादा-से-ज़्यादा वह असलियत और आदर्श के बीच का समझौता है। अधिकार सिर्फ़ इसलिए वास्तविक नहीं हो जाते कि उनकी एक दस्तावेज़ द्वारा

गारंटी दी हुई है, और चूँकि उनकी गारंटी दी हुई है इसलिए यह मान लिया जाता है कि आदमी की आज़ादी पवित्र और कभी न छीनी जानेवाली वस्तु है, और यह आशा की जाती है कि एक दिन वह वास्तविक हो जाएगी।

इसलिए हमारे अनुसार, औपचारिक रूप में संविधान द्वारा आश्वस्त स्वतंत्रता वास्तविक और अवास्तविक—दोनों हो सकती है।

पिछले कुछ महीनों में अक्सर कहा जाता है कि जो लोग मानव अधिकारों के छीने जाने पर ख़ेद प्रकट कर रहे हैं, वे भारतीय वास्तविकता की क़तई समझ न रखनेवाले, 'वेस्टर्नाइज़्ड'—पश्चिमी रंग में रँगे हुए बुद्धिजीवी हैं। सच्चाई इसके एकदम विपरीत है। असहिष्णुता का वर्तमान वातावरण अबोधगम्य बन जाना निश्चित रूप से उसी भारतीय परम्परा के सन्दर्भ में ही है, जो विभिन्न विचारधाराओं की मुक्त क्रिया-प्रक्रिया का परिणाम है। भारत का इतिहास देखिए, विरोध के क्षण तभी पैदा हुए हैं, जब स्वाभाविक सहनशक्ति को किसी बड़ी शक्ति द्वारा झिंझोड़ा गया है, जब एक आवाज़ सब आवाज़ों पर हावी होने को सचेष्ट हुई है। ऐसी किसी चेष्टा के ख़िलाफ़ आवाज़ें उठाना पूरी तरह भारतीय परम्परा में है।

चाहे पश्चिम का सम्पन्न समाज हो, या तीसरी दुनिया के ग़रीब मुल्क हों, जो दोनों में समान है, वह है सर्वोपरि मूल्य, जो आदमी की स्वयं आदमी होने की जागरूकता से जुड़ा हुआ है। सत्ता-शक्ति का कोई भी ऐसा कार्य वैध नहीं हो सकता जो इस जागरूकता की सच्चाई का अतिक्रमण करता है, और आदमी को दूसरों की 'सच्चाई' के बीच रहने को बाध्य करता है—एक सेंसर की हुई सच्चाई के बीच जो कि अन्धकार का दूसरा नाम है। शक्ति जो सत्ता का स्वाभाविक लक्षण है, जब आदमी को उसकी मनुष्यता से वंचित कर देती है, तो हिंसा के रूप में विकृत हो जाती है। इस बिन्दु के परे, तमाम सामाजिक-आर्थिक कार्यक्रम,

भले ही वे कितने हित-साधन और लाभकारी हों, उसी हिंसा को वैध ठहरानेवाले कृत्य बन जाते हैं।

तीसरी दुनिया के तमाम ग़रीब देशों में मूलभूत आर्थिक सुधारों के बहाने अत्याचार और हिंसा के कार्यों को उचित ठहराया जाता है, इस तथ्य को अक्सर नज़रअन्दाज़ कर दिया जाता है या जानबूझकर विकृत कर दिया जाता है। रोटी और आज़ादी के बीच चुनाव करने को विवश किया जाता है, जैसे कि एक के लिए दूसरे की क़ीमत चुकानी हो। बेशक ऐसे चुनाव की बात स्पष्ट की नहीं जाती। वह निर्विवाद मान लिया जाता है कि बोलने और अभिव्यक्ति की आज़ादी, स्वतंत्र और सेंसररहित प्रेस, समाचार साधनों का होना—जो कि आदमी की आदमी होने की जागरूकता के लिए ज़रूरी है—सब लाखों भूखे लोगों के समाज के लिए विलासिता की चीज़ें हैं, और उद्धार के लिए इनकी बलि देनी ही होगी।

स्वतंत्रता एक अविभाजित और अबाधित मूल्य है। पश्चिम के लिए यह ज़रूरी और एशिया के लिए यह विलासिता की वस्तु क्यों मानी जाए? मानव अधिकार समाप्त करने के लिए ऐसे तर्क का आधार दुष्टतापूर्ण और परस्परविरोधी है। दुष्टतापूर्ण इसलिए कि यह मान लिया जाता है कि ग़रीब समाज में रहनेवाले मनुष्य, 'मनुष्य से कमतर' मनुष्य हैं। उन्हें खाना और कपड़ा इस शर्त पर दिया जा सकता है कि वे अपने विवेक और चेतना का इस्तेमाल करना छोड़ दें, मनुष्य न रह पाएँ। आज़ादी और रोटी में से एक चुनने की बात एक झूठा चुनाव है। क्योंकि आदमी को इस धरती पर अपने अस्तित्व के अर्थ का अन्वेषण करने के लिए दोनों की ज़रूरत होती है। ऐसे चुनाव के लिए विवश करना दोहरे अर्थ में अपमानजनक है—यह मनुष्य को उसकी ग़रीबी के लिए अपमानित करना है और साथ ही एक ग़रीब आदमी को उसके मनुष्य होने पर अपमानित करना भी है।

इसके साथ ही यह तर्क किसी भी मूलभूत सुधार को अमल में लाने की स्थिति को भी नष्ट कर देता है। यदि सुधार जनता के लिए हैं, तो जनता को उनके बारे में अपने अनुभव सरकार तक पहुँचाने का स्वतंत्र ज़रिया मिलना चाहिए। वे नीतियाँ जो जनता का भविष्य निर्धारित करती हैं, नैतिक और वैध रूप में ऐसी स्थिति में नहीं लागू की जा सकतीं जिसमें जनता उनके बारे में खुलकर बहस करने को आज़ाद न हो।

मैं फिर उसी मुद्दे पर पहुँच गया हूँ, जहाँ से मैंने शुरू किया था—वर्तमान समय में भारत की नियति से सम्बन्धित सभी मुद्दों पर राष्ट्रव्यापी खुली बहस की नितान्त अनिवार्यता। यह बहस सत्ता और विरोधी दलों के बीच होनेवाली संसदीय बहसों से अलग बहस है, क्योंकि पिछले कुछ सालों में संसदीय बहस शक्ति के लिए विकृत संघर्ष से ज़्यादा कुछ नहीं रह गई है; बल्कि यह तो ऐसा संवाद होना चाहिए जो बिना सत्ता-शक्ति के हस्तक्षेप के राष्ट्र स्वयं अपने बीच कर सके।

वास्तव में अर्थपूर्ण होने के लिए ज़रूरी है कि यह बहस उस चुनाव से सम्बन्धित हो जो हमने आज़ादी मिलने के समय किया था। आज की इस संकटकालीन स्थिति के लिए किसी एक दल को दोष देना बेकार है, क्योंकि आज़ादी मिलने के समय हमने संस्थाओं के बारे में जो चुनाव किया था, यह उसी की तार्किक परिणति है।

एक तरह से, यह बहस आज़ादी से भी पहले गांधीजी द्वारा प्रेरित की गई आत्म-परीक्षण की प्रणाली के क्रम में ही होगी, जिसका उनकी मृत्यु के बाद सहसा अब क्रम-भंग हो चुका है। हम उन्हीं सूत्रों को फिर से पकड़ सकें, जहाँ उन्होंने उन्हें छोड़ा था और उसके लिए आज के क्षण से ज़्यादा अच्छा समय और कोई नहीं हो सकता।

[1975]

# अहिंसा और आज़ादी : आदमी के स्वयं आदमी होने की शर्त

[जिन दिनों देश में चुप्पी का साम्राज्य था, उन्हीं दिनों आत्ममन्थन और विश्लेषण की भी एक प्रक्रिया चल रही थी। प्रकट-अप्रकट रूप में अनेक जागरूक व्यक्ति इमरजेंसी के मूल में सक्रिय मूल्यहीनता के विश्लेषण और जनतांत्रिक मूल्यों के अन्वेषण में व्यस्त थे। यह लेख अंग्रेज़ी मासिक 'सेमिनार' के जुलाई, 1976 के अंक में प्रकाशित लेख का संक्षिप्त अनुवाद है। 'सेमिनार' के इस अंक के बाद पत्रिका के प्रकाशन पर पाबन्दी लगा दी गई।]

# पच्चीस वर्ष बाद अगर उस नैतिक त्रासदी से कुछ सीख सकें

आज जब हम पच्चीस वर्ष पूर्व आपातकाल के बारे में सोचते हैं तो यह एक बहुत अविश्वसनीय-सी घटना जान पड़ती है। स्वातंत्र्योत्तर भारत में अंग्रेज़ों की ग़ुलामी से छुटकारा पाने के बाद भी हमें अनेक कठिनाइयों और विपदाओं को झेलना पड़ा, पर निरंकुश शासन-सत्ता से वास्ता पहली बार पड़ा, जो हमारे लिए—हम भारतवासियों के लिए—अनहोनी घटना थी। यह नहीं कि हमने अन्य देशों में लोकतंत्र की हत्या होते नहीं देखी थी। अनेक यूरोपीय, लातिन-अमेरिकी और एशियाई देशों में किसी न किसी बहाने—कभी काल्पनिक ख़तरे का सामना करने के लिए, कभी किसी छद्‍म आदर्श की रक्षा करने की आड़ में—विपक्षी आवाज़ों को बन्द किया गया, अभिव्यक्ति की स्वतंत्रता पर रोक लगाई गई, पत्र-पत्रिकाओं पर सेंसरशिप लागू की गई। जर्मनी में हिटलर ने यही किया था। सोवियत संघ में साम्यवादी चेहरे के पीछे भयानक अमानवीय

कारनामों से भी हम अपरिचित न थे। धर्म के नाम पर आततायी आतंक हम पाकिस्तान और ईरान में देख चुके थे। चीन ने किस बर्बरता से अपने देश के ही नहीं, तिब्बत के मानवाधिकारों को कुचला था, हम इसके साक्षी थे। किन्तु हमारे देश में ऐसा कुछ हो सकता है, इसकी हमने कल्पना कभी नहीं की थी!

अन्य क़िस्म की दुर्घटनाएँ हम वर्षों से झेलते आए थे—कभी सूखा तो कभी बाढ़, चीन और पाकिस्तान से युद्ध, जब हमारे देश की अखंडता और सुरक्षा ही ख़तरे में पड़ गई थी। किन्तु आपातकाल की यातना कहीं हमारी मानवीय आस्थाओं को चोट पहुँचाती थी। वह भौतिक दुनियावी दु:खों से कुछ अलग थी। भौतिक रूप से देखें, तो आपातकाल के दौरान सामान्य लोग शायद, कुछ ज़्यादा ही 'सुखी और सुरक्षित' पाए जाते थे। चीज़ों के दामों पर सरकार की कड़ी निगाह थी। ट्रेनें और बसें समय पर चलती थीं। भ्रष्टाचारी अफ़सर भी कुछ डरे-सहमे से दिखाई देते थे। दफ़्तरों में कर्मचारी हाज़िरी भरकर सिनेमा देखने या ताश खेलने नहीं जाते थे। विनोबाजी के कथन में सच्चाई की खनक थी, जब उन्होंने कहा था : "यदि आपातकाल को अनुशासन पर्व में बदल दिया जाए, तो यह हमारे लिए शुभ होगा।" यह ठीक ही था, क्योंकि हमारी कार्यप्रणाली में अनुशासन की भारी कमी थी—जो आज और बढ़ चुकी है।

फिर क्यों हम आपातकाल की तथाकथित सुविधाओं को स्वीकार नहीं कर पाते? क्यों हमें इन्दिरा गांधी की इमरजेंसी स्वातंत्र्योत्तर भारत के इतिहास में एक काला पृष्ठ जान पड़ती है? इसका कारण कहीं हमारी नैतिक अन्तश्चेतना में छिपा है जो लोकतंत्र को महज़ एक राजकीय तंत्र के रूप में नहीं, एक नैतिक मूल्य के रूप में मान्यता देती थी। आपातकाल ने भारतीय नागरिकों के सामने एक राजनीतिक दुर्घटना से अधिक एक नैतिक संकट उपस्थित किया था।

यह एक ऐसी नैतिक त्रासदी थी जो न केवल हमारी लोकतांत्रिक मर्यादाओं को ठेस पहुँचाती थी—बल्कि नागरिक की स्वतंत्रता छीनकर स्वयं मनुष्य को उसके 'मनुष्यत्व' से वंचित करती थी। यह लोकतंत्र का संकट तो था ही, उन सब नैतिक-आध्यात्मिक मर्यादाओं का विखंडन भी था, जिसके आधार पर भारतीय सभ्यता का आदर्श निर्मित हुआ था।

शायद इन्दिरा गांधी भी कहीं इस सत्य को पहचानती थीं। वह अपने से कितना ही क्यों न छिपाएँ, उन्हें मालूम था कि वे उन सब सांस्कृतिक मूल्यों के विपरीत जा रही हैं, जिनके लिए बापू और स्वयं उनके पिता ने वर्षों एक अमानवीय साम्राज्य-सत्ता का विरोध किया था। इसलिए जबकि साम्यवादी और फ़ासिस्ट डिक्टेटर एक बार ताक़त में आने पर वर्षों अपनी तानाशाह सत्ता से जोंक की तरह चिपटे रहते हैं (स्तालिन, माओ, फ्रेंकां इसके अनुपम उदाहरण हैं), इन्दिरा गांधी ने अपने शासन की वैधता अर्जित करने के लिए डेढ़ साल बाद ही चुनाव कराना बेहतर समझा। इसके लिए उन्हें कोई बाहरी बाध्यता नहीं थी, क्योंकि यह कटु सत्य कि जो लोग उनका सचमुच विरोध कर सकते थे—बुद्धिजीवी, लेखक, पत्रकार—उनमें से अधिकांश पहले ही उनके सामने घुटने टेक चुके थे। अन्य पत्र-पत्रिकाओं की बात तो दूर रही, हिन्दी में 'दिनमान' और 'धर्म युग' जैसी पत्रिकाएँ, जिनके सम्पादक-लेखकों से हम किसी और तरह की आशा रखते थे, आँखें मूँदकर मुँह पर पट्टी बाँधकर इस तरह कार्यरत थे मानो आसपास जो हो रहा है, वह सब नॉर्मल है। यदि आज हम इन पत्रिकाओं के तत्कालीन अंकों को उलट-पलटकर देखें तो शायद ही अनुमान लगा पाएँ कि हम उन दिनों कैसे संकट की घड़ी से गुज़र रहे थे।

अतः इन्दिरा गांधी ने यदि चुनाव कराना उचित समझा, तो किसी बाहरी विरोध या दबाव के कारण नहीं, बल्कि उस अन्दरूनी विवशता के कारण, जो उन्हें अपनी अनैतिक नीतियों को संवैधानिक रूप देने

के लिए प्रलोभित करती थी। वह एक ऐसी परम्परा से आई थीं, जिसमें क़ानून और संविधान के प्रति आदर बिलकुल ही लुप्त नहीं हो गया था। वह शक्ति तो चाहती थीं, पर हर क़ीमत पर नहीं।

और यह चीज़ न केवल श्रीमती गांधी के पक्ष में जाती है, बल्कि उस लोकतंत्रीय परम्परा के पक्ष में भी, जो पश्चिम से आयातित न होकर, भारतीय संस्कृति के देशज संस्कारों की देन है। आपातकाल के दौरान मैंने उनकी नीतियों का कड़ा विरोध किया था। पर आज पच्चीस वर्ष बाद जब पीछे मुड़कर देखता हूँ तो सोचता हूँ, इन्दिरा गांधी अपनी समस्त स्वार्थ-केन्द्रित कमज़ोरियों के बावजूद बीसवीं शती के तानाशाहों से कितना अलग थीं!

इतने वर्षों बाद एक बात और विडम्बनामय जान पड़ती है; क्या यह महज़ एक संयोग था कि आपातकाल के सबसे घोर समर्थक वे साम्यवादी दल और 'वामपंथी' बुद्धिजीवी थे जो वर्षों से सोवियत संघ में होनेवाले बर्बर शासन का 'साम्यवाद' के नाम पर समर्थन कर रहे थे? शायद उन्हें इन्दिरा गांधी अपने सोवियत चीनी नेताओं का भारतीय संस्करण जान पड़ती थीं! ये वही लोग थे, जिन्होंने द्वितीय विश्वयुद्ध में—जो सोवियत संघ के शामिल होने के बाद 'जनयुद्ध' में बदल गया था—अंग्रेज़ी राज का विरोध करनेवाले गांधीजी को 'जापानी एजेंट' कहा था और सम्पूर्ण क्रान्ति का नेतृत्व करनेवाले जयप्रकाश नारायण को फ़ासिस्ट कहने में संकोच नहीं किया था। 'फ़ासीवाद' की संज्ञा उनके शब्दकोश में किस तरह समय-समय पर अपना अर्थ बदलती गई है, यह देखने योग्य है। फ़ासीवादी यदि साम्यवाद का मुखौटा लगाकर आता है, तो शब्द के पीछे उसका चेहरा नहीं छिप जाता। यह हमारे वामपक्षीय बुद्धिजीवियों का सौभाग्य है कि लोगों की स्मृति पर समय इस तरह लीपापोती कर देता है कि उनके लिए शब्दों के साथ खिलवाड़ इतना आसान और सुविधाजनक हो जाता है।

आपातकाल के 25 वर्ष बाद यदि हमें उस नैतिक त्रासदी से कुछ सीखना है—हम जो अपने को लेखक और बुद्धिजीवी मानते हैं—तो यह कि समाज की बीमारियों को दूर कर सकें, इसके लिए ज़रूरी है कि हम उन्हें सही नाम से पुकार सकें। एक लेखक भी यही कर सकता है। यदि वह शब्दों के पीछे निहित सत्य को अक्षुण्ण और अकलुषित रखता है, तो उसे उन समस्त शक्तियों से संघर्ष करना पड़ेगा, जो आज के युग में भाषा को भ्रष्ट करने पर उतारू हैं। लेखक के लिए भाषा का आपातकाल कभी समाप्त नहीं होता!

[2000]